THE WALKING DEAD

CRIADO POR **ROBERT KIRKMAN**

Obras do autor publicadas pela Galera Record

Série The Walking Dead

A ascensão do Governador
O caminho para Woodbury
A queda do Governador – parte 1
A queda do Governador – parte 2
Declínio
Invasão
Busca e destruição

JAY BONANSINGA

THE WALKING DEAD

CRIADO POR ROBERT KIRKMAN

BUSCA E DESTRUIÇÃO

Tradução
Ryta Vinagre

1ª edição

— *Galera* —

RIO DE JANEIRO
2017

CIP-BRASIL. CATALOGAÇÃO NA PUBLICAÇÃO
SINDICATO NACIONAL DOS EDITORES DE LIVROS, RJ

B687b Bonansinga, Jay
Busca e destruição / Jay Bonansinga; tradução Ryta Vinagre. – 1. ed.
– Rio de Janeiro: Galera Record, 2017.

Tradução de: Search and destroy
ISBN 978-85-01-10929-3

1. Ficção americana. I. Vinagre, Ryta. II. Título.

16-37756
CDD: 028.5
CDU: 087.5

Título original:
Robert Kirkman's The Walking Dead: Search and Destroy

Copyright do texto © 2016 por Robert Kirkman LLC.

Publicado mediante acordo com St. Martin's Press, LLC.

Texto revisado segundo o novo Acordo Ortográfico da Língua Portuguesa.

Todos os direitos reservados.
Proibida a reprodução, no todo ou em parte, através de quaisquer meios.
Os direitos morais do autor foram assegurados.

Composição de miolo: Abreu's System

Direitos exclusivos de publicação em língua portuguesa somente para o Brasil
adquiridos pela
EDITORA RECORD LTDA.
Rua Argentina, 171 – Rio de Janeiro, RJ – 20921-380 – Tel.: (21) 2585-2000,
que se reserva a propriedade literária desta tradução.

Impresso no Brasil

ISBN 978-85-01-10929-3

Seja um leitor preferencial Record.
Cadastre-se e receba informações sobre nossos
lançamentos e nossas promoções.

Atendimento e venda direta ao leitor:
mdireto@record.com.br ou (21) 2585-2002.

Dedicado a todas as crianças desaparecidas.

AGRADECIMENTOS

Agradecimentos especiais ao Progenitor de Todas as Coisas *Walking Dead*, o Grande Senhor Robert Kirkman; também meu amor e minha gratidão a Brendan Deneen por todos os ajustes; a Nicole Sohl por comandar o navio; a Justin Velella pelos acontecimentos extraespeciais; e a Susannah Noel pelo brilhante trabalho de edição do texto. Também um *grande gracias* ao guerreiro poeta, o Sargento Alan Baker, por consertar minhas gafes com armas (e outras coisas); a Andy Cohen, meu empresário extraordinário; à equipe e aos voluntários do Walker Stalker Con, todos superfãs; e a Sean Mackiewicz pelas ideias incríveis. Também minha enorme gratidão a David Alpert, Shawn Kirkham, Mike McCarthy, Matt Candler, Dan Murray, Ming Chen, Melissa Hutchinson, Dixon Martin, Lew Temple, John e Linda Campbell, Jeff Siegel, Spence Siegel e a meus filhos incríveis, Joey e Bill Bonansinga. O maior agradecimento de todos deve ser guardado para o final: devo tudo que escrevo, tudo que sou e tudo que sonho ao amor da minha vida, a genial e linda Jill M. Norton.

PARTE 1

Sopa de Pedra

Livra os que estão sendo levados à morte; socorra os que caminham trêmulos para a matança.

— Provérbios 24:11-12

UM

Naquela manhã escaldante de veranico, único trabalhador da ferrovia fazia a mínima ideia do que transpirava naquele exato momento no pequeno povoado de sobreviventes outrora conhecido como Woodbury, na Geórgia. A restauração da ferrovia entre o vilarejo de Woodbury e os subúrbios distantes de Atlanta consumiu essas pessoas — ocupando todas as horas de seus dias já há quase 12 meses —, e aquele dia não é exceção. Eles se aproximam da metade do projeto. Em pouco menos de um ano, limparam quase 30 quilômetros de trilhos e ergueram uma barreira sólida de estacas e tela nos dois flancos a fim de manter a linha livre de vagabundos, animais desgarrados e ferozes e qualquer outra obstrução que pudesse explodir, penetrar, crescer ou arrastar-se pelos trilhos.

Agora, sem saber da catástrofe que se desenrolava naquele momento em seu lar comunitário, a líder *de fato* da equipe, Lilly Caul, faz uma pausa no trabalho de escavação para assentar uma estaca, e enxuga o suor da testa.

Refletindo, ela olha o céu cinzento. O ar, em meio aos zumbidos dos insetos, é fragrante com o forte cheiro fértil dos campos agrícolas abandonados e sem cultivo. A batida abafada de marretas — cravos entrando em antigos dormentes da ferrovia — proporciona um ritmo sincopado ao barulho das cavadeiras. A meia distância, Lilly vê a mulher alta de Haralson — aquela que atende pelo nome de Ash —, próxima ao local de trabalho, patrulhando, com uma Bushmaster AR-15 no quadril. Ostensivamente, ela se mantém vigilante, procurando por qualquer errante que possa ser atraído pelo barulho da construção, mas naquela manhã em especial ela está particularmente alerta. Algo não parece certo. Ninguém consegue articular muito bem o que é, mas todos sentem.

Lilly retira as luvas de trabalho sujas e relaxa as mãos doloridas. O sol da Geórgia martela a nuca avermelhada e esbelta, no ponto onde o cabelo castanho arruivado está preso numa trança irregular. Seus olhos castanhos, ocultados por suaves pés de galinha, percorrem a área, avaliando o progresso dos outros trabalhadores ao longo da cerca de tela. Embora ainda esteja a alguns anos dos 40, Lilly Caul exibe as rugas e linhas de preocupação de uma mulher muito mais velha. Seu rosto, tornou-se estreito e juvenil tornou-se mais sombrio ao longo dos difíceis quatro anos desde a praga. Sua energia ilimitada perdeu forças nos últimos meses, e os ombros sempre caídos lhe conferem um ar de meia-idade, apesar de seus característicos trajes hipster: camiseta de indie-rock esfarrapada, calça justa rasgada, botas de motoqueiro arruinadas e incontáveis pulseiras e colares de couro cru.

Agora ela nota alguns errantes cem metros a oeste, arrastando-se em meio às árvores — Ash percebe também —, a essa altura nada digno de preocupação, mas ainda algo que precisa ser acompanhado. Lilly observa os outros integrantes de sua turma de trabalho espaçados a intervalos regulares pelos trilhos, batendo cavadeiras na terra dura coberta de hera e vernônia. Vê alguns rostos conhecidos, outros desconhecidos, além dos que só conheceu dias antes. Ela vê Norma Sutters e Miles Littleton, inseparáveis desde que se juntaram ao clã de Woodbury, há mais de um ano. Ela vê Tommy Dupree, o menino agora de 14 anos que parece ter quase 30, endurecido pela pandemia, um prodígio com armas de fogo e lâminas afiadas. Ela vê Jinx Tyrell, a solitária do norte que se provou uma verdadeira máquina de matar errantes. Jinx mudou-se para Woodbury alguns meses atrás, depois de ser recrutada por Lilly. A cidade precisa de novos cidadãos a fim de prosperar, e Lilly é excepcionalmente grata por ter esse pessoal durão do seu lado.

Intercalados em meio à família ampliada de Lilly estão os líderes de outros vilarejos que pontilham a área rural devastada entre Woodbury e Atlanta. São pessoas boas e dignas de confiança, como Ash de Haralson, e Mike Bell, de Gordonburg, e vários outros que se juntaram à turma de Lilly por interesses, sonhos e temores em comum. Alguns continuam meio céticos diante da grandiosa missão de ligar as cidades sobreviventes à grande cidade do norte por meio da luta de foice que é essa ferrovia, porém muitos se juntaram à causa puramente por acreditarem em Lilly Caul. Lilly causa esse efeito nas pessoas — uma espécie de osmose de esperança —, e, quanto mais as pessoas trabalham nesse projeto, mais acreditam nele. Elas agora o veem tanto como uma tentativa admirável de controlar um ambiente que está fora de controle quanto um esforço para reconquistar uma civilização perdida.

Lilly está prestes a calçar as luvas de novo e voltar a cavar quando vê Bell a cerca de 400 metros, fazendo a curva do norte num galope rápido do cavalo de dorso curvo. O líder de 30 e poucos anos do pequeno grupo de sobreviventes entocados no vilarejo antes conhecido como Gordonburg, na Geórgia, é um homem diminuto, com cabeleira cor de areia que agora balança e tremula ao vento enquanto ele se aproxima dos trabalhadores. Alguns dos outros — Tommy, Norma, Miles — levantam a cabeça, sempre protegendo a amiga e líder.

Lilly pula o guarda-freio e caminha até a rampa de cascalho enquanto o homem se aproxima pela névoa com seu sarnento cavalo ruão avermelhado.

— Tem mais em nosso caminho! — exclama ele. O animal é irrequieto, de pescoço grosso, provavelmente um mestiço com vestígios de cavalo de tração no sangue. Bell cavalga com a deselegância saltitante e desajeitada do autodidata. Ele puxa as rédeas e vacila até parar no cascalho, levantando um pequeno redemoinho de poeira.

Lilly segura o cavalo, pegando em seu freio, e firma a cabeça que se agita loucamente. Uma espuma empoeirada pinga da boca do bicho, a pelagem molhada de suor.

— Tem mais *o quê*? — Ela olha para Bell. — Um errante? Mais ruínas? Um unicórnio... *O quê*?

— Uma ponte grande e velha sobre cavaletes — esclarece o homem, descendo do cavalo e batendo com força no chão, soltando um resmungo. Ex-funcionário de TI em Birmingham, o rosto juvenil queimado de sol e pontilhado de sardas, ele usa calções caseiros feitos de lona de barraca. Considera-se um cara do campo, mas pelo modo como luta com o cavalo e fala com o mais leve vestígio de vogais arrastadas, revela que é da cidade. — A uns 800 metros ao norte daqui — diz ele, gesticulando com o polegar. — A terra desce, e os trilhos passam direto por um vão instável por cerca de 50 metros.

— E qual é o prognóstico?

— Quer dizer com a ponte? É difícil saber, a coisa é muito complicada.

— Deu uma olhada mais de perto? Talvez a tenha atravessado com o cavalo, para testar ou algo assim?

Ele balança a cabeça em negativa.

— Desculpe-me, Lilly, só pensei que você ia querer saber disso prontamente.

Ela esfrega os olhos e reflete. Já faz algum tempo — meses, na verdade — que eles não encontram uma ponte sobre cavaletes. E a última só estava a poucos metros de distância. Ela começa a dizer alguma coisa quando o cavalo empina de repente; assustado ou por um barulho, ou um cheiro indetectável pelos humanos. Lilly acalma o animal, acariciando seu flanco gentilmente.

— Shhhhh — diz ela com suavidade à criatura, passando a mão pela crina embaraçada. — Está tudo bem, amigo, relaxe.

O animal tem um cheiro de bode, almiscarado devido ao suor e aos machinhos incrustados de sujeira. Os olhos estão avermelhados pelo esforço. A realidade é que aquele ruão alquebrado — e sua espécie como um todo — tornou-se tão valioso aos sobreviventes quanto eram no século XIX para aqueles que tentaram domar o oeste. Carros e caminhões ainda operacionais são mais raros a cada dia — até os suprimentos de óleo de cozinha para o biodiesel estão minguando. As pessoas dotadas de conhecimento, mesmo que rudimentar, sobre a criação de cavalos, de sua vida antes da praga, agora passaram a ser muito procuradas e respeitadas, como anciãos sábios de quem se espera ensinamentos e a transmissão do conhecimento. Lilly chegou até a recrutar alguns para morar em Woodbury.

Nos últimos meses, muitas carcaças enferrujadas de carros foram cortadas ao meio e convertidas em carroças improvisadas e geringonças para ser atreladas a cavalos e ser parelhas. Nos anos desde o surto, a pavimentação foi maltratada pelas intempéries e se deteriorou para além de qualquer reparo. Os trechos restantes já tomados de mato, intransitáveis e esfarelados, são a maldição da existência dos sobreviventes. Daí a necessidade de um sistema de transporte seguro, confiável e rápido.

— Ele está assim o dia todo. — Bell assente com deferência para seu cavalo. — Assustado com alguma coisa aqui fora. E não são errantes.

— Como você sabe que não são errantes? Talvez um enxame chegando ou coisa assim?

— Passamos por um bando deles esta manhã, e as coisas nem mesmo o abalaram. — Ele acaricia o animal e sussurra para ele: — Não foi, Gypsy? Eles o abalaram? — Bell olha para Lilly. — Tem outra coisa no vento hoje, Lilly. Só não consigo identificar. — Ele suspira e olha para longe, como um garoto tímido. — Desculpe por não ter verificado a estabilidade da ponte... Foi uma idiotice de merda da minha parte.

— Não xingue, Bell. — Lilly lhe abre um sorriso. — Acho que é como o velho ditado, "vamos cruzar essa ponte quando chegarmos lá".

Bell ri meio alto demais, sustenta o olhar da amiga por um tempo um pouco longo também. Alguns param de trabalhar e olham a dupla. Tommy se apoia na pá e sorri. Basicamente não é mais segredo que Bell tem uma paixão desesperada por Lilly. Mas também não é algo que Lilly queira perpetuar. No momento, a única coisa que consegue administrar na vida pessoal é cuidar dos garotos Dupree. Além disso, ela ainda lamenta a perda de basicamente todas as pessoas que um dia amou. Ainda não está preparada para entrar em um relacionamento. Mas isto não quer dizer que às vezes não pense em Bell, em geral à noite, quando o vento sussurra pelas frestas e a solidão a pressiona. Ela pensa em passar os dedos pelos cabelos gloriosamente fartos e louros de Bell. Pensa em sentir o toque macio de sua respiração na clavícula...

Lilly se livra das ruminações melancólicas e saca do bolso um velho relógio de bolso Westclox. Preso a uma corrente escurecida, o relógio pertencia ao falecido Bob Stookey, o melhor amigo e mentor de Lilly, um homem que morreu heroicamente há pouco mais de um ano, tentando, dentre outras coisas, salvar as crianças de Woodbury. Talvez por isso Lilly tenha adotado os órfãos da cidade. Lilly ainda lamenta a gestação perdida, a centelha que podia ter sido o filho de Josh Hamilton, um aborto espontâneo em meio ao tumulto do regime do Governador. Talvez por isso sua maternidade substituta agora pareça quase uma parte essencial da sobrevivência em si — uma parte inata de seu futuro, assim como do futuro da raça humana.

Ela baixa os olhos para a face amarelada do relógio e vê a hora do almoço se aproximando.

Ela não sabe que sua cidade está sob ataque havia quase uma hora.

Quando Lilly era uma garotinha, o pai viúvo, Everett Caul, uma vez contou-lhe a história da "Sopa de Pedra". Uma história popular, com uma miríade de versões em muitas culturas diferentes, fala de três vagabundos desconhecidos que estão passando fome quando chegam a um pequeno vilarejo. Um deles tem uma ideia. Ele encontra uma panela no monte de lixo da cidade e pega algumas pedras, coletando água de um regato próximo. Aí acende uma fogueira e começa a cozinhar as pedras. O povo da aldeia fica curioso. "Estou preparando sopa de pedra", ele lhes conta quando perguntam o que está fazendo, "e vocês são bem-vindos para tomar um pouco quando estiver pronta." Um a um, os moradores começam a contribuir. "Tenho umas cenouras em minha horta", oferece um. "Nós temos uma galinha", diz outro. E logo a sopa de pedra é um caldeirão borbulhante de generosidade saborosa, contendo legumes, carnes e ervas aromáticas de várias casas.

Talvez a memória da amada história de ninar de Everett Caul estivesse latente na mente de Lilly quando ela decidiu ligar as pequenas cidades sobreviventes em sua região à cidade grande no norte por meio da ferrovia desativada.

Ela teve a ideia no ano anterior, depois de se encontrar com os líderes das cinco comunidades principais. De início, o propósito da reunião — que aconteceu no antigo e venerável prédio do tribunal de Woodbury — era partilhar recursos, informações e boa vontade com as outras cidades da Geórgia central. Porém, quando os líderes das cinco comunidades falaram da diminuição de seus suprimentos, das viagens cada vez mais perigosas e da forte sensação de isolamento em terras rurais, Lilly resolveu entrar em ação. Não contou seu plano a ninguém, no início. Simplesmente começou a limpar e consertar os antigos trilhos petrificados da ferrovia West Central Georgia Chessie Seaboard que passava por Haralson, Senoia e Union City.

Ela começou aos poucos, algumas horas por dia, com Tommy Dupree, uma picareta, uma pá e um ancinho. No começo, foi lento — alguns metros por dia sob o sol causticante —, com os errantes continuamente atraídos pelo barulho. Ela e o garoto tiveram de repelir incontáveis mortos naqueles primeiros dias. Mas os errantes eram o menor de seus problemas. Era a terra que lhes dava o maior sofrimento.

Ninguém tem certeza das causas, mas, nos últimos quatro anos após a praga, o ecossistema se transformou. O mato e uma oportunista relva silvestre tomaram conta de tudo, a ponto de sufocar galerias, obstruir leitos de rio e praticamente atapetar as estradas. Trepadeiras se multiplicaram em tal profusão que outdoors, celeiros, árvores e postes telefônicos inteiros foram literalmente cobertos por suas gavinhas desenfreadas. A deterioração verde deixou tudo peludo de vegetação, inclusive os incontáveis restos humanos que ainda jaziam em valas e trincheiras. O mundo ficou cabeludo, e o pior parecia ter se apoderado dos trilhos de ferro da linha Chessie Seaboard em tranças obstinadas de flora com a espessura de cabos.

Durante semanas, Lilly e o garoto cortaram a hera inclemente, transpirando ao sol, empurrando um carrinho de mão para o norte, por trechos limpos, com uma lentidão laboriosa. Mas o trabalho barulhento — que não era diferente da panela fervente aos cuidados dos forasteiros na história da "Sopa de Pedra" — atraiu olhares curiosos, de gente que espiava por cima dos muros de cidades sobreviventes pelo caminho. As pessoas começaram a se aproximar e colaborar. Logo Lilly tinha mais ajuda que jamais previra. Alguns trouxeram espontaneamente ferramentas e equipamento de construção, como cavadeiras, aparadores manuais e foices. Outros trouxeram mapas de ferrovias abandonadas, encontrados em bibliotecas públicas, walkie-talkies a manivela para fins de comunicação e verificação, e armas para a segurança. Parecia haver um fascínio geral pela missão quixotesca de Lilly de limpar a ferrovia até Atlanta. Na verdade, este fascínio estimulou um desenvolvimento involuntário que surpreendeu até mesmo a própria Lilly.

No segundo mês do projeto, as pessoas começaram a ver o ousado empreendimento de Lilly como o arauto de uma nova era, talvez até uma líder de um novo governo regional pós-praga. E ninguém conseguia pensar numa pessoa melhor para ser a líder desse novo regime que Lilly Caul. No início do terceiro mês, foi feita uma votação no tribunal de Woodbury, e Lilly foi eleita por unanimidade a governante da cidade — para seu grande desgosto. Lilly não se enxergava uma política nem uma líder, nem — Deus me livre — uma *governadora*. No máximo, considerava-se uma gerente de nível médio.

— Caso alguém esteja interessado — disse uma voz atrás de Lilly, enquanto ela procurava seu parco almoço na mochila —, acabamos de cruzar o marco dos 40 quilômetros.

A voz era de Ash. Ela se portava com a arrogância pronunciada de uma atleta, toda pernas arqueadas e músculos. Naquele dia trazia uma cartucheira de lona da era Vietnã com pentes de vinte balas cruzando a camiseta Hank Williams Jr. E uma bandana em volta do cabelo preto como carvão, e tudo isso camuflava a antiga vida de aristocrata nos enclaves ricos do nordeste norte-americano. Ela se aproxima, numa das mãos tem uma lata semiconsumida de carne Spam, e na outra, um mapa amassado.

— Este lugar está ocupado? — Ela aponta para um toco vago.

— Sente aí — responde Lilly, sem nem mesmo olhar, procurando na mochila as frutas secas e velhas e a carne-seca, os quais vinha racionando havia semanas. Ela se senta em um rochedo coberto de musgo enquanto pega as iguarias. Em Woodbury ultimamente, só existem comestíveis com longa vida de prateleira — passas, enlatados, carne--seca, misturas para sopa. As hortaliças foram colhidas até o fim, e já fazia algum tempo desde que alguma caça silvestre ou peixe entrava no alcance do abate. Woodbury precisava expandir as capacidades agrícolas, e havia meses Lilly vinha arando a terra pela periferia da cidade.

— Então vamos fazer as contas. — Ash enfia o mapa no bolso de trás, senta-se ao lado de Lilly, põe outra colherada de Spam na boca e saboreia a carne processada, como se fosse *foie gras*. — Estamos nessa desde junho do ano passado. Nesse ritmo... O que vai ser? Vamos chegar à cidade no próximo verão?

Lilly olha para ela.

— Isso é bom ou ruim?

Ash sorri.

— Fui criada em Buffalo, onde a construção dura mais tempo que a maioria dos casamentos.

— Então acho que estamos indo bem.

— Mais que bem. — Ash olha para trás, para os outros, que se espalham pelo lugar. Agora estão devorando seus almoços, alguns sentados nos trilhos, outros à sombra de imensos carvalhos vivos, contorcidos e antigos. — Só estou me perguntando se conseguimos manter o ritmo.

— Acha que não vai dar?

Ash dá de ombros.

— Parte dos trabalhadores vem reclamando do tempo que passa longe de seu pessoal.

Lilly concorda com a cabeça e olha a selva de trepadeiras se entrelaçando e trançando pela terra.

— Acho que podemos fazer mais uma pausa no outono, quando chegam os meses de chuva. Isto nos dará uma chance de...

— Desculpe-me se pareço um disco arranhado — intromete-se outra voz atrás de Ash, interrompendo e arrancando a atenção de Lilly da densa vegetação a leste. Ela vê um homem desengonçado e de joelhos ossudos, chapéu fedora e short cáqui, pulando para elas da arena de cavalos. — Mas existe algum motivo para ninguém ter ideia de qual é a situação do combustível?

Lilly suspira.

— Relaxe, Cooper. Coma seu almoço, recupere o nível de açúcar no sangue.

— Isso não é brincadeira, Lilly. — O sujeito ossudo se coloca diante dela com as mãos nos quadris, como se esperasse um relatório. Tem uma Colt Single Action Army .45 no coldre do cinto Sam Browne e um rolo de corda para escalada no quadril oposto. Ele empina o queixo pronunciado enquanto fala, fingindo ser um aventureiro arrojado. — Já passei por isso vezes demais.

Lilly olha para ele.

— Passou *pelo quê*? Por acaso teve outra praga que não vi?

— Você entendeu o que eu quis dizer. Acabo de vir do armazém de Senoia e eles ainda não encontraram nenhum combustível por lá. Lilly, estou te falando, já vi muitos projetos caírem pelo caminho por problemas com combustível. Se você se lembra, estive envolvido no projeto de...

— Eu sei, você já nos contou, mais de uma vez, até decoramos, sua "empresa projetou mais de uma dezena dos maiores arranha-céus de Atlanta".

Cooper funga, seu pomo de adão proeminente subindo e descendo de frustração.

— Só estou falando que... Não podemos fazer nada sem combustível. Sem combustível só estamos limpando trilhos de metal que não vão a lugar algum.

— Cooper...

— Em 79, quando a Opep aumentou os preços do petróleo e o Irã fechou seus campos, tivemos de cancelar completamente três construções em Peachtree. Só ficaram suas fundações, como dinossauros no alcatrão.

— Tudo bem, escute aqui...

Outra voz soa atrás de Ash.

— Ei, Indiana Jones! Dá um tempo!

Todas as cabeças se viram para Jinx, a jovem andarilha que Lilly arregimentou no início do ano. Uma confusão volátil, brilhante e bipolar em forma de gente, Jinx usa colete de couro preto, uma miríade de tatuagens, múltiplas facas embainhadas no cinto e óculos escuros redondos, no estilo *steampunk*. Ela se aproxima rapidamente, as mãos em punho.

Cooper Steeves recua como quem se submete a um animal raivoso.

Jinx fala na cara do homem, o corpo tenso e retraído como uma mola de relógio.

— O que é essa compulsão sua de encher o saco dessa mulher todo santo dia?

Lilly se levanta e gesticula para Jinx se afastar.

— Está tudo bem, querida, eu cuido dessa.

— Cai fora, Jinx. Só estamos conversando aqui. — A petulância de Cooper Steeves esconde muito mal seu medo da jovem. — Você está exagerando.

A essa altura, Miles e Tommy já levantaram atrás de Ash, a expressão cautelosa contorcendo seus rostos. No ano que passou, provavelmente mais pelo calor que pelo estresse de ficar ao ar livre, houve discussões horrendas e até algumas brigas de soco na ferrovia. Todo mundo agora ficava de guarda alta. Até Norma Sutters — a antiga regente de coral gorducha e zen — já levava a mão direita roliça cautelosamente ao punho de sua .44.

— Todo mundo baixando a bola! — Lilly levanta as mãos e fala sucintamente, mas com firmeza. — Jinx, para trás. Cooper, preste atenção. Você está levantando questões legítimas. Mas a verdade é que estamos avançando no preparo de mais biodiesel e temos aquele motor em Woodbury que já convertemos. Além disso, temos os vagões-plataforma puxados a cavalo e alguns carrinhos de mão para nos levar aonde precisamos ir até termos outros motores funcionando. Está bem? Está satisfeito?

Cooper Steeves olha a terra, solta um suspiro de frustração.

— Tá legal, pessoal! Ouçam! — Lilly olha para além do grupo a sua volta, para o restante dos trabalhadores. Estreita os olhos para o céu impiedoso, depois para seu pessoal. — Vamos terminar o almoço, limpar mais cem metros, cercar e encerrar o dia.

Às quatro horas daquela tarde, uma camada fina de nuvens havia chegado e parado acima da Geórgia central, tornando a tarde cinzenta e tempestuosa. A brisa traz o cheiro de ferrugem e decomposição. A luz do dia derrama um brilho descorado atrás do alto dos morros a oeste. Exausta, suada, com a nuca formigando de uma tensão nervosa inexplicável, Lilly encerra o dia de trabalho quando enfim vê a ofensiva ponte de Bell logo à frente. A ferrovia segue esse trecho por uma vala densamente arborizada, como o baluarte de uma ponte levadiça gótica, um trecho antigo maltratado, de madeira preta de mofo, tomada por trepadeiras e hera, gritando por reparos e reforço; uma tarefa colossal que Lilly está mais que disposta a protelar para o dia seguinte.

Ela resolve pegar uma carona para casa com Tommy Dupree em uma das carroças improvisadas puxadas a cavalo — a carroceria queimada de um utilitário antigo; o motor, as rodas da frente e a metade traseira removidos para acomodar uma parelha de cavalos de tração atrelada aos tocos do chassi. Tommy prendeu um sistema complexo de rédeas e nós corrediços aos animais, e, entre os relinchos e bater de cascos dos cavalos, e os rangidos e guinchos dos cabos provisórios, a coisa faz muito barulho enquanto eles tomam o acesso de terra que desce para os campos de tabaco ao sul.

Eles viajam principalmente em fila única, a carroça de Tommy na frente, seguida pelo restante dos trabalhadores, alguns a cavalo, outros em meios de transporte mistos semelhantes.

Quando chegam à rodovia 85, alguns da turma se separam do grupo para voltar às respectivas comunidades a norte e a leste. Bell, Cooper e outros ofereceram um cumprimento de cabeça quando viraram para o oeste e desaparecem na névoa do fim de tarde. Ash acena para Lilly ao liderar meia dúzia de seus companheiros, moradores de

Haralson, em torno dos restos petrificados de um ônibus virado da Greyhound que jaz pelas pistas da rodovia no sentido norte. Os anos descoraram e cobriram os destroços com uma vegetação tão espessa que parece que a própria terra está em vias de reclamar a carcaça de metal do veículo. Lilly olha seu relógio de bolso. Já passa das cinco. Ela preferia chegar em casa antes de a noite cair.

Eles só veem sinais do ataque quando chegam à ponte coberta em Elkins Creek.

— Esperem... Peraí... Que merda é essa? — Lilly se deslocou para a beira do banco da cabine e agora se inclina para a frente, olhando o céu obscuro e estanhado sobre Woodbury, a cerca de 2 quilômetros de distância. — Mas o que diabos...?

— Ôa! — Tommy bate as rédeas e leva a carroça pela escuridão da ponte coberta. — O que *foi* isso, Lilly? Que *fumaça* é essa?

As sombras deprimentes tragam os dois por um momento enquanto os cavalos lutam para puxar a carroça pelo espaço fechado e malcheiroso, o barulho ricocheteando pelas tábuas maltratadas pelo tempo. Quando saem do outro lado, Jinx já passou zunindo por eles e esporeou o cavalo para um morro adjacente.

O coração de Lilly começa a disparar.

— Jinx, está enxergando? O que é a fumaça?

Na crista do morro, Jinx puxa o cavalo a uma parada canhestra e pega o binóculo. Olha pelas lentes, depois fica inteiramente imóvel. Quinze metros abaixo dela, Tommy Dupree faz a carroça parar aos sacolejos na estrada de acesso.

Lilly ouve os outros parando atrás. A voz de Miles Littleton.

— O que está acontecendo?

Lilly grita para a jovem no cavalo.

— Jinx, o que *é*?

Jinx fica dura como um manequim e olha pelo binóculo. Ao longe, uma coluna de fumaça preta como nanquim sobe em espiral do centro da cidade.

DOIS

Eles se aproximam pelo nordeste, a carroça retumbando sobre os trilhos petrificados que cruzam o pátio de manobras. O ar crepita e fede a madeira queimada e cordite. Corpos de errantes se espalham pelo terreno baldio ao lado do pátio de trens, a barricada adjacente pontilhada com colares de buracos de bala. Por dentro do muro, vários prédios emanam cones finos de fumaça dos incêndios ou das rajadas contínuas de armas de fogo. Lilly reprime o impulso de entrar na refrega disparando as armas; primeiro precisa avaliar a situação, entender contra o que eles lutam. Nos últimos dez minutos, ela tentou, sem sucesso, falar com David Stern pelo walkie-talkie a manivela, e agora o silêncio no rádio reverbera em seu cérebro.

Ela vê um carro com o para-brisa espatifado, a porta do motorista escancarada perto da esquina da Dogwood com a Main, uma fumaça índigo elevando-se nos ventos próximo à barricada derrubada. O coração de Lilly bate mais rápido enquanto ela apreende tudo — os incêndios ardendo nos limites internos dos muros, os painéis crivados de balas, as janelas espatifadas e a trilha de pneus e destroços pelo terreno baldio entre a Jones Mill e a Whitehouse Parkway. Aqueles rastros circulares e os incontáveis pedaços de papelão rasgado e vidro quebrado não estavam ali mais cedo, quando a equipe de construção partiu da cidade.

Lilly verifica a pistola. A Ruger SR22 ficou ao seu lado desde os primeiros dias da praga. Um antigo morador de Woodbury chamado

Martinez encontrou seis em certa ocasião num Walmart e deu duas a Lilly. Desde o início, o melhor na arma tinha sido a abundância de munição compatível: balas calibre .22 de fuzil longo eram vendidas na maioria das lojas de material esportivo pelo sul por menos de 5 centavos cada, e Lilly em geral conseguia recolher caixas em prateleiras ou armários, ou gavetas de mesa aonde quer que fosse. Sempre parecia haver por aí sobras de caixas de balas de ponta oca American Eagle ou Remington. Mas isso foi *antes*, e agora é agora, e ultimamente a despensa tem estado vazia. Lilly ficou reduzida a suas últimas cem balas CCI chapeadas de cobre, por isso faz uso delas com critério, procurando não desperdiçar em errantes quando uma arma branca ou rombuda pode servir muito bem.

— Vamos deixar as carroças e cavalos e seguir a pé — ordena ela a Tommy, que estala as rédeas e guia a equipe pelo canto norte da cidade. Ele escolhe a lateral de um pequeno grupo de palmeiras, faz os cavalos pararem e sai da carroça para amarrar as rédeas num galho. Lilly olha para trás e vê Jinx e Miles aproximando-se rapidamente em seus cavalos, Norma na carroça, levantando redemoinhos de poeira no vento nocivo. Eles puxam, desajeitados, seus animais a fim de que parem, desmontam e verificam as armas. Lilly destrava a Ruger e puxa o pente, verificando as balas. O pente está cheio, dez projéteis prontos para disparar.

— Pelo visto o que quer que tenha acontecido aqui, já passou.

O tom grave em sua voz — um ar não proposital, carregado de perdição, que fala mais de exaustão que de terror — chama a atenção de Tommy.

— Quem faria isso? — A voz de Tommy vem das profundezas da garganta, densa de angústia e horror, enquanto ele olha para o outro lado, para uma agência postal abandonada, de tijolos aparentes com janelas cobertas por tábuas e placas antigas e desbotadas de carteiros sorridentes e famílias de banho recém-tomado, felizes por receber pacotes da tia Edna. — Por que merda alguém faria...?

— Foco, Tommy. — Lilly aponta o bosque fechado ao sul. — Vamos entrar pelo portão sul... Se a merda do portão ainda estiver lá.

— Ela olha para trás, para os outros. — Fiquem de olhos abertos para elementos hostis. Fiquem abaixados, em silêncio e atentos às cercanias.

— À volta dela, todos concordam com a cabeça. — Muito bem, vamos nessa.

Uma onda de emoção cresce em Lilly quando ela se vira e os lidera, passando pelo Piggly Wiggly, rumo ao portão. O silêncio os pressiona. Ainda nenhum sinal de David ou Barbara, nenhum som de nenhum morador dentro da barreira. Nenhum errante à vista. *Mas onde está todo mundo?* Uma descarga de adrenalina dispara pela coluna de Lilly, o impulso de irromper pela cidade é tão forte que quase lhe tira o fôlego. Ela pensa nas crianças Dupree por ali em algum lugar, os Stern, Harold e Mama May, e Clint Sturbridge. Mas reprime a compulsão de entrar de rompante. No momento, a prioridade é avaliar a ameaça. Eles precisam investigar rápida e silenciosamente, e ver o que estão enfrentando.

Por um instante, Lilly sente o olhar atraído para a mata além do estacionamento do supermercado. Ela consegue ver dezenas de restos de errantes pela margem da floresta, ainda envoltos na névoa azul e densa da fumaça dos disparos.

No fundo da mente, acumulam-se os detalhes periciais, pintando um retrato do ataque. Quem quer que tenha invadido a cidade provavelmente viera do nordeste, derrubando os mortos-vivos que povoaram a mata aquela manhã. E pela aparência da carnificina — a maioria das criaturas fora despachada com uma única bala na cabeça, muito bem enfileiradas nas cercanias dos pinheiros —, Lilly começa a deduzir que os atacantes eram muito organizados, muito habilidosos. *Mas com que fim? Por que gastar recursos e energia numa iniciativa tão custosa como atacar uma cidade?*

Ela empurra o pânico garganta abaixo enquanto caminham rapidamente pela Folk Avenue e se aproximam do portão. No último ano, Woodbury veio se tornando cada vez mais autossustentável — mais um objetivo de longo prazo de Lilly —, tanto do lado de fora dos muros quanto dentro de seus limites. As pequenas casas térreas pela Folk foram aperfeiçoadas com painéis solares improvisados, tanques imensos de água filtrada do lago para o banho e para lavar roupas, e enormes composteiras nos quintais para obter fertilizantes. Alguns meses atrás, David Stern começou a recolher esterco de cavalo para o composto numa tentativa de dar um bom uso a cada lasca restante de seus recursos naturais.

Lilly para diante do portão e fala rapidamente, sussurrando num tom alto a fim de ser ouvida acima do vento.

— Fiquem juntos, de olhos bem abertos, não falem nada que não seja absolutamente necessário e economizem munição. Se encontrarem um errante, usem uma lâmina. E não se afastem. Não quero ninguém caindo numa emboscada.

Tommy engole em seco.

— E se for uma armadilha?

Lilly baixa os olhos, puxa o ferrolho da Ruger, olha a câmara e confirma que tem uma bala na agulha. Depois verifica se a arma está destravada, e, por fim, encara Tommy.

— Se for uma armadilha, vamos lutar para sair dela.

Com um gesto de cabeça, ela segura a arma com as duas mãos e os leva pela abertura.

Nos dois primeiros anos da praga, os sobreviventes aprenderam uma dura verdade sobre os companheiros: embora os mortos ambulantes certamente representem um importante desafio para as pessoas, a triste realidade é que o verdadeiro perigo vem dos vivos. Por algum tempo, o mundo dos vivos evoluiu para um crisol de conflitos tribais, barbárie, crimes oportunistas e irritantes disputas territoriais. Mas ultimamente parece que os casos de violência de sobreviventes contra sobreviventes vinham se tornando cada vez mais raros. Agora, os ataques sem provocação são muito menos frequentes. É quase como se os sobreviventes tivessem ficado atentos para o custo do conflito — consumia tempo demais, era desagregador e simplesmente ilógico. Os egos foram sublimados na iminência da extinção. Agora, a energia tem melhor uso na defesa. É por tudo isso que Lilly e sua turma de trabalho ficam tão assombrados com o resultado daquele ataque inexplicável. E ainda mais perturbador é o que encontram no chão, ao pé da escadaria do tribunal.

— Alto! — sibila Lilly para os outros, levantando a mão repentinamente, aí gesticula para todos ficarem junto à parede de uma viela adjacente, que dá para a praça arborizada na frente do pequeno prédio pitoresco.

Com a tinta branca lascada, colunas decorativas e domo cor de cobre, o tribunal em estilo romano situa-se ali há mais de cem anos, e desde o surto vem servindo como uma espécie de centro comunitário nevrálgico da cidade. Os vários regimes que estiveram no poder ali — inclusive o tirano Philip Blake — usaram o prédio para reuniões cerimoniais, prestação de contas, sessões de planejamento e armazenamento de recursos comuns. Até então, o conselho dos cinco vilarejos se reúne na sala dos fundos do prédio. Mas agora as portas duplas no alto da entrada estão escancaradas, pedaços de papel e lixo sendo soprados para o saguão dianteiro. O lugar parece saqueado. Mas no momento não é isso que incomoda Lilly. No silêncio sinistro que se apodera da cidade — as chamas quase completamente apagadas, os bolsões de névoa azul se dissipando, os assaltantes aparentemente tendo ido embora há muito — o que incomoda Lilly mais que qualquer outra coisa é o fato de eles ainda não terem visto ninguém de seu pessoal.

Até agora.

— O Senhor tenha misericórdia. — A voz estrangulada de Norma Sutters soa atrás de Lilly. — É Harold ali? Lilly, é *Harold* caído ali?!

— Norma, controle-se! — Lilly lança um olhar aos outros. — Todos vocês, controlem-se e fiquem onde estão por um segundo!

A cinquenta metros dali, o corpo de um afro-americano idoso jaz em um monturo imóvel, ensopado numa poça do próprio sangue. Miles Littleton aproxima-se de Norma e passa o braço sobre seus ombros.

— Está tudo bem, irmã.

— Largue! — Norma solta um bufo de agonia enquanto se desvencilha dos braços do homem. — É Harold ali!

— Controle-se, que merda! — Lilly mantém a pistola em "baixa prontidão"; na frente e para o lado, pouco abaixo de sua visão periférica, como aprendeu com Bob, enquanto avalia rapidamente a vizinhança geral do corpo amarfanhado ao pé da escada de pedra. Apesar do silêncio perturbador, e do vento vazio e árido que sopra pelo centro da cidade, Lilly tem a impressão de que o estranho quadro vivo é uma armadilha. Ela olha de um telhado a outro, da torre da caixa-d'água descorada pelo sol ao antiquado coreto caiado no canto noroeste da praça. Nenhum sinal de atiradores. Nenhuma indicação de alguém à espreita. Até os errantes desgarrados que aparentemente vagavam pelos portões abertos foram destruídos com rapidez e eficiência pelos assaltantes desconhecidos, muitos dos restos esfarrapados ainda jogados pelas ruas e sarjetas da cidade. Agora o vilarejo está silencioso, sonolento e bucólico, como deve ter sido em 1820, quando brotou do barro vermelho da Geórgia tal uma minúscula cidade ferroviária.

— ME LARGUE!

Norma Sutters se liberta de Miles Littleton. A mulher rechonchuda atravessa a esquina da rua correndo.

— NORMA! — Lilly corre atrás dela, os outros no encalço. Norma chega ao gramado do tribunal e quase tropeça no meio-fio enquanto saltita e dispara pela grama. Ainda segurando a Bulldog.44 em uma das mãos, avança para o corpo jogado nos paralelepípedos. Lilly e os outros a seguem, os olhos varrendo a periferia.

— Meu-Deus-meu-Deus-meu-Deus. — As palavras brotam da ex-regente de coral, de algum poço fundo de emoções pelo homem mais velho que talvez nem ela soubesse ainda existir, e aí ela se joga nas pedras onde ele está prostrado. Ela procura a pulsação em seu pescoço e percebe que já está morto há algum tempo — talvez horas —, a causa da morte aparentemente três ferimentos de bala de grosso calibre no peito. Porém, pelo jeito como as mãos estão, em garra, e por seu rosto de pele escura e rugas fundas, petrificado, franzindo a cara de angústia, está nítido que ele teve uma morte difícil, preso numa luta mortal. O sangue do homem ensopa a saia de Norma quando ela puxa seu corpo flácido num abraço, acariciando a nuca grisalha. Norma chora baixinho. — *Meu-Deus-meu-Deus-meu-Deus-meu-Deus-meu-Deus-meu--Deus-meu-Deus-meu-Deus-meu-Deus-meu-Deus-meu-Deus...*

Lilly chega e guarda uma distância respeitosa. Os outros se aproximam por trás, as armas em riste caso a bala de um atirador os intercepte. Norma soluça, balançando o cadáver do homem por quem ela fora apaixonada. Lágrimas riscam a pele cinzenta do rosto roliço. Lilly olha para o outro lado. Depois percebe algo que pode ser importante ou não.

Rastros de sangue riscam os paralelepípedos atrás do corpo de Harold Staubach. É evidente que o homem se arrastou um bocado antes de se acabar numa hemorragia. O que ele estivera tentando evitar? Ou será que ele tentava, nos estertores da morte, perseguir alguma coisa? Lilly olha as portas abertas e o lixo que se agita à brisa, diante da porta da frente. Ela pensa no assunto, depois se vira e passa os olhos pelo restante da cidade.

A revelação a atinge como um picador de gelo entre os olhos. Ela se vira para Miles e Jinx.

— Muito bem, prestem muita atenção no que vou dizer. Quero que vocês dois verifiquem a casa dos Stern, depois a estação. Agora. Tommy e eu vamos checar a pista de corridas. Vamos nos encontrar aqui em dez minutos. Cuidado com os pontos cegos. FAÇAM ISSO AGORA!

Pelo mais breve instante, Jinx e Miles trocam um olhar desconcertado. Em seguida, Miles se vira e olha para Lilly.

— O que estamos procurando?

Lilly já havia partido em disparada para o cruzamento norte da praça. Ela grita olhando para trás enquanto corre:

— As crianças! Temos de encontrar as crianças!

Décadas atrás, muito antes de alguém até ter *concebido* que um morto se reanimasse e consumisse a carne dos vivos, alguém teve a brilhante ideia de que a única coisa que a cidade de Woodbury precisava era de uma pista de stock car. Mais que um novo campo para a escola, mais que uma clínica médica reformada, mais que qualquer coisa... Woodbury precisava de uma pista de corrida. Dois empresários locais serviram como ponta de lança dos esforços para angariar fundos durante todo o inverno de 1971 e a primavera de 1972. Usando o chamariz consagrado da criação de empregos e do desenvolvimento turístico e econômico, o comitê levantou uma quantia de pouco menos de 500 mil dólares — suficiente para dar o primeiro passo e assentar as fundações do imenso complexo, o qual incluiria oficinas subterrâneas, lugares para 7.500 torcedores, uma cabine de imprensa e campo interno e rebaixado de última geração (para a época). O restante do financiamento foi conseguido no ano seguinte, e em 1º de julho de 1974 a Woodbury Veterans Speedway inaugurou as catracas para os negócios.

Se a pista fosse construída em qualquer outra parte do mundo, teria sido marginalizada e vista por muitos como uma afronta ao encanto agrário da área rural. Mas aquele era o sul e o povo interiorano local apreciava os pormenores da NASCAR como em nenhum outro lugar. O cheiro de borracha quente e asfalto fumegante, o zunido de milhares de centímetros cúbicos de combustão de Detroit enchendo o ar, o brilho do sol da Geórgia refletindo de capôs Metalflake que disparavam pelas arquibancadas num lindo borrão, o virar dos pescoços quando seu piloto tomava a liderança para a última volta no oval — tudo isso fazia parte do tecido do genoma sulista, organicamente era parte da vida dessas pessoas, como o céu para os pardais. E no último quarto do século XX, Woodbury tornou-se uma marquise para a Southeastern United States Short Track Racing Association.

Foi só no início do milênio que a Woodbury Veterans Speedway começou a entrar em decadência — a alta no preço do combustível, a proliferação da diversão eletrônica, a recessão e o custo de manutenção trouxeram o fim do apogeu das corridas em Woodbury. Quando a praga estourou, o imenso complexo no lado oeste da cidade — com as arquibancadas em formato de disco voador, labirintos de oficinas subterrâneas e andares superiores do tamanho de porta-aviões — passou a ser cada vez mais uma curiosidade, cada vez mais um elefante branco. Durante anos, foi usado como depósito, estacionamento de ônibus escolares, um ou outro festival de música country e para o crescimento desenfreado de mato e trepadeiras, que por fim envolveram e se torceram em torno dos postes superiores, como serpentes bizantinas em algum tríptico de pesadelo de Bosch dos nove círculos do inferno.

Quando Philip Blake (vulgo o Governador) tomou o poder ali alguns anos antes, como uma espécie de gorgulho satânico — transformando a cidade numa ditadura de Terceiro Mundo —, a pista de corridas passou a ser um símbolo de tudo que era profano nesses tempos apocalípticos. O Governador transformou o semicírculo de arquibancadas, os enormes portais, o oval aterro asfaltado e o vasto campo calcinado de grama morta e fossos de cimento manchados de óleo numa arena de gladiadores digna dos circos romanos. Em espetáculos do gênero matar ou morrer, cercados por grupos de errantes cativos acorrentados, babando e tentando agarrar os combatentes, os brutamontes do Governador competiam pelo direito de viver ou morrer por seu amado imperador. A teoria — de acordo com Blake — era que a festança sangrenta proporcionaria catarse para os moradores, mantendo assim as pessoas felizes, dóceis e manejáveis. Pouco importava que a coisa toda fosse falsa, no melhor estilo da Federação Mundial de Luta Livre. Para Lilly, uma antiga habitante de Woodbury, havia algo de profundamente perturbador nos acontecimentos. A sensação obscena e surreal de assistir aos mortos-vivos, acorrentados sob luzes halógenas, apresentando-se para a multidão, como os micos de realejo que assombravam os sonhos de Lilly e até hoje continuam a macular suas lembranças.

É por tudo isso que ela sente ondas de emoção se quebrando em seu corpo enquanto leva a equipe de resgate pelos portões de tela até o lado de fora do canto norte da pista de corridas. Eles param junto dos postes.

Nos últimos dez minutos, eles toparam com meia dúzia de corpos: Clint e Linda Sturbridge, Mama May, Rudy e Ian. Praticamente todo novo morador de Woodbury foi assassinado a sangue-frio... *Mas pelo quê?* Quem atacou a cidade não estava interessado em roubar nenhuma das reservas de combustível nos tanques atrás do mercado. Deixaram intacta a despensa de comida no depósito da Main Street. Nem uma só provisão ou suprimento foi levado do armazém na Jones Mill. O que esses chacais procuravam?

— Jinx e Miles, vocês dão a volta por trás e verificam a entrada de serviço. — Lilly aponta para as enormes colunas cinza de argamassa que flanqueiam o calçamento rachado da área de carga. — O restante de nós entra pela frente. — Lilly se vira e olha para Tommy e Norma. — Armas destravadas, bala na agulha, e lembrem... Não importa o que a gente encontrar, errantes, hostis ou o que for... Evitem a visão tubular, afastem-se das paredes, dedos fora do gatilho até terem um alvo. — Ela olha para Tommy. — Você se lembra do que eu te ensinei?

Tommy concorda com a cabeça, exibindo um rubor frustrado de raiva.

— Eu me lembro, Lilly. Meu Deus, não sou criança, porra!

— Não, você não é. — Lilly assente para os outros. — Vamos.

Eles sobem em fila única pela rampa até a arcada alta da entrada principal, enquanto Jinx e Miles contornam rapidamente a lateral do prédio, desaparecendo nas sombras da área de carga deserta.

Carrinhos de mão cheios de turfa e terra vegetal estão perto dos portais; pás e enormes rolos de tela de arame, empilhados perto da entrada. Algumas carroças foram estacionadas abaixo do pórtico, bem como sacos de aveia para os cavalos. No último ano, Lilly expandiu as atividades agrícolas dentro da arena e usou cavalos para puxar os arados e ajudar no trabalho pesado. Muitos animais são guardados nas antigas oficinas abaixo da arena — as grandes salas ao longo dos corredores funcionam bem como estábulos improvisados. A primavera tem sido úmida, e Lilly vinha esperando e rezando para que as lavouras superexploradas se regenerassem rapidamente. Agora qualquer pensamento sobre agricultura é bloqueado de sua mente.

Ela guia Tommy e Norma pela arcada onde fica a escultura de Mercúrio — deus romano da velocidade, da viagem e, por ironia, guia para o mundo dos mortos —, erodida pelo vento, postada ali num quadro eterno.

Eles mergulham em uma escura, úmida e mofada via cimentada. O ar tem cheiro de podridão seca, fezes de rato, urina antiga e rasto. À esquerda, estende-se o mezanino tomado de lixo e respingado de sangue dos estandes de comida e banheiros desertos. À direita, a escada de pedra que desce ao nível de serviço, abaixo das arquibancadas.

Lilly se comunica com gestos e o cano de sua .22 enquanto leva os outros dois escadaria abaixo. Compreende-se — na realidade, sem falar — que em caso de emergência as crianças seriam levadas para ali, provavelmente por Barbara Stern. As áreas de serviço subterrâneas parecem salas seguras ou abrigos antibombas. Lilly assume a liderança ao chegar ao pé da escada.

Várias sensações os atingem no momento em que entram na passagem — o fedor de esterco de cavalo e feno fermentado, som de água pingando, a atmosfera fértil como a de uma estufa. Eles ouvem os bufos e o resfolegar dos cavalos em suas baias, alguns animais batendo os cascos nas paredes, nervosos, outros relinchando subitamente com o cheiro de humanos. Lilly empunha a Ruger em posição israelense de ataque — usa as mãos para segurá-la, os pés alinhados aos ombros, o cano para a frente, o corpo inclinado —, seguida pelos outros dois, ambos de olhos arregalados.

Eles chegam ao final do corredor e veem que as portas de metal para a sala segura estão abertas.

O coração de Lilly martela no peito enquanto ela espia o interior da sala, vendo o espaço vazio, as cadeiras de jardim de infância viradas, copos de água derrubados nas mesas baixas, os livros de histórias infantis espalhados pelo chão. Porém, nenhum sangue nem sinal de errantes. Alguns itens originais da sala estão desaparecidos: a pequena caixa de brinquedos, alguns cobertores, berços. Que merda é essa? A cabeça de Lilly gira. O que está havendo? Ela se volta para o corredor.

— Mas que porra é essa, Lilly? — Os olhos de Tommy lacrimejam de pavor, sua irmã e o irmão mais novos desaparecidos. — Onde eles estão?!

— Talvez tenham voltado para a casa deles — propõe Norma, sabendo o quanto aquilo é improvável.

Lilly balança a cabeça.

— Passamos por ela quando viemos para cá e estava vazia.

Tommy observa a passagem fria de pedra, os lábios tremem de pavor.

— Ainda não encontramos David nem Barbara... Talvez estejam com as crianças.

— É, talvez... Talvez — murmura Lilly, tentando acalmar os nervos e raciocinar com clareza. — Talvez a gente deva voltar e olhar o...

Um barulho, no início fraco, a interrompe. Ela rapidamente olha para a extremidade do corredor. Os outros ouvem também, uma voz distorcida que de início parece ser de um errante. Os canos das armas sobem imediatamente, o ferrolho é puxado. O barulho vem do túnel lateral mais à frente, a cerca de 30 metros do grupo.

Lilly leva o dedo aos lábios. Lentamente, eles seguem até o cruzamento de túneis, as armas carregadas e preparadas, os canos erguidos e prontos para explodir o crânio de algum morto mofado. A boca de Lilly fica seca à medida que eles se aproximam do cruzamento. Em algum lugar atrás dela, um cavalo bufa suavemente, tenso. Outros cavalos se agitam. As mãos de Lilly estão suadas quando ela chega ao túnel lateral e de repente dá uma guinada para o canto com o cano da Ruger à frente, erguido.

A cerca de 10 metros, um homem de meia-idade — ainda se agarrando à vida — está prostrado e contorcido no chão, na base da rampa de saída, um braço ainda estendido para o alto do aclive. Vestido numa jaqueta de seda esfarrapada, com o emblema da Bob Seger Band nas costas perfurado de buracos de bala cercados de sangue, ele treme um pouco enquanto luta para levar ar aos pulmões. Seu rosto pálido e grisalho está no chão, soprando a poeira a cada respiração laboriosa.

Lilly baixa a arma e corre para o homem ferido, os outros em seu encalço. Ela se ajoelha.

— David — diz ela em voz baixa, enquanto aninha a cabeça do homem delicadamente. — Está me ouvindo? David?!

Ele leva um bom tempo para reunir forças suficiente e falar.

TRÊS

— Eles pegaram Barbara...

David tosse no chão, engole com dificuldade, passa a língua pelos lábios rachados e respira, ofegante. Seu rosto é pálido e brilha de suor, os olhos injetados e desfocados. A expressão endurece repentinamente numa máscara de dor.

— Filhos da puta... Saíram do nada... Eles pegaram minha *mulher*...

Lilly se vira para Jinx, que tinha acabado de chegar com Miles por um corredor adjacente.

— Jinx! A enfermaria no final do saguão! Pegue a maca... E um kit de primeiros socorros! Tommy, vá ajudá-la!

Com uma série de gestos de cabeça tensos e olhares desajeitados, Jinx e o garoto dobram a esquina, correndo.

Lilly levanta David Stern com delicadeza e o coloca sentado e encostado na vizinha parede de blocos de concreto. Examina os ferimentos. Dois dos três tiros parecem ter atravessado a carne do ombro, saindo num tufo de tecido na parte de trás da jaqueta. O terceiro parece ter se alojado em algum lugar no peito — sem ferimento de saída, o que não é bom sinal —, e é quando Lilly apalpa o pescoço do homem. Sua pulsação está disparada, e ele arde de febre.

Ele tosse.

— Os filhos da puta nos pegaram de surpresa. — Ele tosse um pouco mais. Norma e Miles chegam mais perto, ajoelhando-se ao lado de Lilly para ouvir melhor, a voz de David esfacelada de dor, choque e fúria. — Armados até os dentes... Acho que são paramilitares... Tinham uma espécie de lança-granadas.

    Lilly olha para ele.

    — Mas que merda estavam procurando? Não tocaram no depósito... Não falta nem uma gota de combustível dos tanques.

    Um respingo fino e delicado de sangue lhe brota do peito enquanto David se contorce em mais um espasmo de tosse. Por fim ele consegue encarar Lilly.

    — Eles queriam as crianças, Lilly.

    — O quê?!

    — Eles pegaram as crianças.

    Pelo mais breve momento, Lilly olha fixamente, na mais completa incompreensão, o silêncio pontuando a gravidade da coisa toda. Norma e Miles se olham, estupefatos, sem fala. Eles se voltam para Lilly, que agora tem os olhos fixos no chão, balançando a cabeça, tentando obrigar o cérebro a entender. Ela ergue a cabeça.

    — Eles levaram todos os seis?

    David consegue assentir, tosse e fecha os olhos.

    — Por isso levaram Barbara... Para que eles ficassem calmos... Eu tentei impedi-los. — Ele respira pelo nariz, com dificuldade. — Harold quis esconder Mercy no tribunal... Mas eles a encontraram... E quando Harold revidou, eles o derrubaram num piscar de olhos. — Ele estala os dedos ensanguentados. — Como se ele fosse uma porra de um errante.

    Lilly meneia a cabeça, atormentada, ainda procurando explicações.

    — Mas por quê...?

    — Os filhos da puta pareciam umas merdas de robôs.

    — Mas por que procurar as crianças? O que, em nome de Deus, eles querem com as crianças?

    Os olhos de David ficam vidrados de dor.

    — Como umas merdas de robôs — murmura ele.

    — David! — Ela o sacode. — Por que as crianças?

    — Organizados... Frios como pedra... Calculistas.

    — QUE MERDA, OLHE PARA MIM!! — Ela o bate na parede. — POR QUE LEVAR AS CRIANÇAS?!

— Lilly, pare com isso! — Miles estende o braço e puxa Lilly, segurando-a. — É melhor se acalmar, porra!

Lilly recupera o fôlego, balançando a cabeça, encarando o chão.

Jinx e Tommy voltam com uma maleta preta e a maca portátil dobrada.

Eles baixam a maleta e rapidamente abrem a marca de lona no chão, ao lado de David. A mente de Lilly gira enquanto ela observa a gasta maleta preta de médico. É a mesma maleta que Bob Stookey costumava carregar durante épocas de crise — uma que no passado pertencera a um antigo clínico de Atlanta chamado Stevens. Para Lilly, a maleta preta irradia morte. Ela viu aquela maleta numa mesa de aço inox ao seu lado quando perdeu o bebê, dois anos antes; o aborto espontâneo e a dilatação e curetagem subsequentes realizadas por Bob tornaram-se uma das grandes provações da vida de Lilly. Agora Jinx abre a maleta e vasculha o conteúdo freneticamente.

— Desculpe-me — diz Lilly a David enfim. — Estou perdendo o controle. — Ela acaricia o ombro do sujeito. — Vamos levar você para a enfermaria. Conversaremos depois.

Jinx pressiona uma atadura de gaze no ferimento mais grave e a segura no peito enquanto Miles e Tommy colocam o homem na maca de lona com cuidado. Enquanto isso, David está murmurando: "Eu não sei, Lilly... Por que eles fariam... Eles fariam... Teriam todo o trabalho..." Ele se cala quando eles prendem a atadura no lugar, segurando as pernas finas com tiras de náilon e posicionando os braços junto de seu corpo. David Stern então perde a consciência, a cabeça tombando de lado, o corpo afundando nas dobras da lona.

Existe uma parte no cérebro — bem lá dentro, no cerebelo, nas sinapses emaranhadas do gânglio basal — associada à percepção de tempo. Alguns neurocientistas acreditam que é na parte funda dessa região — conhecida como o núcleo supraquiasmático — onde acontece a medição do tempo mais imediato: o tempo *ultradiano*. É ali que nasce a urgência. É ali que o relógio começa a tiquetaquear, que nos diz que algo vai acontecer — talvez algo pavoroso — se não engrenarmos o rabo e fugirmos como loucos.

Lilly Caul sempre teve um senso de tempo ultradiano muito desenvolvido. Quando criança, podia sentir o relógio correndo quando o jantar se aproximava, durante provas na escola ou quando Everett procurava por ela depois do toque de recolher. Com uma sensibilidade quase sobrenatural, ela sentiria o tique-taque da bomba-relógio no fundo da mente quando um alarme de incêndio estava prestes a ser disparado, ou quando a sineta da escola parecia a ponto de tocar, ou um trovão prestes a estourar, ou mesmo o momento preciso em que sua menstruação estava para vir. Desde o advento da praga, ela notara esse sexto sentido pouco antes de sentir o cheiro de um errante na vizinhança ou de cair em uma armadilha. Não é um dom *paranormal*. Não é magia. Ela simplesmente tem uma sensibilidade muito desenvolvida à mudança iminente.

E é por tudo isso que ela sente o tique-taque do tempo nessa noite enquanto corre para proteger a cidade.

— Achei isso, Lilly! — grita Jinx do flanco direito de Lilly, o anoitecer se fechando sobre elas, os grilos começando a cantar. Já são sete e meia, e as duas estão se aproximando de uma única unidade de banheiro químico situada perto dos caminhões, na Dogwood Street. As duas imensas carretas estão uma de frente para a outra, formando um portão móvel. O banheiro químico foi arrastado para lá pelo pessoal do Governador dois anos antes, para servir aos homens que reformavam o muro, e agora uma larga poça de sangue arterial vermelho intenso vaza do toalete. Alguma coisa se mexe ali dentro. — Para trás. — Jinx ergue sua enorme faca Bowie reluzente e se prepara para dar um puxão e abrir a porta. — Lá vai.

Ela destranca a maçaneta da porta e com um movimento fluido abre o postigo de plástico.

O errante dentro do banheiro químico tem uma convulsão com o cheiro de humanos, estendendo as mãos às cegas, soltando rosnados mucosos. Não muito tempo atrás, Clint Sturbridge era um ex-eletricista jovial de Macon, na Geórgia, que tinha perdido a ex-mulher e a filha adolescente nos tumultos que tomaram as cidades nas semanas logo após a Transformação. Um homem grandalhão com costeletas e corpo em formato de pera, ele se provara importante no recente renascimento de reconstrução e reinvenção de Woodbury. Agora ele se atirava para Jinx ao mesmo tempo que a ponta da faca da mulher atingia a concha dura de osso acima do lobo frontal, sangue e fluidos efervescendo em torno do cabo.

A coisa, que outrora era um decente homem trabalhador, arria e desaba.

Jinx limpa a lâmina na perna da calça da coisa, depois se levanta.

— Pobre filho da puta.

Lilly examina mais atentamente a profusão de sangue que cobre o interior da área cercada de plástico.

— Parece que ele foi baleado no ataque e sangrou aqui dentro. — Ela procura uma arma. — O homem estava *desarmado, puta merda*.

Jinx solta um grunhido enojado e assente.

— Com o risco de falar o óbvio, eu diria que estes não são invasores comuns.

Em silêncio, Lilly olha a carnificina, desesperada e completamente atormentada.

— E se eles forem só uns loucos de hospício? — reflete Norma Sutters, sentada junto à grade da maca de David Stern, na enfermaria úmida e mal iluminada, passando um pano frio na testa do homem. Deitado num emaranhado de lençóis encharcados de suor, David perde e recupera a consciência. Uma hora antes, Norma e Tommy conseguiram remendar os ferimentos no ombro e retiraram uma bala de seu peitoral esquerdo. Deram-lhe o que restava da morfina em pó, e agora David flutuava numa almofada enevoada de narcótico, de tantos em tantos minutos resmungando alguma resposta espirituosa só para que todos soubessem que não era só ele que sobrevivera, mas também sua velha personalidade irascível, e seria bom se as pessoas parassem de olhar para o alto de seu crânio como se ele fosse um alvo.

Do outro lado da enfermaria, Lilly rói o lado interno da bochecha enquanto pensa.

— Não sei... Tenho a sensação de que há um propósito aqui... Mesmo que não faça sentido para nós.

— Então estamos pensando que eles vieram de Atlanta? — Norma Sutters saiu do leito de David e passou à pia, e agora enxagua o pano molhado.

— Pelos rastros, eles voltaram por aquele caminho ali. — Lilly olha para Jinx. — Por que não tenta Ash ou Bell de novo pelo rádio? Estou preocupada que este ataque não seja de um alvo só... Em particular se aqueles cretinos estão indo para o norte.

Jinx vai a uma prateleira e gira furiosamente a manivela de um pequeno rádio com textura de madeira. Ela aperta o botão Enviar no microfone e fala, "Ash, Woodbury chamando, está na escuta?" Pausa. A estática crepita pelo alto-falante. Nenhuma resposta. "Ash, é Jinx em Woodbury. Na escuta?" Pausa. Estática. "Bell? Tem alguém aí? Câmbio?" Nada.

— Mas que merda! — Furiosa, Lilly mete dois pentes sobressalentes de munição no bolso traseiro da calça jeans. — Não podemos simplesmente ficar esperando que alguém...

Ela para de repente ao som fraco de uma voz que vem do outro lado da sala. David Stern, semiconsciente, a cabeça tombada no travesseiro, murmurou uma única palavra que Lilly não registrou muito bem. Norma se levanta, olhando de cima para ele. Lilly se aproxima alguns passos do leito e para.

— David, você disse alguma coisa?

— Bryce...

Ela se aproxima um passo.

— Como disse?

David respira fundo, faz uma careta de dor e consegue se sentar. Norma ajeita o travesseiro em suas costas. David exala dolorosamente e fala.

— Eu ouvi quando chamaram um cara de Bryce, parecia o chefe... Talvez um militar.

Lilly o encara.

— Pode descrevê-lo? — Os outros se aproximaram, curvando-se para escutar melhor a voz fraca do homem ferido. — David? — Lilly coloca a mão no ombro de David Stern. — Você viu como ele é?

Ele assente.

— Grandalhão... Tipo fuzileiro naval... Tinha um colete à prova de balas... Mas era mais velho... Grisalho nas têmporas, entendeu? Ele parecia... Um sargento.

Lilly processa a informação. Olha para David.

— Você viu quantas pessoas estavam com ele?

— Não sei bem... Acho que uma dúzia, talvez menos... Homens mais novos, estilo militar, soldados, muito nervosos.

— Lembra que horas eram quando atacaram?

David respira fundo e se esforça para pensar.

— Parecia o final da manhã, talvez meio-dia?

— Você se lembra de quanto tempo eles ficaram aqui? Quanto tempo durou o ataque?

Ele reflete. a voz é quase onírica enquanto ele se lembra dos acontecimentos do dia.

— Eles caíram em cima da gente com força e rapidez... Como se fosse uma estratégia... Um ataque surpresa... Algo assim. Nós os rechaçamos por alguns minutos... Não sei quanto tempo... Mas eles tinham mais armas que nós. Achamos que eles estivessem atrás do diesel nos tanques e do nosso suprimento de comida, coisas assim... Então Barb decidiu que devíamos entregar tudo... Simplesmente entregar... E devíamos todos nos esconder no subterrâneo da pista enquanto eles se servissem... Ela pensou que as crianças ficariam a salvo ali embaixo. Tentamos nos trancar. Harold teve de ser o herói. — David Stern faz uma pausa, fecha os olhos, franze a testa enquanto uma única lágrima escorre de um olho e desce pela bochecha. — Aquele carinha os segurou sozinho da janela do tribunal com um rifle 30-30 e uma caixa de munição... Um filho da puta durão, só digo isso. — David enxuga os olhos. — Não sabíamos que eles só queriam as crianças... Sei lá por quê. Acho que a coisa toda, do início ao fim, talvez tenha durado uma hora, no máximo duas.

Lilly passa a mão na boca.

— Que merda é essa? Nada disso faz sentido algum. — Ela se vira e caminha um pouco mais por ali. — Então eles têm uma dianteira de cinco horas em relação a nós. — Ela volta a olhar para David. — Você disse que eles estavam armados até os dentes?

David faz que sim com a cabeça.
Lilly volta ao leito.
— Conseguiu ver seus recursos, munição, as armas... Eles estavam bem equipados?
David dá de ombros, engolindo uma nova onda de agonia.
— Não sei quanta munição eles tinham... Mas estavam equipados como fuzileiros da Marinha e tive a sensação de que estavam ligados de alguma coisa.
— Ligados? Tipo drogas? Eles estavam drogados?
Outra afirmativa de cabeça.
— É... É difícil explicar... Não vi nada específico... Mas ficaram agindo de um jeito esquisito o tempo todo em que atacavam a gente... Os olhos esbugalhados, alguns gritavam como cães raivosos. — Ele se cala novamente para engolir uma pontada de dor e mede as palavras. O rosto devastado por rugas fundas endurece. — Até vi um deles levar um tiro na perna... E isso nem abalou o cara, não reduziu seu passo. — Nova pausa. David engole em seco com dificuldade e olha para Lilly.
— Encontrou alguém?
— Como assim?
— Algum sobrevivente?
Lilly baixa os olhos e no início não sabe o que dizer.
David solta um suspiro angustiado.
— Mama May Carter... Ela...?
Lilly balança a cabeça em negativa.
David morde o lábio.
— Clint? Jack? Alguém?
Lilly volta os olhos para o chão e diz em voz baixa:
— Só você, David. Você é o único.
O homem mais velho funga, para conter a tristeza, e olha o teto.
— Não é verdade, Lilly. Não sou o único. — Então ele olha para Lilly, seus olhos brilhando de emoção e talvez até algum desafio. — As crianças e Barbara vão sobreviver a essa coisa também... Porque você vai resgatá-los daqueles escrotos. Não é?
Lilly o encara, sustentando seu olhar, o relógio invisível tiquetaqueando no fundo das camadas de seu cérebro.

QUATRO

No meio da noite, o pátio de manobras no lado norte de Woodbury zumbe com os grilos e faísca com os vagalumes voando pela bruma úmida como neve em uma tela de TV em branco. Na escuridão, o brilho opaco da antiga ferrovia incrustada na terra arenosa, entrecruzando o pátio, assemelha-se a ossos petrificados pelos séculos. A estação coberta de tábuas — onde maquinistas e guarda-freios de uniforme azul-marinho antigamente tomavam seu café e recebiam os itinerários da próspera empresa de transporte ferroviário — agora está escura, a não ser pelo brilho intermitente de lamparinas a propano atrás de uma das janelas cobertas.

Dentro desse prédio, Lilly e sua equipe de resgate — Jinx, Miles e Norma — preparam as coisas sem falar nada, carregando mochilas e bolsas com caixas de munição, uma barraca de náilon, um fogareiro, garrafas d'água, sinalizadores, fósforos, lamparinas a propano, sopa liofilizada, proteína em pó e praticamente cada arma que resta em Woodbury. A única arma de fogo que decidiram deixar foi a espingarda de cano curto calibre .12 com que Lilly passou os últimos 12 meses ensinando Tommy Dupree a atirar. Ela pensou em deixar Norma para cuidar do forte junto de Tommy e David, mas de imediato percebeu que precisava do maior número possível de mãos adultas e habilidosas na viagem. E Norma Sutters é uma dessas pessoas que pode tranquilamente ser subestimada. Apesar da figura roliça, do ar de matrona e da cantante voz angelical, a mulher é durona até a medula, e Lilly precisa de toda a ajuda que conseguir.

Eles passaram menos de dez minutos dentro do prédio, preparando-se para embarcar no que cada um sabe, bem no fundo, ser uma missão suicida. Ninguém menciona isso especificamente, mas Lilly percebe em seus olhos — no modo como silenciosamente colocam o que resta dos suprimentos nas mochilas, com uma expressão sombria, franzindo o rosto como se estivessem prestes a fazer a última caminhada pelo corredor da morte rumo à câmara de gás. Norma lança continuamente olhares nervosos a Miles enquanto passa fita adesiva pelos tornozelos roliços acima dos Reeboks — uma medida preventiva e desesperada para proteger as extremidades dos dentes de mordedores — e Miles pigarreia compulsivamente ao fechar com rapidez o zíper da mochila e colocar a 9 mm no coldre do quadril ossudo.

— Mas o que está consumindo vocês dois? — pergunta Jinx finalmente, levantando-se com seu arsenal de armas brancas embainhadas, atadas, metidas, penduradas e amarradas a várias partes da roupa gótica sadomasoquista.

Lilly desvia o olhar dos preparativos de última hora para ver o que se passa pela cabeça do grupo, embora, bem no fundo, ela saiba. Ela sabe o que eles estão pensando. Ela também está pensando o mesmo e tenta insistentemente tirar aquilo da cabeça.

— Muito bem, eu direi. — Norma pousa a mochila pesada no chão, empinando o queixo com a indignação dos justos. Ela olha para Lilly. Os olhos de Norma se abrandam subitamente, a tristeza entrando de mansinho em sua expressão. — Você está indo atrás dessas pessoas porque quer salvar as crianças... ou porque você só quer uma vingança fria e dura?

Lilly não responde, apenas enfia furiosamente na mochila o pente extra de balas.

Norma morde o lábio, escolhendo as palavras.

— Lilly, ouça bem. Ninguém ama aqueles pequenos mais que eu, eu morreria por aquelas crianças. Mas *isto*... O que estamos fazendo... Não sei se é uma jogada inteligente.

Lilly empurra a raiva fervente para dentro de si. O relógio tiquetaqueia. Ela levanta a cabeça.

— O que está querendo dizer? Desembuche, Norma.

Norma suspira. Olha para Miles, que baixa os olhos, como se o calor do olhar dela fosse quase insuportável. Ela se vira para Lilly.

— O que quero dizer é que antigamente você tinha certo respeito pela lei e pela ordem. Quando alguém fazia uma coisa horrível... sequestrar crianças, assassinar as pessoas desse jeito... Você chamava a polícia.

Lilly dá um passo para mais perto da mulher.

— Não existe mais polícia, Norma.

— Disso eu sei.

— *Nós* somos a polícia.

— Lilly, não estou dizendo que não devemos procurar por Barb e as crianças.

— Então *o que* exatamente você está dizendo? — Lilly tem os punhos cerrados e nem mesmo está consciente disso. Ela se aproxima um pouco mais da mulher corpulenta. — Você quer ficar de fora? Pode ficar com David e Tommy, guardando o forte. Estamos perdendo tempo com essa conversa.

Norma torce as mãos.

— Só estou perguntando... É tudo muito simples... Você só quer pegar as crianças de volta? Ou só quer acabar com os sequestradores do jeito mais cruel possível?

Os olhos de Lilly se inflamam.

— Talvez um pouco das duas coisas... E daí? É assim que rola.

Jinx se intromete no conflito e coloca a mão no ombro de Lilly.

— Tá legal, vamos todos respirar fundo. Só estamos conversando.

Norma suspira, ainda mede as palavras.

— Olhe... Só estou dizendo que estamos partindo nesta missão no escuro da noite, e ninguém tem a menor ideia de como vamos resgatar os pequenos.

Lilly reprime a fúria e fala com muita suavidade.

— Eu tenho um plano, Norma. Confie em mim. Vamos encontrar Barbara e as crianças, mas só se nós...

Um barulho abafado do outro lado da sala a interrompe, pegando todos de surpresa. Miles procura sua 9 mm. Lilly fica imóvel como uma pedra, virando a cabeça, tentando entender se ouviu o que *pensou* ter ouvido.

Alguém batendo?

Jinx vai à porta, puxa o ferrolho e abre o suficiente para revelar Tommy Dupree parado do lado de fora, no escuro, punhos cerrados, a cara toda contorcida de raiva. Ele veste uma jaqueta de couro esfarrapada que encontrou na caixa da Legião da Boa Vontade no porão do tribunal, e também usa um coldre cujo cinturão é duas vezes maior que sua cintura. As Nightshade mexem-se e dançam atrás dele pela fileira de árvores da mata a oeste, a floresta iluminada pela lua está viva de movimento, a brisa com cheiro de carne morta decomposta há muito tempo.

Ele entra na estação e Jinx tranca a porta.

— Tommy, não é hora para isso. — Lilly dá um passo na direção do garoto.

— Nem mesmo mencione! — Ele respira com dificuldade pelo nariz e olha para ela com ardor. — Quanto mais penso nisso, mais zangado fico.

— Do que você está falando?

— Que vocês iriam atrás deles sem mim! — Ele cospe no piso de tábuas. — De jeito nenhum, porra!

— Tudo bem, primeiro, cuidado com o linguajar. Segundo, já conversamos sobre isso.

— Eu mudei de ideia.

— Tommy, sem essa...

— Entendo que David precisa que alguém cuide dele, mas *é sério*? Você vai fazer com que seja eu? Eu fico para trás enquanto vocês vão na missão de resgate?! De jeito nenhum! Você precisa de mim!

— Tommy...

— Eu vou com vocês! — Seu olhar lampeja de emoção. — E ponto final!

— Sério? — Lilly se aproxima dele, cruzando os braços. — Tudo bem... Desde quando você dá as ordens por aqui?

Ele a encara, seus olhos lacrimejam. A voz treme e oscila, mas ele continua firme.

— Estamos falando da minha irmã e do meu irmão. Você mesma me ensinou a usar a espingarda e a sobreviver na mata, essas coisas. Vou com você.

Lilly solta um longo suspiro, o relógio em sua cabeça tiquetaqueando e esvaindo os segundos, os minutos, as horas. Por fim ela coloca a mão no ombro do garoto, depois acaricia seu cabelo desgrenhado.

— Entendido. — Lilly pensa na questão por um momento. Vira-se e olha para Norma Sutters. — Você pode ficar com David?

Norma coloca as mãos nos quadris largos e vira a cabeça de lado com um floreio.

— Meu bem, você precisa mais de mim que ele.

Lilly nega com a cabeça.

— Agora é *você* quem vai me atazanar por isso?

Norma suspira.

— Entendo que você só está tentando fazer o que é certo. Mas eu conversei com David. Me ofereci para ficar com ele, mas ele quer todo mundo que consiga respirar lá fora, tentando encontrar Barbara e as crianças. Ele vai ficar bem, Lilly. Está em segurança atrás da barricada, tem comida, água, suprimentos médicos. Assunto encerrado, vamos todos juntos. Assim podemos também selar os cavalos e montar antes que os sequestradores se afastem demais da ferrovia.

Eles pegaram cinco dos melhores cavalos — três deles do estábulo improvisado embaixo da pista de corrida, dois da equipe regular que esteve trabalhando na ferrovia naquele dia — e aquela noite os fazem atravessar o pátio de manobras debaixo de um céu noturno limpo. As nuvens que apareceram mais cedo evaporaram, e agora o firmamento cintila no pátio escuro com uma calma sinistra, um dossel muito escuro, salpicado por incontáveis estrelas e uma lua cheia tão brutal e impassível quanto o farol de busca de um presídio. Eles trabalham rapidamente na vala entre os trilhos principais, guiando os cavalos para que subam uma rampa em fila única até um vagão-plataforma. De súbito, sem muito alarde, três errantes aparecem na margem da mata adjacente, atraídos pelo barulho da equipe. Miles acerta um deles com uma pá na cabeça, o que produz um tinido horripilante antes de a criatura desabar numa fonte dos próprios fluidos cerebrais. Tommy dá cabo dos outros dois com um facão — meia dúzia de golpes deselegantes no crânio de cada um deles —, jogando lascas de osso e nuvens de sangue no ar noturno até o último cair.

Rapidamente, Jinx leva seu imenso e forte puro-sangue para a frente do vagão-plataforma. O cavalo tem uma cabeça esculpida e estreita como a daquela estátua romana, uma pelagem brilhante e castanha como pele de foca. Chamado de Arrow, o animal resfolega e balança a cabeça enquanto Jinx o posiciona. O freio de Arrow está ligado ao cavalo de trás, e *este* está ligado a outro atrás *dele*, e assim por diante, seguindo a fila, um total de cinco, até Tommy e Miles prenderem o último animal da fileira na traseira do vagão.

Enquanto isso, Lilly e Norma subiram a bordo da locomotiva reformada, que fica a uns 15 metros à frente do vagão-plataforma e sobe quase 5 metros acima do chão, uma verdadeira fera, com um exterior lascado e envelhecido como um navio naufragado resgatado do fundo do mar. A antiga turbina Genesis ainda tem o espectro de sua pintura da Amtrak, o para-choque frontal adaptado com uma trave de colheitadeira, afiada ao gume de uma navalha e enrolada em arame farpado — a improvisada contramedida de Bob Stookey projetada para repelir errantes. Falta a porta traseira, a qual foi substituída por uma corrente. Antes de sua morte, Bob esteve mexendo no motor, fazendo-o funcionar muito bem com o biodiesel produzido a partir do óleo de fritura de dezenas de fritadeiras de cima a baixo do corredor da rodovia 24. Agora Lilly e Norma espremem-se na cabine gordurosa e malcheirosa — que não é maior que um banheiro grande — e assumem posição diante do sujo painel de controle.

Bob tinha mostrado a Lilly alguns comandos rudimentares sobre a operação do trem, e agora ela vasculha freneticamente na memória a sequência correta de chaves de ignição a pressionar, os botões a virar, os medidores a verificar e as válvulas para abrir. Depois de uma série de tentativas frustradas, consegue ligar a imensa usina de força a diesel, e o chassi estremece, a fumaça e o gorgolejo grave enchendo o ar noturno além das portinholas estreitas, as estrelas visíveis pelos painéis quebrados do vidro de segurança.

Um instante depois, o motor é engrenado, um manto de fumaça é disparado para cima e a locomotiva arrasta o vagão do pátio rumo à noite.

Quando eles chegam a Walnut Creek, Lilly pressionou o monstro de ferro além dos 55 quilômetros por hora. Norma segura firmemente a grade vertical, tensa e silenciosa, enquanto vê passar pela janela os destroços na rodovia 422, o borrão da copa das árvores e o vasto teto de estrelas interrompido apenas pelas colunas retorcidas da fumaça do escapamento, que saem espiralando do motor e se dissipam no éter. Lilly olha pelo retrovisor.

Atrás delas, os cavalos empinam e se agitam no vagão-plataforma a cada solavanco. Os trilhos não foram testados, só foram limpos meses antes, e Lilly sente cada falha em seu plexo solar, cada vibração nos ossos.

Ao seu lado, a voz de Norma penetra seus pensamentos num rompante.

— Diga de novo! — grita a mulher acima do barulho do vento e do ronco da turbina. — O que vai acontecer quando chegarmos à parte dos trilhos que está inacabada?

Lilly assente.

— O plano é usar os cavalos a partir daí.

Norma olha pela janela.

— Posso te fazer outra pergunta idiota?

— Se você não liga para uma resposta idiota.

— Por que não usamos os cavalos desde o começo?

Lilly dá de ombros.

— Íamos levar o dobro do tempo para cobrir metade da distância.

— Ela assente para a paisagem que passa. — É dureza sair por aí, Norma, mesmo para quem tem carro, toda a merda pelo caminho, destroços, enxames e Deus sabe o que mais. Eles têm uma boa dianteira, posso te garantir, mas vamos ganhar deles, acredite. Vamos encontrá-los.

Norma concorda com a cabeça, aparentemente nada convencida. Lilly ouve as vozes abafadas de Jinx e dos outros atrás da porta corta-fogo. Agora eles estão acocorados lá atrás no escuro do vagão de passageiros, evitando o vento. Antigamente uma cabine com assentos de primeira classe para distintos viajantes a negócios, o espaço fechado é uma cela ordinária de latas de combustível descartadas, lixo e cartuchos de bala rolando como bolinhas de pinball.

Voltando-se para o para-brisa e para o borrão acelerado dos trilhos de aço que fluem abaixo, Lilly tira da cabeça tudo relacionado a missões suicidas, fracasso e morte.

Na maioria das locomotivas construídas no século XX, uma alavanca de ferro comprida brota do piso corrugado na frente do console de controle — um resquício gorduroso dos tempos em que a regulamentação de segurança exigia que os maquinistas usassem o acelerador manualmente o tempo todo. "A alavanca homem-morto" é projetada para cortar o motor imediatamente caso a pressão manual seja liberada por algum motivo — em particular se este motivo for um ataque cardíaco ou aneurisma repentinos que levem o maquinista ao chão.

Agora Lilly se vira para Norma.

— Pode me fazer um favor? Segure a alavanca por um segundo.

Com relutância, Norma agarra a alavanca de mola, os lábios franzidos de nervosismo.

— Peguei!

Lilly procura a mochila no chão, em busca do rádio e do binóculo. Encontra ambos, coloca o rádio em uma saliência, leva os binóculos aos olhos e examina pelo para-brisa o horizonte escuro que mal se faz visível para além do cone branco-magnésio do farol do trem. Ela vê a silhueta ocasional de uma figura esfarrapada saindo da floresta, nas duas margens, arrastando-se para a luz e o barulho, e então esbarrando na cerca improvisada, dando a Lilly uma sensação momentânea de sucesso. Por enquanto, a barreira está aguentando. Tudo parece funcionar bem.

A essa altura, porém, está escuro demais para Lilly perceber a fumaça no horizonte.

O saca-rolhas nocivo de fumaça sobe, enroscando-se para o firmamento escuro a menos de 3 quilômetros, erguendo-se da copa das árvores, invisível no início, uma mancha contra o enorme abismo do céu noturno. Um leve odor de borracha queimada é momentaneamente registrado pelo cérebro de Lilly, mas ela o despreza, tomando-o por um subproduto incógnito do motor superaquecido. Ou talvez o óleo do trem, que está queimando. Eles ainda estão longe demais da fumaça para Lilly reconhecer sua origem.

Eles fecham distância, o trem agora mantendo uma velocidade de 60 quilômetros por hora, o chassi parecendo um rufar de tambor anunciando alguma iminente mudança na sorte do grupo. Lilly olha fixamente aquela mancha escura contra o céu. Luzes laranja crepitando por dentro, bruxuleando pelo ventre em nervuras de cor luminosa. Será uma tempestade se formando?

— Posso fazer outra pergunta idiota?! — grita Norma de onde está, na frente do painel de controle. Mantém os olhos no horizonte, a alavanca homem-morto firme na mão.

— Claro, pode falar — responde Lilly, ainda com o binóculo nos olhos, começando a enxergar o estranho padrão de escuridão tempestuosa elevando-se contra o céu negro.

Norma olha para ela.

— Você sabe como parar esta coisa, não é?

Lilly não dá resposta alguma enquanto o trem corre por uma curva suave, revelando uma parte queimada dos trilhos a cerca de 400 metros de distância.

* * *

Nos estados secos do oeste, durante as estiagens, o menor e mais fraco raio pode provocar incêndios de proporções bíblicas. No início, à medida que o trem se aproxima do trecho enfumaçado da ferrovia, aquilo parece a Lilly quase um fenômeno natural. Daquela distância, à luz da lua, os dormentes em chamas da ferrovia parecem nuvens amarelas e cintilantes, quase bonitas, como lanternas chinesas. A fumaça sufoca meia dúzia de hectares das lavouras circundantes — um microclima de poluição enfumaçada que faz o coração de Lilly disparar.

— Firme na direção — ordena ela a Norma, depois abre uma das janelas laterais, curva-se para o vento fedorento e olha pelo binóculo a sabotagem muito provavelmente perpetrada pelos sequestradores. Pelo menos 30 metros de trilhos rugem com algum agente acelerador — fluido para isqueiro, álcool, gasolina —, algo para fazer com que a madeira antiga e ensopada de creosoto queime daquele jeito. O envelope de ar em volta do trem, à medida que este se aproxima, crepita de carvão, calor e ameaça. Talvez estejam a uns 300 metros de distância. Nesse ritmo, mergulharão no fogo em vinte a trinta segundos.

A voz de Norma sobe uma oitava.

— Mas por que não estamos parando?

Lilly olha a mulher corpulenta e por um instante fugaz todas as peças móveis do problema deles, todas as variáveis, todas as consequências de seus atos, todas as vitórias em potencial e completos desastres se entrechocam e atacam Lilly numa paralisia momentânea e inexplicável. Ela fica petrificada, num silêncio de choque por um momento. O relógio em seu cérebro para de tiquetaquear. O ponteiro invisível dos segundos chega à meia-noite. Os alarmes disparam.

E então, no intervalo de um nanossegundo — o tempo que uma única sinapse leva para ser ativada em seu cérebro —, Lilly Caul lembra-se de ter se despedido na manhã anterior da menina de 10 anos, Bethany Dupree, e de seu irmão diabinho de 6 anos, Lucas. Bethany estava sentada em sua cama, na penumbra do quarto, vestida com o moletom largo da Hello Kitty que era sua marca registrada, esfregando os olhos para se livrar do sono. Lucas estava do outro lado do quarto, espiando de seus cobertores embolados. Um beijo rápido na testa pequena e perfumada de sono dos dois e uma despedida apressada, e de repente um gesto simples por parte de Bethany, Lucas olhando, assentindo, pegou Lilly inteiramente de surpresa. Bethany estava agarrando a bainha da camisa de Lilly e não queria soltar. "Cuida para vocês todos voltarem", implorou a garotinha a Lilly em voz baixa. "Cuida disso, tá bom?"

Lilly é arrancada de seu feitiço.

— Firme aí, Norma, firme no curso.

— O quê?!... *O quê?!*

— Não vamos parar.

— MAS QUE MERDA...?!

— Faça o que eu digo! Mantenha o curso e não reduza a velocidade!

Norma começa a protestar, mas Lilly já abriu caminho pelas câmaras traseiras da cabine, dando pontapés na porta corta-fogo e, então, atirando-se pela abertura no espaço dos passageiros.

Ela se abaixa para não ser atingida na cabeça pelo lintel de metal e de imediato seus seios nasais são inundados pelo cheiro de tensão nervosa na forma de odor corporal e almíscar. À luz de uma única lanterna a pilha, assim como as sombras que se mexem e raios de luar que entram pelas janelas, ela consegue ver três figuras, como corujas, em lados opostos do vagão de passageiros.

— O que está acontecendo? — Jinx quer saber, a mão agarrando o cabo do facão num reflexo.

— Não falem nada, só escutem! — Lilly gesticula com a cabeça para os compartimentos no alto. — Jinx, tem lona...

— O que tem aí na frente é fogo? — Tommy quer saber.

— PRESTEM ATENÇÃO! — Ela aponta os compartimentos. — Tem encerado de lona e cobertores de lã aí em cima. Peguem o máximo que puderem levar para o vagão-plataforma e usem para proteger os animais das chamas.

Sem dizer nada, Jinx gira o corpo e começa a retirar o tecido dos compartimentos.

— Tommy e Miles, estão vendo aqueles latões de água no fundo? Peguem e levem lá para fora para apagar qualquer parte do trem que pegar fogo.

Miles olha para Tommy, que olha para trás, para os tanques. Lilly grita.

— AGORA! ANDEM!

Os dois jovens entram em ação rapidamente. Atiram-se para a traseira do vagão, cada um pegando um latão de metal enferrujado. Enquanto isso, Jinx já juntou alguns cobertores e agora abre a porta, revelando o vagão-plataforma chicoteado pelo vento e os cavalos agitados. O cheiro de esterco e diesel é soprado para dentro do vagão. Pedaços de lixo e brasas sobem em espiral numa rajada de vento que vergasta seu interior. Os jovens vão para fora, atrás de Jinx. Um depois do outro, eles pulam pelo engate gigantesco.

Lilly se vira e grita para Norma:

— *Não solte essa alavanca, Norma! Quanto mais rápido, melhor! Mantenha firme e não solte!!*

Pela abertura estreita na porta corta-fogo, Lilly tem o vislumbre de um panorama alarmante.

Visível pelo para-brisa, o brilho amarelo e dançante assoma pouco à frente, crescendo cada vez mais conforme eles avançam. As chamas se elevam dos dormentes, tremulando ao vento, lambendo o céu. A luz bruxuleante ilumina por baixo os galhos altos das árvores dos dois lados dos trilhos. Lilly sente o calor no rosto.

O trem ruge para o inferno. Dez segundos. Cinco, quatro... *três...*

E é aí que Lilly vê — suas íris se contraindo em fendas perante a supernova — que a sabotagem vai ainda mais fundo e que a situação é muito pior do que ela havia pensado.

... *Dois...*

Ela se vira e corre para o vagão-plataforma.

... *Um...*

PARTE 2

Terra Arrasada

Requererei o vosso sangue, o sangue de vossa vida; de todo animal o requererei; como também da mão do homem.
— Gênesis, 9:5-6

CINCO

O trem mergulha no centro do turbilhão, as chamas e faíscas saltando e formando um duto radiante em volta da locomotiva. O rugido do fogo se mistura ao ronco da turbina enquanto brasas vivas saltam e rodopiam pelo vagão-plataforma. Um dos cavalos incendeia, e Lilly corre para o espaço ao lado de Jinx, ajudando com um cobertor molhado, apagando freneticamente a crina em chamas. O cavalo empina de agonia, relinchando e escoiceando com os cascos traseiros, rachando o piso do vagão. Outras vozes gritam — primeiro Tommy, depois Miles — enquanto um maremoto de centelhas jorra pela traseira do vagão, criando incêndios menores nos pontos fracos, as manchas de óleo, as mochilas, as tábuas do piso. Agachados de quatro, estremecendo com o balanço do trem acelerado, Tommy e Miles se revezam para bater lona molhada nas chamas. Enquanto isso, Jinx pega um latão e espirra água em outro cavalo que está se incendiando. O barulho é espetacular — a locomotiva, o vento, a ferrovia em chamas, os gritos, o bater de cascos, os relinchos enlouquecidos dos animais —, e isso também é uma *distração*. Lilly não vê o primeiro morto em chamas, só depois que a coisa subiu na traseira do vagão-plataforma. Outros três se engancharam nas laterais do trem enquanto a locomotiva avança pelo túnel de fogo. Os espectros humanos esfarrapados se impelem para o veículo que chacoalha, a luz bruxuleando no meio dos olhos leitosos.

Mais tarde, Lilly fará uma análise do incidente, tentando juntar as peças em sua mente — o *porquê* e o *como* de tudo — e concluirá que os perpetradores não só sabotaram os trilhos com o fogo, como também derrubaram a cerca adjacente, permitindo que o enxame entrasse na área dos trilhos, como uma garantia a mais. Não há ciência nesses atos — eles não tinham como saber que Lilly escolheria o trem como meio de transporte, ou que ela até mesmo retaliaria tão prontamente —, mas há certa bravata sádica nessas contramedidas que não pode ser negada. Esses sequestradores não são nada além de *meticulosos*, não há como negar tal fato.

Agora os mortos se aproximam dos dois lados do vagão-plataforma, envoltos em centelhas, lançando brasas ao vento, como caudas de cometa, os braços estúpidos estendidos, irradiando carne e fumaça tóxica.

Jinx é a primeira a dar combate, as idênticas lâminas curvas praticamente se materializando nas mãos enquanto ela gira para o mais próximo, um homem em estágio avançado de decomposição, a sola da bota de Jinx atingindo-o na barriga e provocando esguichos de sangue e faíscas ao vento. A criatura cambaleia. Duas lâminas cortam em silêncio, fazendo um talho em seu pescoço tão fundo e vertendo tanto sangue que solta fumaça e estala quando os fluidos escorrem em sua camisa esfarrapada e queimada. Depois Jinx fecha o punho, prepara-se e desfere um golpe potente no rosto da criatura.

O crânio se desprega — ainda cuspindo chamas, ainda ardendo — e quica para a plataforma, rolando para baixo de um dos cavalos.

— *Abaixem-se!* — Lilly solta um grito que chama a atenção de todos.

Ela segura a arma com as mãos, um pente completo, quando dispara tiros precisos, tomando o cuidado de não atingir um cavalo, cada bala acertando em cheio entre os olhos do morto. Uma bala praticamente arranca a cara de uma mulher, deixando uma máscara viscosa de cartilagem e tutano que brilha à luz da lua antes de o vento lançar a criatura para fora do vagão. Mais uma rajada abre o alto do crânio de um errante em chamas, a fonte de fluidos negros apagando as centelhas e o fogo que mascam a frente de seu macacão sujo. O terceiro tiro erra um homem grande, passando pelo alto de sua cabeça. A coisa se vira e investe para Miles, cada braço esticado fazendo o fogo tremular no vento, criando fontes de centelhas.

Em meio a toda a confusão, na escuridão da cabine, Norma Sutters continua firmemente agarrada à alavanca homem-morto. Ela consegue manter o trem em constantes 60 quilômetros por hora — rápido o bastante para impedir que o fogo os imole, e forte o suficiente para afastar a maioria dos mortos ambulantes com o limpa-trilhos improvisado. De soslaio, Lilly ainda tem vislumbres de cadáveres em movimento aparecendo como espectros no cone de luz do farol, só para terminar catapultados pela trave com arame farpado. Alguns se desintegram, braços e pernas despedaçando-se em grandes rajadas de tecidos estragados e sangue velho subindo na ventania. Outros caem e são cortados ao meio pelas rodas de aço aceleradas que guincham pelo ferro antigo. Logo um fluxo constante de sangue e fluidos começa a se chocar no anteparo da locomotiva, trovejando com a pulsação de ondas batendo numa praia rochosa. A névoa banha o vagão-plataforma, encharca os cavalos, lambuza todos que agora sobem em sua plataforma viscosa de rastos gelatinosos.

Lilly elimina o último dos passageiros indesejado com um disparo bem colocado, penetrando a testa de um homem de meia-idade vestido num macacão esfarrapado de mecânico.

O mordedor cambaleia para trás por um momento, batendo em um cavalo. O animal empina, os olhos se esbugalhando como bolas de gude nas faíscas de luz, agitando os outros cavalos, que bufam e sacodem a cabeça freneticamente, esticando ao ponto de ruptura a corda-guia que os mantém no lugar. Um dos animais dá um coice violento, golpeando o errante acabado com a força de duas bolas de demolição. Os cascos entram pelo crânio do morto e restos mutilados deslizam pelo vagão, caindo no esquecimento ventoso.

Quase sem que ninguém percebesse, o trem passou pela parte incendiada dos trilhos e agora acelera pela noite fria, apagando espontaneamente a maior parte do que ainda queimava. Miles e Tommy batem a lona em algumas manchas de óleo que ainda soltam faíscas enquanto Jinx joga água no rabo incendiado de um cavalo.

Literalmente em segundos o caos foi dominado, os cavalos se aquietaram e o trem passou pelo pior do incêndio, o motor roncando ainda firme a 60 e poucos quilômetros por hora, o vagão-plataforma coberto por um manto de sangue coagulado. Lilly olha para trás e vê o inferno retroceder na distância, uma bola de fogo de luz amarela arranhando as nuvens, um sol moribundo encolhendo na escuridão do espaço e do tempo.

Pelo mais longo momento, enquanto o trem se afasta rapidamente do fogo, Lilly se limita a ficar parada ali, na superfície varrida pelo vento do vagão-plataforma, escorando-se na sela de um cavalo, olhando de uma pessoa para outra, todas inexpressivas e sem fala. Ela enfia a arma no coldre.

O trem avança roncando, passando por outro marcador de quilometragem mais perto de Fulton County.

Miles e Tommy estão agachados na traseira do vagão, metidos entre dois cavalos, ainda sem fôlego devido ao mergulho através incêndio. Jinx segura uma corda-guia, num silêncio estupefato, olhando para trás, para a luz amarelo-vivo diminuindo atrás deles até virar um ponto minúsculo no fundo do vazio da noite.

Lilly começa a gritar alguma coisa ao vento quando a voz de Norma penetra o turbilhão.

— TÁ TODO MUNDO BEM AÍ ATRÁS? MAS O QUE ESTÁ ACONTECENDO?!

Lilly balança a cabeça e solta uma gargalhada amarga e tensa, apesar dos nervos abastecidos de adrenalina. Os outros olham e começam a rir. O alívio da tensão é imediato e passa de uma pessoa a outra, como uma piada. Miles solta uma gargalhada hilária de doidão, rindo tanto que as lágrimas se acumulam e secam de imediato ao vento. Tommy dá risadinhas nervosas. Jinx começa a gargalhar do absurdo dos risos, achando tão inadequado que não consegue deixar de se juntar a eles.

Logo, os quatro estão às gargalhadas pela esquisitice da situação, pelo caráter surreal do que estão tentando fazer. E isso dura mais um minuto até que Lilly fala:

— Tudo bem, gente, vamos nos acalmar e respirar fundo.

— EI! — É a voz de Norma vindo da cabine. — ALGUÉM ME RESPONDA!

— Estamos bem, Norma! — grita Lilly. — Estamos todos bem. Pode diminuir um pouco a velocidade.

Enquanto o trem reduz para cerca de 45 quilômetros por hora, Lilly gesticula para que todos fiquem abaixados e a encontrem nos fundos da locomotiva.

A súbita quietude no vagão de passageiros é um choque para o sistema. Os ouvidos de Lilly estão tinindo por causa dos tiros; as mãos, enluvadas e chamuscadas. Ela sente a coluna formigar de emoção enquanto fecha a porta às costas deles, isolando-os naquela câmara sem ar, de assentos quebrados e lixo descartado.

— Fiquem longe das janelas — aconselha ela.

— Por quê? — Jinx olha o borrão da paisagem noturna que passa. — No que está pensando?

— A armadilha, o fogo... Eles não podem estar longe. Eles sabiam que alguém ia retaliar, sabiam que viríamos atrás deles. Estão arrasando a terra.

Miles pensa nisso por um segundo. Está sentado perto da porta traseira, tremendo, o rosto ébano com cavanhaque franzido, raciocinando. O tecido de seu capuz está rasgado e queimado em alguns pontos.

— Mas como eles *sabiam* que íamos usar a merda de um trem?

— Eles não sabiam. — Lilly olha para ele. — Minha aposta é que eles estão cobrindo as bases.

Jinx concorda com a cabeça.

— Acha que eles estão nos observando agora?

— Se for assim, têm um espetáculo e tanto. E estamos preparados para o que vier.

Jinx assente, respira fundo, enxuga o rosto suado.

— Você acha que eles têm atiradores apontados para nós?

Lilly balança a cabeça.

— Não sei. É duvidoso... Não acredito que possam se dar ao luxo de ficar num lugar só. Mas nunca se sabe.

O barulho abafado dos trilhos e o resfolegar baixo dos cavalos além da porta pontuam a gravidade da situação. Lilly sente a areia escoando na ampulheta invisível, o relógio tiquetaqueando em sua cabeça. Eles estão usando o que resta do biodiesel, bem como os restos da munição.

Tommy está sentado no corredor, de frente para Miles, segurando a calibre .12 num valente esforço para esconder as mãos trêmulas.

— E agora, Lilly? — pergunta ele.

— Estaremos chegando ao final dos trilhos viáveis muito em breve. — Ela olha o relógio. — O sol vai nascer logo, então, com sorte, teremos a luz do dia quando precisarmos montar os cavalos. Estou pensando que nós...

A voz de Norma, vindo da cabine, a interrompe.

— LILLY! VEM CÁ... TEMOS UM PROBLEMA!

No momento que entra na cabine e sente o cheiro almiscarado do medo que emana de Norma Sutters, Lilly sabe que tem algo errado. Pelo para-brisa, ela consegue enxergar a mata familiar que se eleva dos dois lados dos trilhos, os pinheiros secos ao norte de Thomaston passando num borrão. O amanhecer não está longe. O céu é de um preto cinzento, as estrelas desbotam, e agora o vento que sopra pela ventilação tem o cheiro frio e azul da iminente manhã.

— Qual é o problema, Norma?

— Você reconhece esse lugar?

Lilly dá de ombros.

— Sim, claro, temos mais alguns quilômetros de trilhos acabados, pelo menos.

Norma solta um grunhido de frustração.

— Enquanto vocês ficavam às gargalhadas ali atrás, nós atravessamos a divisa para Coweta County.

— E daí...?

A voz de Norma engrossa de pânico.

— Você não está entendendo.

— Não estou entendendo o quê?

— Vamos chegar no meio a qualquer minuto, o lugar que deixamos ontem.

— Eu entendo, e vamos soltar os cavalos quando chegar a hora.

— Você ainda não está entendendo.

— Não pode simplesmente me dizer o que a preocupa?

Norma olha fixamente pelo para-brisa, os dentes cerrados de raiva.

— A ponte de Bell não te lembra nada?

— A ponte de Bell?

De súbito, os acontecimentos do dia anterior voltam a Lilly, e ela se lembra da enorme ponte de madeira sobre cavaletes, e se recorda do fato de que Bell não verificou se a estrutura suportaria a carga. E agora ela assomava poucos quilômetros à frente em seu caminho.

— Tudo bem, entendi... Entendi. — Lilly procura raciocinar. — Quero estar o máximo possível ao norte antes de montarmos os cavalos.

Norma lança um olhar feio para ela.

— Está brincando comigo! Vai confiar nessa coisa para atravessar?

Lilly respira fundo.

— Se fosse para ela ruir, teria desmoronado há muito tempo.

— Nem acredito no que estou ouvindo.

— Olhe, não é uma travessia tão grande, e o rio fica apenas mais uns 5 metros abaixo.

— Está de sacanagem comigo? — Norma lança outro olhar cético. — Porque eu não sei mais, não sei se você é a mesma Lilly de sempre ou se perdeu o juízo por causa de tudo isso.

Lilly olha feio para Norma, o ácido rolando pelo estômago vazio.

— Você se ofereceu para isso, Norma. Eu te dei uma saída, mas você insistiu em vir, então é melhor se decidir de uma vez, cacete.

— Seria muito mais fácil cumprir o programa se você fosse sincera com a gente.

Lilly olha para ela.

— Mas de que merda você está falando? Qual é o seu *problema*? Fui totalmente sincera. Eu te disse, como disse aos outros, vou resgatar as crianças. Ponto final.

A voz de Norma fica mais rouca e mais grave.

— Eu não me ofereci para uma missão suicida e louca. — Mais um olhar triste. — Sei o que está fazendo.

— Ah, sabe? O que eu estou fazendo, Norma? Me diga! O que estou *fazendo*?!

Norma solta a voz treinada no coral da igreja num único berro que sai do fundo dos pulmões:

— VOCÊ ESTÁ NOS USANDO COMO ISCA!!!

Lilly leva algum tempo para perceber que os outros se reuniram na abertura atrás dela, e agora a encaram com uma expressão tensa e severa. Lilly sente o calor do olhar na nuca. O silêncio retumbante se estende. Ela nunca pediu para ser a líder daquela comunidade. O papel lhe foi imposto. Mas agora, lá no fundo, em algum lugar secreto dentro de si, ela se livrou da órbita de Woodbury e opera em um lugar selvagem, de cérebro reptiliano que sequer sabia existir. Mais que a mera sede de sangue para destruir aqueles sequestradores, mais que todo o pesar e a fúria reprimidos, que estiveram crescendo dentro dela havia tanto tempo, Lilly dera um passo evolutivo em seu desenvolvimento, um imperativo genético: *ela vai salvar suas crianças ou morrer.*

Olhando para trás, ela espia os outros, depois se volta para Norma e fala:

— Me desculpe. — Em uma voz suave, quase terna, acrescenta: — Você tem razão. — Outro olhar para trás. — Eu devia ter explicado isso a todos vocês. Não temos esperança de alcançar essas pessoas, a não ser que possamos caçá-las. Atraí-las para fora da toca, agindo como isca. É o único jeito de salvar nossas crianças.

Norma ainda segura a alavanca com tal força que os nós dos dedos estão brancos, o olhar fixo no horizonte adiante. A expressão sombria brilha na luz que antecede o amanhecer e entra pelo para-brisa. Ela baixa os olhos por um momento.

— Eu só queria que você tivesse sido franca conosco.

— Lilly... — Jinx começa a dizer alguma coisa, mas as palavras são interrompidas pela voz contrita de Lilly.

— Eu não culparia vocês por me deixarem na mão agora... Eu mesma faria isso, se fosse vocês. Mas eu juro... Vou morrer antes de deixar que algum de vocês se machuque. A questão é que isso não é uma ciência exata.

— Lilly...

— Mas temos uma coisa a nosso favor, que é o fato de que eles pegaram nossas crianças. Eles pegaram nossas crianças. É assim que vamos...

— LILLY!

A voz de Jinx finalmente a alcança, e Lilly vê que Jinx aponta o para-brisa.

A meia distância, talvez 200 ou 300 metros, e chegando cada vez mais perto, trechos da travessia escura de madeira antiga e vigas de metal enferrujado conhecida como a Ponte de Bell.

Por instinto, Norma puxa o freio, o trem estremecendo por um momento enquanto o motor é reduzido. O ar se enche do odor de óleo queimado. Pelo para-brisa, o amanhecer invasor dá um tom de roxo às margens do horizonte de luz esverdeada, as estrelas já sumidas agora, a lua encolhida na tela descorada do céu.

— Tudo bem, vou pedir que confie em mim — diz Lilly a Norma. — Vou precisar que você continue em frente e mantenha firme, não muito devagar, mas também não muito acelerado.

Norma assente, o rosto brilhando de suor, o odor corporal pesado na cabine. Os outros se agrupam na abertura, observando, tensos.

Lilly segura a beira da ventilação com tanta força que rasga a palma da luva e nem percebe a borda afiada da saliência rompendo a pele. À frente deles, a ponte assoma. Quanto mais perto chegam, mais o sol nascente ilumina a enorme silhueta, as musgosas grades laterais envoltas na neblina, os primeiros raios do sol se infiltrando pela treliça. A coisa parece antiga, como se construída por astecas ou homens do Paleolítico, as vigas cruzadas negras como bolor, as grades oxidadas da cor de escuma de algas. Trepadeiras antigas, marrons e mortas sobem por suas circunvoluções e fazem sombra no meio da travessia.

— Mantenha rodando a 30 quilômetros por hora — diz Lilly. — Talvez 35.

Norma obedece conforme o trem se aproxima da ponte. Todos os olhares se voltam para baixo, os pescoços se esticando para ver o leito de rio seco, 7 metros abaixo da ponte, entupido de folhas, lixo e formas escuras que podem ou não ser restos humanos. A atividade de errantes foi enérgica naquelas paragens, e o regato exibe um canal de água enferrujada e estagnada em seu centro que parece suspeitosamente sangue velho.

A locomotiva entra na ponte aos solavancos.

O guincho agudo dos trilhos é amortecido de imediato e muda para uma batida abafada na madeira, oca e sincopada com a pulsação da turbina. De soslaio, Lilly vê poeira e escombros caindo da madeira abaixo, peneirada pelas sombras para o tapete de folhas no leito do rio. Ela ouve os cavalos se agitando, o resfolegar baixo de alarme enche o ar. O vagão-plataforma vem em seguida, dando solavancos na ponte.

De repente toda a estrutura da ponte vacila com o peso do trem, um lado arriando e rangendo como um barco a vela envelhecido arremessado por uma onda. Eles sentem o centro de gravidade se alterando ligeiramente, a cabine inclinando-se num ângulo de 25 graus enquanto as rodas perdem tração por um momento. Lilly sente a perda de contato. O trem agora se arrasta. Os rangidos aumentam, a cabine se inclina severamente.

— EMPURRE! — O grito de Lilly é tragado por um rangido imenso, que perfura o ar. A gravidade se altera quando o piso da ponte começa a se romper, uma sensação de perda de peso subindo pela garganta de Lilly. Norma empurra a alavanca para a frente, as rodas de aço girando no mesmo lugar, como facas em pedra de amolar. Um grito da porta traseira corta o ar quando a ponte desmorona, criando uma grande nuvem de poeira na severa luz matinal.

Lilly agarra a mão de Norma no acelerador, prendendo a alavanca contra o painel, fazendo o motor berrar e se sacudir, criando ondas de vibrações pelo chassi. O trem chega ao final da ponte, suas rodas ainda girando, sem tração quase nenhuma. A máquina pula nos trilhos e escorrega na lama.

Nesse instante horrível antes de Lilly olhar para trás, toda a retaguarda do trem estremece de súbito, como que puxada para trás pela mão de um gigante. Lilly e Norma são jogadas para a frente. Alguém grita um aviso distorcido enquanto Lilly olha pela porta aberta e sente uma onda de terror frio percorrer seu ventre.

Uma nuvem de poeira explode abaixo do vagão-plataforma pouco antes de toda a ponte ceder.

SEIS

Parece acontecer em câmera lenta. A ponte cede no meio e desaba sobre si mesma, partindo-se com a velocidade e a precisão de um castelo de cartas. Os cavalos tombam uns sobre os outros enquanto o vagão-plataforma se solta dos engates e escorrega de ré num ângulo agudo. A traseira é a primeira a bater no chão, a maioria dos animais derrapando pela plataforma erguida, as cordas-guias se rompendo.

Os animais caem amontoados, a maioria uns sobre os outros, seu mergulho interrompido ao mesmo tempo pelo lixo que se acumula no leito do rio e a cincha dos outros cavalos.

Nesse meio-tempo o vagão-plataforma se espatifou no impacto, fazendo voar mochilas e bolsas, pedaços gigantescos do chassi caindo dos dois lados, criando uma nuvem de poeira quase em formato de cogumelo. As últimas lascas da plataforma batem no lodo escurecido do rio, seguidas por um silêncio chocante, meio hectare de poeira obscurecendo os animais contorcidos e os destroços na vala.

Sete metros acima da cena, tossindo, passando pela névoa de poeira, Lilly se curva para fora da traseira da locomotiva. Barras de reforço finas, pedaços tortos de trilhos da ferrovia e lascas compridas de madeira antiga estão penduradas na pequena tempestade de poeira abaixo. O barulho dos animais bufando, lutando, resfolegando de dor e confusão, tudo isso de repente vaga para além do miasma marrom.

Lilly faz menção de dizer alguma coisa quando vê o primeiro animal correndo para fora da nuvem.

Jinx é a primeira a falar.

— Merda!... Merda!... Merda!... MERDA!

O enorme puro-sangue marrom-foca é reconhecido de imediato, embora agora a enorme criatura esteja coberta de poeira, espinhos e o lixo gorduroso do riacho estagnado. Há um corte visível no couro do flanco traseiro, a ferida brilha de sangue e sujeira. O cavalo salta um bloqueio de toras e galopa para a lateral do aclive lamacento.

— ARROW! NÃO! — Jinx abre caminho pela porta apertada.

Bem abaixo, no leito do rio, outros cavalos saem intempestivamente da nuvem de poeira, seguindo a liderança de Arrow. Momentos depois, os cinco animais já atravessaram o leito e saltaram, um depois do outro, encosta acima. Jinx trepa pelo engate, joga-se no chão e se precipita pelo aclive lamacento na maior velocidade que consegue, as botas afundando na terra macia.

Lilly vê a cena e por um breve momento fica petrificada de pânico e indecisão, um punho frio apertando suas entranhas, estreitando as tripas. Se perderem os cavalos, podem muito bem desistir. Por fim, Lilly vira-se para os outros.

— Norma, você e Tommy ficam aqui e protegem os suprimentos!

— Ela se vira para Miles. — O quão rápido você consegue correr?

Naquela parte do mundo — em particular depois de um período de seca longo e brutal — as áreas alagadas e pantanosas do centro-oeste da Geórgia ficam cobertas por um sedimento grosso de folhas mortas, galhos, trepadeiras, musgo e lixo soprado pelo vento. A cobertura no terreno pode mascarar massas d'água extremamente perigosas — antigos lagos que, devido ao matagal dos anos da praga, foram transformados em pântanos densos, alagadiços e instáveis. Nessa manhã, depois de galopar lado a lado por quase um quilômetro e meio de lavoura — os animais reunidos pelo instinto de rebanho —, os cavalos fugitivos atravessaram justamente o trecho de água pantanosa. Jinx é a primeira a ver os cavalos afundando e grita alguma coisa que Lilly não consegue entender. Lilly segue até Jinx a passos largos, ofegante, ensopada de suor, sentindo dor na lateral do corpo. Ela vê por que Jinx está gritando.

A cerca de cem metros, na beira de uma parte alagadiça de terra cercada por uma mata densa de pinheiros, os cinco cavalos afundam abruptamente na terra, como se descessem uma rampa. A cabeça alongada é um periscópio sobre a superfície do sumidouro, debatendo-se e sacudindo o lodo, lançando farpas de espuma pelos raios do intenso sol matinal, tentando sair nadando do vórtice de lodo que os suga. Lilly vê as silhuetas escuras e esfarrapadas dos mortos saindo da mata do outro lado do pântano, vagando para o barulho e o tumulto de criaturas vivas, metidas em problemas.

Miles passa correndo por Lilly, depois por Jinx, e chega à beira do lago em segundos. Mergulha de cabeça, criando um respingo fosforescente de escuma verde, depois nada cachorrinho com a maior velocidade que consegue até o cavalo mais próximo, o grande puro-sangue de Jinx, que está bem encrencado, mal conseguindo manter o focinho acima da superfície da água lamacenta. Miles alcança o cavalo e consegue caminhar ao longo da água enquanto ele levanta a cabeça majestosa acima do lodo.

Porém, a sucção de todo aquele movimento frenético começa a puxar Miles para baixo.

Entrementes, Jinx se aproxima da cena. Escorregando no terreno úmido, patinando e parando na beira do pântano, ela vê que Miles também corre o perigo de se afogar e solta seu cinto. Pula de pé no sumidouro e nada em direção a Miles.

— ARROW! — Ela chama o cavalo. — ARROW! AQUI, GAROTA!

Jinx atira a ponta do cinto para Miles, que consegue segurá-lo. Os outros cavalos gorgolejam e bufam, afundando uma segunda e depois uma terceira vez. Arrow começa a bater as pernas loucamente até sua dona, Miles se segurando. Jinx tenta puxar o cinto, mas ele escorrega da mão e ela cambaleia para trás, deslizando abaixo da superfície por um segundo. Ela sai da água numa explosão, ofegando, cuspindo, xingando.

Lilly observa tudo de longe enquanto se aproxima do sumidouro, mas, quando está prestes a pular na água, percebe cerca de meia dúzia de errantes avançando do leste, e outros cinco ou seis aproximando-se do oeste. Ainda restam quatro balas no pente de Lilly, o que não é suficiente para dar cabo de todos os mortos. Ela mira no errante mais próximo e dispara um único tiro. A coisa dá um solavanco para trás, como que eletrocutada, o alto da cabeça se abrindo, expelindo um jorro de fluido negro que escorre pelo corpo em riachos antes de a criatura desmoronar e afundar no pântano. Ela atira em outro, e em outro, e mais um, agora as coisas acontecem muito rapidamente, quase todas ao mesmo tempo. Caras rachando, cabeças explodindo, formas esfarrapadas afundando e saindo de vista, a Ruger estalando vazia, Jinx soltando gritos molhados e sufocados a 10 metros, Miles subindo e descendo no lodo, os cavalos se contorcendo e jogando a cabeça num inútil instinto de sobrevivência, toda a cena capturada em raios oblíquos e radiantes do sol forte.

A certa altura, um enorme tronco caído por perto chama a atenção de Lilly, e ela age sem hesitar ou premeditar. É necessário toda a sua força para empurrar o tronco enorme pela superfície do sumidouro. A madeira bate no lodo, espirrando água, quase atingindo a cabeça de um dos cavalos. Miles consegue segurá-lo, assim como Jinx. Miles se segura nele com tudo que tem, agarrado ao freio de Arrow, evitando que o cavalo imenso afunde para o esquecimento. Enquanto isso, outra meia dúzia de mordedores se aproxima do leste, bamboleando para o tumulto, braços estendidos, bocas trabalhando e olhos refletindo o sol, como moedas embaçadas. Um a um, eles caem no pântano, desaparecendo sob a superfície do sumidouro.

Lilly puxa uma faca Bowie do cinto e mergulha no atoleiro.

Algo se mexe abaixo de um dos cavalos, uma coisa escura, escorregadia e morta. O cavalo escoiceia e relincha. Algo abaixo da superfície o ataca e se arrasta por sua barriga, levando o animal a soltar um guincho apavorante de agonia. Ao sol, a superfície iridescente do pântano é escurecida pelo sangue do cavalo. O animal se contorce, o focinho se ergue para o firmamento nos espasmos da morte, o sangue borbulhando do estômago, sufocando-o, levando-o para baixo, para o lodo reumoso e escuro. O animal afunda, saindo de vista, as bolhas se espalhando pela superfície batida do pântano, enquanto formas escuras se movimentam abaixo.

Lilly nada para o tronco e se segura ali, ofegante, a mão instável na madeira escorregadia. Ela tenta puxar ar para os pulmões. Começa a escorregar. Larga a faca e abraça o tronco. A luz do sol a ofusca. Ela mal consegue enxergar Jinx e Miles pelo canto do olho, os dois agarrados ao tronco. O fedor preenche os sentidos de Lilly, uma mescla indescritível de metano, carne em decomposição, sangue acobreado e gases ervosos do pântano.

Mais um cavalo grita de agonia a uns 5 metros, o pântano cheio dos mortos, o lodo ficando vermelho-escuro com a profusão de sangue que agora se derrama no charco, aquecendo o bolsão de água em volta das pernas de Lilly, deixando-a tonta de pavor. Agora ela mal consegue enxergar. Sem munição. Sem faca. Tremendo. A hipotermia chegando. Uma forma escura se movimenta abaixo dela. Lilly tem muita dificuldade para respirar ou enxergar devido ao sol e às lágrimas se acumulando em seus olhos. Como foi que isso aconteceu? O tronco se mexe na água, começa a afundar.

Lilly mal consegue enxergar as formas borradas de Jinx e Miles agarrados à outra extremidade do tronco que afunda, ofegantes, tentando chutar as formas escuras que se movimentam abaixo deles. Só restam três cavalos, todos arquejando, o barulho da respiração como batimentos cardíacos enfraquecendo, diminuindo o ritmo, morrendo. Lilly tenta raciocinar. Seu cérebro ficou travado. Nada em sua tela mental no momento, exceto o vermelho-escuro cobrindo tudo, puxando uma sombra sobre sua consciência. O tronco afunda abaixo da superfície. Lilly sente a água fria e pegajosa do charco se elevando por seu queixo, a boca e o nariz. Suas forças se acabam, a mente fica branca, ela ouve um barulho estranho bem abaixo da superfície do pântano elevando-se a seus ouvidos.

— PUTA MERDA!!... COMO FOI QUE ISTO ACONTECEU?!

Uma voz espectral e sem corpo tem eco em seus ouvidos, como que num sonho.

Lilly afunda.

— JACK! PEGUE OS COMEDORES DE CARNE ENQUANTO EU SEGURO A MERDA DE UMA CORDA!!

A voz fica completamente abafada, aquosa e onírica enquanto Lilly afunda, piscando languidamente e olhando pela sopa verde e reumosa do pântano. O caldo grosso de plantas subaquáticas, lixo flutuante e filamentos de tecido orgânico não identificado vagando sem rumo praticamente brilha sob os raios fortes do sol do início da manhã, que agora penetram a água. Lilly consegue enxergar os mortos caminhando pelo lodo bem abaixo dela, como cidadãos atravessando as ruas estranhas de uma necrópole.

A um só tempo, uma série de explosões brilhantes e repentinas como raios penetra a atmosfera pantanosa, balas tracejantes riscando a água, lançadas diretamente para os mortos. As explosões acertam cada errante num *ballet macabre* em câmera lenta — cabeças jogadas para a frente, nuvens de um fluido mais escuro se formando, ombros se recurvando enquanto as balas saem e penetram no leito lodoso em pequenas lufadas de lama mais escura.

Em algum lugar nos recantos mais profundos da mente de Lilly, soa uma trombeta. Ela bate os pés, se debate e nada até a superfície com cada grama de força que ainda lhe resta e que consegue reunir, os pulmões ardendo, o cérebro faminto de oxigênio transformando tudo à volta em raios de luz néon roxa, magenta e vermelha. Ela quase não consegue — seu corpo começa a pifar um nanossegundo antes de ela chegar à tona com um arquejo enorme.

— Lá está ela!

As coisas estão acontecendo com rapidez demais para que Lilly consiga se fixar em uma só. Uma corda grossa e pesada bate na água a centímetros de onde está. Ela a agarra. Mais uma rajada de tiros penetra o ar. Em sua visão embaçada, Lilly consegue enxergar silhuetas de figuras reunidas na margem do pântano, na frente dela, algumas a cavalo, outras apontando rifles de alta potência para as coisas mortas que poluem o lamaçal. Lilly tem vislumbres de Jinx, Miles e dos três cavalos sobreviventes sendo retirados da água, e ouve uma voz feminina que é capaz de reconhecer.

— Graças a Deus conseguimos chegar a tempo!

Movendo-se com a lentidão embriagada de uma vítima de derrame, Lilly enrola a corda na mão e no braço, aí sente que é içada para a terra seca. Ela engatinha com uma lentidão agonizante, saindo da água, depois desmorona em posição fetal, tomando grandes golfadas de ar. Ela rola e deita-se de costas.

Uma mulher de pé acima dela, sorrindo e segurando uma AR-15 no quadril. Alta, musculosa, o cabelo num rabo de cavalo apertado, a mulher veste um colete tático carregado de pentes de bala e apetrechos por cima da camisa de cambraia, e exibe um rosto aristocrático que traz à mente verões em Hyannisport e coquetéis na varanda.

— Quase perdi você aí, garota — diz a mulher numa piscadela. — Você precisa ter mais cuidado... Especialmente agora.

Lilly consegue falar num grasnado rouco.

— Ash? Como foi que você...?

A mulher — Ashley Lynn Duart — a interrompe com um gesto respeitoso da mão magra.

— Temos muito tempo para perguntas, Lilly... Mas não aqui.

A cidade de Haralson — onde Ash atualmente mora e administra as coisas para um pequeno grupo de 22 sobreviventes — costumava ser uma pequena comunidade rural sonolenta, na margem sul de Coweta County. Não muito mais que duas vias de mão dupla que se cruzam, uma Igreja Batista, uma cafeteria, um pequeno armazém e algumas casas modestas de madeira e construções comerciais, o lugar tinha uma atmosfera conservada no tempo quando Ash viera parar ali, três anos antes, depois de fugir dos subúrbios de Atlanta infestados por errantes. Do telhado de estanho, passando pelo silo e até os barris de picles na varanda da loja de rações e sementes, o pequeno vilarejo parecia ter sido construído por Walt Disney, com direção de arte de Norman Rockwell. Mas os últimos anos militarizaram lugares assim, esgotando seu caráter singular, e Haralson, na Geórgia, não é exceção. Além das enormes barricadas erguidas em torno do centro da cidade, a disposição de armas de calibre .50 em cada canto e a proliferação de arame farpado enrolado por cada cerca conferem ao lugar um ar de lei marcial.

— Não façam isso — pede Ash a Lilly e a seu grupo naquela mesma manhã no presbitério da Igreja Batista de Haralson, a voz grave e baixa. — Vão para casa.

A sala larga e arejada ainda tem seus vitrais de antes da Transformação, e plantas artificiais estão arrumadas pelos peitoris das janelas. Paredes com estantes, abajures e uma grande mesa de reuniões no meio da sala completam o quadro de uma sociedade amável e ordeira pré-praga, casas de adoração e um Deus amoroso. Lilly caminha de um lado a outro, roendo as unhas, movimentando-se com uma leve claudicação graças às desventuras na ferrovia. Os outros estão sentados pela sala em fases variadas de curativos e faixas de antisséptico. Miles, à cabeceira da mesa de reuniões, ainda treme um pouco da hipotermia, enrolado em um cobertor. Jinx ocupa um peitoril, ouvindo enquanto limpa suas lâminas. Norma e Tommy, sentados lado ao lado na outra lateral da mesa, prestam atenção a cada palavra de Ash.

— Esses são caras sérios — explica Ash, sentada numa cadeira giratória à cabeceira da sala, os braços magros cruzados no peito achatado. Ainda exibindo o colete tático e o rabo de cavalo apertado, ela é toda ângulos agudos e músculos esbeltos, como uma instrutora de academia de ginástica. — Eles têm armas pesadas e uma missão... Não me pergunte qual é... E vão matar vocês assim que os virem. Acredite em mim.

Lilly para de andar e coloca as mãos nos quadris, em desafio.

— Mais um motivo para ir atrás deles.

— Lilly, você não está me ouvindo. Eles já atacaram cada grande grupo de sobreviventes daqui até College Park... Mataram cinco dos meus. Agora Moreland não atende mais no rádio, e tenho medo de que eles também tenham atacado Heronville. Eles estão numa espécie de farra, numa porra de farra de matança.

Lilly pensa nisso por um segundo.

— Imagino que você tenha falado com Cooper.

Ash solta um suspiro exasperado.

— Sem resposta no rádio.

Um filete de arrepios passa pela barriga de Lilly, sua relação complexa com o sujeito tinge sua reação. Não é segredo que a falsa postura de Indiana Jones de Cooper Steeves afeta a maioria das pessoas. Na verdade, se Lilly fizesse uma pesquisa entre os sobreviventes e perguntasse a quem eles dariam o prêmio de Imbecil Mais Irritante Entre os Vivos, Cooper Steeves ganharia de lavada. Mas Lilly sempre desconfiou da existência de outro lado de Cooper, uma camada mais funda de humanidade à espreita por baixo do chapéu fedora e do chicote falso. Ela sempre o achou divertido, hábil e útil em uma crise, como um advogado do diabo. É claro que ele é exagerado e arrogante, e talvez um pouquinho narcisista, mas também é inteligente, letrado e é um pensador independente. Mais importante, ele jamais permitiria que uma transmissão enviada a seu walkie-talkie ficasse sem resposta — ora essa, se você o pegasse bêbado, ele alegaria que *inventou* o conceito dos walkie-talkies.

Lilly se lembra nitidamente do dia, no ano anterior, em que Cooper Steeves apresentou a ideia de interconectividade entre as cidades de sobreviventes. Ele mandou um mensageiro a Woodbury — um adolescente montado num cavalo de dorso curvo — solicitando a presença dos líderes de cada cidade pelo corredor do Centro Sul. Lilly partiu na manhã seguinte para Moreland. Quando chegou, Cooper tinha reunido Ash e os outros no saguão da delegacia para uma apresentação improvisada. Havia um quadro branco na frente da sala, e ele estava se pavoneando por ali, com sua jaqueta e chapéu fedora, brandindo o pincel atômico, como se fosse uma clava medieval. "A chave para tudo é a *comunicação*", começou ele em sua voz estentórea, pomposa e pedante de sempre. Em seguida, com um floreio teatral que daria vergonha a um vendedor de infomerciais, ele jogou um catálogo surrado na ponta da mesa, onde todo mundo pudesse ver. "Apresentando a chave para tudo... Bem debaixo de nosso nariz."

Lilly se lembra de reconhecer o antigo catálogo da Hammacher Schlemmer dos velhos tempos em Marietta, quando ela e o pai recebiam as listas de bugigangas caras todos os anos, perto do Natal. A adolescente Lilly adorava ver as mais recentes engenhocas e quinquilharias, os aparadores de pelo nasal e cadeiras aquecidas para massagem corporal, as câmeras de vídeo embutidas em caneta e recarregáveis. Mas naquele dia, no saguão do Departamento de Polícia de Moreland, olhando aquele catálogo desbotado e manchado de água, ela entendeu do que falava Cooper Steeves assim que ele abriu na página 113 e apontou o dispositivo circulado de vermelho ao pé da página. O Sistema de Rádio a Manivela CB com Três Walkie-Talkies Portáteis originalmente era vendido por 199,99 dólares (ou quatro parcelas tranquilas de 49,99 por mês). "Tem uma loja da Hammacher Schlemmer no Moreland Mall no lado norte desta mesma cidade", anunciara Cooper depois com a pompa e circunstância de um pastor oferecendo as boas-novas do bendito salvador Jesus Cristo. Seu queixo fendido chegara a empinar de tanto de orgulho naquele dia, a ponto de Lilly achar que fosse estourar da cara enquanto ele pontificava. "Agora, sei que o lugar está tomado pelos mortos, mas com o batalhão certo de almas corajosas, podemos tranquilamente pegar um número suficiente desses rádios a manivela para manter toda a rede de cidades sobreviventes conectadas pelo tempo que isso continuar." Era assim que Cooper Steeves costumava falar, como um pregador dando aula a uma turma, mas Lilly se lembra de pensar, à época, que era uma perspectiva um tanto genial.

Agora... Nada além de silêncio no rádio.

— Eles levaram minhas crianças, Ash. — Lilly encara a mulher alta, o olhar seguro. Os punhos de Lilly se fecham involuntariamente junto ao corpo enquanto ela anda e pensa. — Não dou a mínima para o que tenho de fazer.

— Eu entendo isso, mas o que estou dizendo é que mal conseguimos mantê-los acuados com a melhor fortificação que conheço nessas paragens, e tivemos baixas importantes. Você não é nada para eles. Não importa o quanto esteja motivada, você *não* vai conseguir nem arranhar esses caras, *não* vai detê-los.

Lilly passeia pela sala um pouco mais.

— Não quero impedi-los, não preciso fazer um arranhão neles.

— Ela olha os outros. — Não quero arrastar ninguém para uma missão suicida. — Seus olhos lacrimejam. — Só quero minhas crianças de volta. É só isso. — Ela enxuga uma lágrima. — Quero minhas crianças de volta.

Ash baixa os olhos, não diz nada, e o silêncio se estende por um período interminável enquanto os outros evitam fazer contato visual com Lilly. Os raios de sol que atravessam o vidro sujo conferem um caráter etéreo e estranho à sala, acentuando o impasse. Por fim, Ash respira fundo e solta um suspiro agoniado.

— Quero mostrar uma coisa. A todos vocês. Venham comigo.

O corpo está no necrotério improvisado de Haralson, a sala de espera de um antigo silo na Main Street. O teto alto de vigas com teias de aranha e claraboias combina com as paredes de metal corrugado, conferindo ao espaço um ar de desespero institucional, um purgatório de macas, como um hospital móvel da Guerra Civil. Lilly para perto da última maca de uma fileira de corpos cobertos por lençóis, o tecido manchado de sangue que cobre esse corpo formando desenhos de Rorschach.

— A quem estou olhando? — pergunta Lilly, enquanto Ash dá a volta para a cabeceira da maca. Os outros ficam mais para trás, a uma distância respeitosa.

— Ele estava lá fora nos campos arenosos com suas amadas turbinas de vento quando os sequestradores o pegaram. — Ash puxa o lençol e revela a identidade do cadáver na mesa de metal.

— Ah, meu Deus. — Lilly vira a cara quase involuntariamente. Ao fundo, Norma arqueja e os outros suspiram, angustiados. Por um momento, Lilly tem a impressão de que vai vomitar. Sua voz se desmancha em torno das palavras enquanto ela volta a olhar o corpo. — Mas que merda.

Os restos mortais de Bell estão sem camisa, uma toalha cobrindo a virilha, e o corpo está surpreendentemente imaculado, tranquilo e sereno. Embora isso nunca tenha sido dito, Lilly mais tarde deduzirá que Ash exigiu uma atenção especial àquele corpo e à questão pós-morte de destruir o cérebro e preparar o cadáver para o enterro.

Todo mundo amava Bell, e Bell amava sua estação eólica. No último ano, na verdade, ele pregou o evangelho da energia eólica a qualquer um que quisesse ouvir. Com sua turma desorganizada de Moreland, ele resgatou pelo menos uma dúzia dos enormes moinhos de vento de várias locações rurais pelo sul, desmontando-os e trazendo as peças para o centro-oeste da Geórgia, onde os reconstruiu amorosamente e começou a própria estação eólica numa campina entre duas lavouras de tabaco. Poucos moinhos de vento já estavam funcionando, mas Bell era obcecado, e não era o único. As estações eólicas caseiras vinham brotando por todo o lugar nos últimos meses. Alguns sobreviventes estavam até trabalhando num jeito de reformar carros elétricos para uso futuro com a energia gerada pelo vento. Bell era um verdadeiro crente e com frequência podia ser visto andando pela campina em meio às sombras gigantescas e móveis das pás giratórias, como um vinicultor percorrendo orgulhosamente seu vinhedo.

Lilly amava Bell tanto quanto os outros — no sentido platônico, é claro —, e aquilo atormentava o homem. Ele alimentava tal paixão furiosa por Lilly que alguém certa vez encontrou o caderno de Bell onde ele havia escrito o nome de Lilly, sua data de nascimento, cidade natal e informações pessoais repetidas vezes — como os rabiscos de algum garoto apaixonado da escola —, como se os dois, um dia, fossem ao baile juntos. Agora, a visão de sua casca vazia — descartada como lixo, dois ferimentos de entrada limpos, como moedas mínimas acima do mamilo esquerdo — tortura Lilly. Seu rosto juvenil e a cabeleira louca, ainda com filamentos duros de um vermelho flamejante, clamavam a ela. Ele parecia estar apenas dormindo.

— Eles... o mataram a sangue-frio? — Lilly mal consegue compor a frase. — Sem motivo algum? Como... como um animal que estivessem caçando?

— Talvez... Mas não penso assim. — Ash engole em seco e se curva para o corpo. Levanta gentilmente o braço esquerdo e o gira de leve, para que Lilly veja as perfurações minúsculas na dobra entre o antebraço e o bíceps, local onde suas veias ainda se destacam. — Nós o encontramos de rosto para baixo na campina, os moinhos incendiados. Parece que ele tentou impedi-los. Primeiro ele foi atingido na cabeça, depois arrastado, antes que o baleassem no estilo execução por motivos que desconheço.

— Meu Deus.

Ash aponta a perfuração.

— Vimos isto quando o trouxemos de volta para cá.

Lilly se inclina. Jinx e Miles aproximam-se para olhar por cima do ombro de Lilly: o leve anel de um hematoma em torno de uma perfuração mínima no braço de Bell, cercada de vermelho. Lilly tenta concentrar os pensamentos. Enxuga os olhos e fala:

— O que é isso?

Ash dá de ombros, baixando o braço para a beira da maca.

— Não sei bem, não sou legista, mas parece a marca de uma agulha.

— Marca de agulha? Está dizendo que Bell era viciado? Ele próprio fez isso?

Ash despreza a possibilidade com um gesto.

— Não, de jeito algum. É fresca demais.

— Então você está dizendo que *eles* fizeram isso com Bell? Aqueles filhos da puta paramilitares, eles o drogaram?

— Sei que isso não faz sentido algum. — Ash suspira. — Por que drogar um homem que você vai matar dois segundos depois?

Lilly passa a mão no rosto. Olha para Jinx.

— Nada dessa gente faz sentido.

Ash assente.

— Concordo. — Ela olha o corpo de Bell. — Mas isso não quer dizer que eles sejam loucos. Seria um erro pensar que são só malucos, drogados ou o que for. Eles são tremendamente perigosos, Lilly.

— Acho que isso nós já determinamos. — Lilly respira fundo enquanto Ash puxa o lençol delicadamente, cobrindo a metade superior de Bell. Lilly suspira, esfregando os olhos. Tenta raciocinar, tenta pensar na próxima medida a tomar. Ela olha para Ash. — Você se importa se passarmos a noite aqui? Para descansar? Quem sabe nos emprestar algumas coisas?

Ash a olha com firmeza.

— Você não vai aceitar meu conselho, vai?

Lilly olha para os outros, olha o chão. Não consegue pensar em mais nada para dizer.

— Você vai continuar atrás dessa gente até encontrá-los ou ser morta. — Ash cruza os braços. — Não tenho razão?

Lilly encontra seu olhar, mas não diz nada.

Naquela noite, depois do jantar, Lilly se reúne com sua equipe no presbitério da igreja.

— Quero me certificar de que todos vocês sabem o que está reservado para nós ao norte daqui. — Ela está parada na frente da sala de reuniões, a porta fechada, a sala iluminada por um lampião a querosene em cada extremidade da mesa. O caráter agradável do lugar à luz do dia agora era transformado numa atmosfera de segredos lúgubres envoltos nas sombras. Os vitrais estão escuros e opacos, suas cenas bíblicas ornamentais agora parecem enigmáticas e misteriosas. As claraboias têm o brilho fraco e frio da lua, os rostos dos ouvintes parecem quase simiescos à luz fraca, os traumas do dia, assim como o choque por terem visto o corpo de Bell, ainda pesam no ar, como um odor. As testas se franzem, raciocinando, enquanto Lilly explica:

— Acreditem em mim. Ninguém quer ir para o norte daqui se puder evitar. Deste ponto em diante é muito difícil e duas vezes mais perigoso.

— Continue — pede Norma Sutters de sua cadeira à cabeceira da mesa. Está sentada com as mãos roliças cruzadas à frente, como se estivesse prestes a orar em agradecimento antes do jantar. Miles está sentado a um de seus lados, Jinx do outro. Tommy coloca-se de pé atrás deles, preferindo se recostar no peitoril enquanto ouve, de vez em quando lançando um olhar nervoso para fora através de uma abertura na janela coberta de tábuas.

— Vocês ouviram boatos sobre o círculo de enxames e essas coisas — continua ela. — Há cerca de uma hora, um dos batedores de Ash foi a cavalo até a estrada do morro e viu como a coisa fica ruim quando se atravessa para os subúrbios.

A sala continua em silêncio enquanto todos processam a informação. Há meses vinham circulando boatos de que as mega-hordas — que normalmente migram pela terra com uma lentidão glacial — por algum motivo se acomodaram em órbitas inexplicáveis em volta dos subúrbios periféricos da cidade. Ninguém sabe por que, mas parece que os enormes enxames empacaram ali, naquele padrão estranho e inescrutável, feito mariposas rondando uma chama, e quem é burro o suficiente para tentar chegar a Atlanta a partir do sul acaba se flagrando num pedacinho do inferno na terra.

— Sei que disse isso o tempo todo — Lilly volta a falar por fim, rompendo o feitiço do silêncio. — Mas quero dar a todos vocês uma nova chance de sair dessa.

Jinx revira os olhos.

— Tem mesmo de tocar esse disco velho e enjoado de novo?

— Isso é diferente, Jinx. Depois de ver Bell ali, vendo Haralson como está... Não tenho o direito de obrigar nenhum de vocês a continuar nesta porra de missão bizarra. — Ela olha a sala e sente o coração doer de amor por aquelas pessoas, seu círculo íntimo, sua família. De que adiantaria resgatar as crianças se essas pessoas vierem a perder a vida na barganha? Lilly engole a desolação que sente enquanto tenta sorrir para eles. — A essa altura, não seria vergonha nenhuma cair fora. Sem culpa, sem perguntas. Vamos partir pouco antes do amanhecer... Quero que todos vocês pensem bem nisso hoje à noite. Quero que todos tenham certeza. Sem pressão, sem expectativas. Eu vou ficar bem, qualquer que seja a decisão de vocês. Sou grandinha. Vou ficar bem.

Ela dá meia-volta para sair da sala, mas estaca antes de girar a maçaneta. Vira-se e olha para eles mais uma vez.

— Qualquer que seja a decisão, saibam que eu sempre vou amar vocês, gente.

Ela sai.

SETE

Lilly jamais saberia com certeza o que foi dito na sala de reuniões do presbitério naquela noite após sua partida. Mas sempre teria suas teorias. Tommy e Norma provavelmente debateram, acaloradamente, os prós e contras de continuar. Talvez Jinx houvesse ficado sentada ali e ouvido em silêncio, com uma expressão enojada. É possível que Miles tenha sugerido uma votação — Miles Littleton, o ladrão de carros prático, a voz da razão. Lilly jamais teria esperado que Norma continuasse. Jinx e Tommy eram uma questão totalmente diferente; sem dúvida candidatos a continuar a bordo. Miles, porém, era o curinga do baralho.

Ex-membro de gangue das ruas barra-pesada de Detroit, motorista de quadrilhas de assaltantes e criminosos autônomos de todas as estirpes, o jovem é a personificação do Bandido de Coração de Ouro. Dos olhos gentis de cílios compridos ao pequeno cavanhaque delicado, o rosto reflete as contradições da vida. Ele é uma alma gentil num ambiente brutal. Não hesitaria em explodir com violência caso surgisse a necessidade, mas a realidade é que ele não tem gosto pela coisa. Tudo isso torna impossível prever o que ele vai fazer na manhã seguinte.

A incerteza atormenta Lilly à noite ao se acomodar na cama de um pequeno bangalô ao lado do prédio de apartamentos de Ash, e ela tenta desesperadamente dormir. Vai precisar do descanso, independentemente do que sua equipe decidir. Porém, o sono continua fugindo obstinadamente. O bangalô solitário e sem mobília — com pilhas de suprimentos e enlatados até o teto — estala e se acomoda na escuridão enluarada enquanto Lilly se revira na cama. Intermitentemente, ela resvala em sonhos com quedas — quedas de aviões, de penhascos íngremes, de pontes, prédios e precipícios.

Na manhã seguinte, pouco depois do amanhecer, ela encontra Ash no pátio gramado do outro lado da rua, na frente da Williams Grocery. O pátio faz limite com o enorme portão do lado norte da cidade, e, na escuridão que antecede o amanhecer, as silhuetas de postes telefônicos, placas de estrada, da barricada e do arame farpado reluzindo em espiral pelo alto do muro parecem irreais, como recortes de papel cartão num livro em alto-relevo. O céu tem aquele tom cinzento, morto e desbotado que adquire antes do nascer do sol, e o friozinho no ar é estimulante.

Por um momento, olhando o pátio vazio, Lilly supõe que estará sozinha a partir dali. Ela ajuda Ash a pegar os três cavalos sobreviventes e atrela o maior e mais forte, Arrow, a uma velha perua Volvo reformada e pontilhada de ferrugem: o para-brisa foi retirado, permitindo a passagem dos arreios. A área de carga na traseira está cheia de armas, munição e suprimentos.

Lilly está prestes a dizer alguma coisa quando é interrompida por uma voz às suas costas.

— Não me diga que você vai me colocar em um desses capões magricelas.

Lilly gira o corpo e vê Jinx e Tommy andando com coletes táticos, os coldres balançando-se nos quadris e as mochilas pesadas nos ombros. O alívio domina Lilly, que pigarreia e fala:

— Desculpe por isso, Jinx... Vou precisar da força de Arrow. Tommy, por que não vem comigo na carroça?

Jinx joga a mochila no cavalo mais próximo, fazendo o animal bufar e empinar. Jinx sussurra para a criatura, acariciando a cernelha e a crina. Pega um rolo de fita adesiva na mochila, ajoelha-se e passa a fita prateada nos machinhos de pelo do animal. A medida de proteção não salvará o animal de um enxame, mas impedirá a mordida de um único errante.

Lilly se aproxima, coloca a mão no ombro de Jinx e fala bem baixinho.

— Obrigada... por um segundo temi ter perdido você.

— Acha que eu dispensaria a diversão? — Jinx abre um sorrisinho malicioso.

— Qual é, Lilly — diz uma voz a suas costas. Ela se vira e vê Tommy colocando as mãos nos bolsos, olhando o chão timidamente.

— Dê algum crédito a gente.

Lilly estende a mão e toca o cabelo de Tommy.

— Nunca mais vou duvidar de vocês.

Passos esmagam o cascalho do outro lado do pátio, atraindo a atenção de Lilly, que olha para trás, para leste.

— Desculpe, pessoal, estou atrasado — diz Miles Littleton ao se aproximar com o capuz e a mochila num braço, a Glock presa ao boldrié que cruza o peito magro. — Tive de procurar papel higiênico. Minha mãe sempre dizia: "Não vá a lugar algum na natureza sem papel higiênico."

Lilly engole um bolo na garganta, os olhos lacrimejando de emoção. Algo no tom de Miles Littleton, a tristeza nos olhos, o queixo cerrado, diz que ele não está inteiro ali. Ele parece meio oprimido. Mas naquele momento, Lilly não pode se dar ao luxo de ficar emocionada. Ela respira o ar limpo do amanhecer, bate palmas e diz:

— Nunca na vida fiquei tão feliz em ouvir falar em papel higiênico.

Sob a sombra do capuz, ele vira a cabeça de lado cautelosamente.

— Você não pensou que eu te deixaria na mão, né? O que acha que eu sou, o Rei dos Covardes?

Lilly reprime uma nova onda de emoção.

— Vamos lá, Alteza, vamos colocar o pé na estrada.

A essa altura, Ash tinha atrelado o enorme puro-sangue à carroça, fechado a porta traseira e verificado os pneus para a estrada. Ela olha com ceticismo a carroça improvisada enquanto os outros sobem — Lilly nas rédeas, Tommy no carona. Jinx monta em um dos capões, batendo as rédeas desajeitadamente quando o cavalo começa a reclamar, resfolegar e recuar para o prédio mais próximo.

— Calma, amigo — fala Jinx numa voz suave, verificando se tem acesso rápido a seu maior facão.

Miles monta em seu cavalo e verifica se a Glock está travada, carregada e adequadamente acondicionada no boldrié. Ele tem quase cem balas, cortesia de Ash e seu arsenal bem abastecido.

— Obrigada por tudo — diz Lilly à mulher alta através da janela lateral da carruagem improvisada.

Ash assente e fala:

— Você perdeu uma, não foi?

Lilly dá de ombros.

— Para ser franca, não a culpo nem um pouco. Talvez a inteligente seja ela.

— Vamos cuidar para que ela volte a Woodbury inteira.

— Veja como está David Stern, tá bom? Ele era um velho durão, mas tomou uma surra feia.

— Pode deixar. — Ash se afasta, põe as mãos nos quadris. — Espero que você os traga de volta.

Lilly olha para ela.

— Mas não acredita que vamos conseguir, não é?

— Eu nunca disse isso.

— Não precisa dizer.

O sol já irrompeu no horizonte, a luz musgosa subindo atrás dos telhados, transformando as antigas construções de latão em silhuetas. O ar zune com o canto de passarinhos e zumbido dos insetos. Ash está formulando uma resposta quando uma voz chama atrás deles:

— EI, GENTE!

Todas as cabeças se viram quando a mulher corpulenta, de pele escura e lenço no cabelo, aparece andando rapidamente, virando a esquina de um prédio adjacente. Ela bamboleia ao se aproximar, com um facão novo em folha pendurado no quadril largo, uma mochila abarrotada num dos ombros.

— Não vão embora sem mim!

Norma chega ao lado do condutor da carroça e para junto da janela aberta de Lilly.

As duas mulheres se olham e sustentam o olhar por um bom tempo, sem dizer nada. O diálogo de linguagem corporal e expressões faciais é sutil, mas também poderoso. O modo como o queixo de Norma se ergue muito ligeiramente em desafio e orgulho, e o jeito com que Lilly inclina a cabeça numa expressão quase paternal, do tipo eu-te-falei — tudo transmitido em um breve instante. Em seguida Lilly abre um sorriso, e o rosto de Norma se ilumina com carinho, talvez até um toque de admiração enquanto ela também sorri para Lilly. O diálogo é completo, sem a necessidade de palavras.

Lilly vira-se para Tommy.

— Abra um espaço no banco traseiro.

Eles saem de Haralson e seguem para o norte, Lilly tomando a liderança naquela carroça Frankenstein, o cavalo enorme encharcando de suor rapidamente, espumando pela boca com o esforço. Jinx e Miles cavalgam atrás da carroça, um em cada flanco, num silêncio mortal, tensos, sobressaltando-se com barulhos. Todo mundo pode sentir os riscos se elevando, a presença de algo invisível e ameaçador enquanto se aproximam dos arredores da cidade derrotada.

Naquela manhã, eles passaram pela parte sul de Coweta County sem incidentes.

Lá pelo meio-dia, cruzaram os restos ainda fumarentos da estação eólica de Bell. Ao longe, no oeste, os moinhos gigantescos estavam em ruínas, alguns partidos ao meio, outros sem as hélices, alguns ainda em chamas. A visão causa um incômodo em Lilly, os oito hectares de terras agora se assemelham a uma fortaleza medieval arrasada por archotes e catapultas de fogo. À medida que passam chacoalhando pelo canto norte do complexo, percebem que o ataque deve ter sido recente, pois veem um charco enegrecido e baixo ainda faiscando e crepitando nos veios de luz conforme um emaranhado de cabos de força esgota sua eletricidade residual. Os restos de mais ou menos uma dúzia de errantes jazem enlameados na cratera, contorcendo-se numa convulsão involuntária a cada descarga aleatória da energia moribunda.

Lilly apressa o ritmo, batendo as rédeas e conseguindo que o imenso puro-sangue faça a transição de trote a galope. Os outros esporeiam os animais, apressando-se para acompanhá-la. Já faz horas que muito poucas palavras foram ditas entre Lilly e seu pessoal. Todos sentem a presença dos sequestradores, a ameaça invisível se intensifica. Eles sentem o cheiro de carne morta ao vento. Sentem a presença das hordas pelo jeito como os olhos começaram a arder, o estômago apertar, a pulsação acelerar.

No meio da tarde, eles chegam ao cume de um morro e têm o primeiro vislumbre dos arredores de Fulton County na distância abaixo.

De imediato, Lilly freia a carroça, os outros parando em cada lado. O coração de Lilly palpita nos ouvidos, o estômago se contrai enquanto ela respira o fedor rançoso de morte na atmosfera. Encara as provas do que as pessoas vinham avisando havia meses. Os outros encaram num choque mudo. O baixo zumbido ambiente de monstros ecoa no céu e é opressivo enquanto Lilly lentamente percorre com os olhos o panorama de milhares de mortos — talvez dezenas de milhares — reunindo-se nas campinas e vales pelo limite do condado.

Como uma diabólica fazenda de formigas de figuras esfarrapadas, as hordas se estendem por várias centenas de metros. Dessa distância, a multidão ondula e escoa, como uma pintura pontilhista preta e móvel, respingada pela área rural infestada pela praga. Não há progresso em seu movimento, nenhuma alteração na posição. Contrariando seu senso crítico, Lilly estende a mão para a mochila, pega o binóculo e olha pelas lentes.

A voz estrangulada de Norma chega do banco traseiro.

— E agora, o que você acha?

No campo telescópico, Lilly vê o oceano de rostos mofados mastigando o ar com dentes empretecidos e olhos como marfim antigo. A maioria das roupas esfarrapadas grudadas aos mortos está desbotada a um pergaminho cinza, os corpos se roçando e se atropelando, em todos os formatos, tamanhos e graus de decomposição, ocupando quilômetros e mais quilômetros, partículas aleatórias enchendo o vazio, as mãos cinzentas e frias arranhando o abismo, insaciáveis, impelidos pela compulsão insondável da praga.

— Tenho a sensação de que eles esperam para ver o que vamos fazer — diz Lilly em voz baixa, mais para si que para os outros.

— Quem? — A voz de Tommy é tensa como uma corda de piano.

— Os errantes?

— Os sequestradores.

— Acha que estão nos observando?

— Acho.

Tommy a olha atentamente por um momento.

— Espere, conheço esse olhar, você não está pensando em...

— Apertem os cintos!

— Não, Lilly...

— Segurem-se!

Lilly estala as rédeas, e o puro-sangue se lança num galope, fazendo a carroça dar um solavanco.

De imediato, eles mergulham ladeira abaixo.

Jinx e Miles acompanham numa correria mortal.

Desde o advento da praga, quase quatro anos antes, os sobreviventes vêm refletindo, ruminando e se afligindo com algo que vem sendo conhecido como comportamento de errante — como se a denominação "errante" anunciasse o advento de um novo gênero e espécie (o que, de certo modo, *ela fez*). Eles aprendem? Têm digestão? Ficam saciados? E se for apenas um comportamento involuntário? Eles fazem cocô? Mas a área de pesquisa que tem obcecado a maioria dos sobreviventes há mais tempo, tirando-lhes o sono, passou a ser conhecida como "comportamento de rebanho".

Até a presente data, ninguém tem certeza de por que os errantes andam em rebanhos, ou se eles têm um propósito, ou quanto tempo permanecem intactos antes de se separar como folhas na superfície ventosa do mar. A única coisa inquestionável é que são catastroficamente letais, uma maré móvel de destruição devido ao efeito cumulativo de tantas máquinas devoradoras num só lugar, movimentando-se em harmonia. Ultimamente, porém, um aspecto mais sutil do comportamento de rebanho tem chamado a atenção dos sobreviventes mais atentos. Parece que quanto maior é o rebanho, mais frouxo ele é. Por algum motivo, grandes espaços abertos começam a se formar em meio à turba densamente organizada, quase como se o mero número estivesse espalhando levemente o rebanho pela paisagem.

Entre alguns sobreviventes, este fenômeno ficou conhecido como "pontos carecas" —, e é precisamente por isso que agora Lilly decide levar sua equipe diretamente para o coração da turba. Se ela conseguir navegar pelos pontos carecas com um mínimo de contato, talvez passe com seu pessoal, costurando pelo pior do rebanho, e saia do outro lado, com a pele de todos intacta. Porém, para conseguir isso, ela precisa entrar na brecha agressivamente, sem hesitar.

Naquele exato momento, na verdade, as forças gravitacionais da geringonça que desce em disparada pelo morro acidentado atrás do cavalo chamado Arrow pressionam Lilly e Tommy em seus assentos. Os pneus traseiros, agora quase vazios, derrapam e batem em pedras e sulcos. De cada lado da carroça, Miles e Jinx galopam loucamente, tentando acompanhar o ímpeto do veículo.

À frente deles, ao pé do morro, a uns cem metros de distância, a margem mais externa da turba se arrasta sem propósito ou direção. À medida que o barulho da carroça e o tambor dos cavalos se aproximam, os rostos cinzentos e pastosos começam a virar para o tumulto. Olhos leitosos com o foco de bêbados furiosos se fixam nos humanos que se aproximam.

— Mantenham os braços e pernas do lado de dentro o tempo todo! — grita Lilly a Tommy e Norma sem humor algum.

— PORRA! — Tommy praticamente se encolhe dentro do veículo enquanto eles disparam em direção à vanguarda da multidão. Ele se atrapalha para pegar a calibre .12.

Eles já estão perto o bastante para sentir o cheiro do nevoeiro de carne podre que pende sobre a horda, perto para ver a baba escura em seus rostos e ouvir os rosnados ferozes e guturais. Cinquenta metros, trinta, vinte.

Lilly se curva para fora da janela e grita ao vento, para Jinx e Miles:

— SIGAM OS PONTOS CARECAS POR TODO O CAMINHO!!

Ela estala as rédeas novamente, sem parar, levando o animal à velocidade máxima. Agora 15 metros... Dez... Cinco, quatro, três, dois, *um*.

O primeiro impacto por acaso é com uma jovem em estágio final de decomposição, o lado traseiro esquerdo da carroça se choca contra a criatura com uma força imensa. Uma onda de sangue e tecidos putrefatos espirra pela proa aberta do transporte — a região onde antes ficavam o capô e o motor — e cobre Lilly e Tommy com uma fina camada de rasto fétido. Tommy arqueja e dispara dois tiros pela janela aberta numa coluna de mordedores que avança para eles, criando uma névoa ensanguentada pelos raios altos do sol que batem na campina.

Os tímpanos de Lilly estalam e ficam tinindo enquanto ela mantém as rédeas esticadas, chicoteando.

O puro-sangue dá uma guinada aguda para evitar mais uma muralha de mortos e bate num homem de meia-idade com um esfarrapado terno fúnebre. As ferragens do freio do cavalo chocam-se na cara da criatura com tanta força que os globos oculares apodrecidos saltam do crânio como rolhas, voando em caudas de feixes nervosos sangrentos. Mais um é apanhado no chão abaixo dos cascos do animal imenso, o cavalo soltando relinchos e vocalizações agudos enquanto dá safanões e costura pelo pântano de mortos de pernas rígidas.

O cavalo urra ao dar mais uma guinada para a esquerda, derrubando meia dúzia de cadáveres ambulantes antes de explodir para o outro lado da aglomeração e atravessar um ponto careca — quase meio hectare de terreno vazio — sem errante algum. Lilly aproveita a oportunidade para olhar pelo retrovisor, procurando por Jinx e Miles.

Os dois arremetem para a clareira, as pernas e os cavalos cobertos de material preto e gorduroso. Cada um dos cavaleiros brande uma arma longa com uma crosta de sangue coagulado — Jinx tem um facão de quase um metro; Miles, um sabre embaciado da Guerra Civil, afanado de um museu em ruínas em Michigan — e cada um deles bufa e arqueja de cansaço depois de cortar muitos mortos pelo caminho. Lilly estala as rédeas. O cavalo galopa pela clareira, resfolega e espuma. Lilly puxa a rédea da esquerda a fim de conduzir o animal para o norte.

Ninguém percebe que a clareira começa a desmoronar sobre si mesma.

Outro aspecto do fenômeno do ponto careca é que a formação aleatória de tais células vazias parece mudar constantemente, de forma fluida, sem que ninguém perceba, com a subitaneidade de ondas que rolam de volta ao mar. Na verdade, naquele exato momento, Lilly sabe que o círculo mais próximo de mortos — talvez a 15 metros — já farejou sua presença e deu meia-volta, desajeitado, estendendo os braços para os humanos em seu meio. O ponto careca começa a encolher; o rebanho avança.

Até então, Lilly não tinha registrado grande coisa de cada errante em sua jornada além de borrões de dentes ameaçadores, viscosos e fedorentos. Mas agora, em plena luz do dia, enquanto as criaturas se aproximam por todos os lados da clareira, ela vê uma mulher com metade do corpo rasgado, um lado da cara pendurado como um cachecol de carne, os dentes verdes batendo roboticamente ao se aproximar. Lilly vê outro, um homem, muito velho, arrastando-se para ela com um buraco tão grande no tronco que a luz do dia brilha através dele, como um portal. Ainda outro, uma mulher mais velha, vestida num jaleco sujo de enfermeira, tem um pedaço de viga de mais de um metro empalado entre os seios.

Lilly passa os olhos pelo horizonte distante para se reorientar. Vê o começo de uma floresta a meia distância, encoberta nas sombras de uma vala larga.

De repente ela percebe, pouco além da floresta, nas ondas de calor do céu vespertino, uma enferrujada torre de caixa-d'água com o emblema da cidade de Moreland, Geórgia, e se dá conta de que Cooper Stevens e seu arsenal estão logo depois daquele morro arborizado. Aí decide de imediato, sem hesitar muito, partir numa correria louca para aquelas árvores. Ela puxa uma rédea, depois estala as duas com a maior força que consegue.

— POR AQUI, TODO MUNDO!

Só minutos depois eles se dão conta do terrível erro que cometeram.

Por alguns instantes frenéticos, parece que Lilly tomou a decisão correta. Com a inércia de um aríete, o puro-sangue musculoso avança à toda pela onda de mortos que se aproximam, derrubando um cadáver após outro antes que qualquer um deles tenha a oportunidade de cravar os dentes no couro suado do animal. Rostos brancos e pastosos viram-se bruscamente com o impacto; corpos caem em grandes erupções de tecidos e fluidos, os cascos triturando as massas efervescentes de matéria orgânica. Mãos em garra seguram uma roda ou um tufo de pelo das patas, mas a fita adesiva aguenta, protegendo as patas dos cavalos. O barulho é inacreditável — uma sinfonia de silvos, arquejos, vocalizações de rosnado tragadas pelo ribombar dos cascos e das rodas da carroça.

Bem atrás da carroça improvisada, Jinx e Miles acompanham em disparada. O clarão das lâminas compridas ao sol forma um borrão de aço letal quando eles cortam as ondas de mortos que pressionam de cada lado, abrindo uma passagem pela horda, mantendo os olhos na traseira da carroça, que rabeia no lodo de restos humanos. Uma espuma de sangue e bile espirra neles a cada golpe, descrevendo um arco no ar, como cordões de crepe preto. Agora os odores são tão intensos que é difícil respirar.

Adiante, a carroça retumba para o alto de um morro.

Lilly estala as rédeas freneticamente, mantendo o cavalo em velocidade máxima, rumo ao norte, mas não é fácil enxergar por cima do quarto traseiro do animal, ou por sobre a beira do platô natural que acompanha a margem da campina, dando para o canal arborizado. Só

O que Lilly consegue enxergar agora é a copa das árvores e o céu. Ela não sabe o quanto a ladeira é íngreme, ou se o declive está livre de errantes, ou se a carroça vai conseguir passar pelo terreno rochoso do morro para além dali.

Enfim eles alcançam a prateleira, e Lilly ofega quando o cavalo dá uma guinada de 45 graus. Os errantes desgarrados que sobem o morro são catapultados quando o animal e a carroça mergulham.

Lilly puxa as rédeas com toda a força numa tentativa inútil de reduzir a velocidade da descida.

O medo de cair é primitivo (e praticamente universal) — o análogo psicológico do pavor de perder o controle. Ele abastece os pesadelos de Lilly Caul, e, quando se desenrola em sua vida desperta — como está prestes a acontecer —, ela fica arrasada.

Ao chegar ao pé do morro, o cavalo bate num aglomerado de meia dúzia de imensos cadáveres ambulantes. Na maior parte decompostos, sua carne carcomida pendurada por fibras, os monstros enormes literalmente explodem com o impacto, como a erupção polpuda de uma fruta que passou do ponto. Caras estouram, cabeças são arrancadas de corpos cambaleantes, braços e pernas voam, ondas de tripas explodem numa onda negra pelo canal.

O cavalo imenso escorrega em toda essa matéria gordurosa que agora se acumula abaixo de si.

Por um instante terrível, o animal literalmente patina no lodo. As pernas dianteiras correm sem sair do lugar, batendo loucamente, e ele começa a escorregar de lado. Lilly sente o centro de gravidade se alterando, a carroça de metal girando descontrolada. Com os ouvidos tinindo e o coração na garganta, ela mal consegue ouvir o grito de Tommy Dupree quando a carroça começa a virar. Todo o universo se inclina sobre seu eixo.

A carroça bate de lado, jogando Lilly por cima de Tommy.

Já é tarde demais quando Lilly vê os outros dois cavalos atrás, tentando parar. Miles e seu animal deslizam pela base do canal, perdem o equilíbrio e batem na traseira da carroça, tombando e se esparramando no chão num montinho pegajoso. A carroça estremece, jogando Lilly e Tommy contra a lateral. O veículo escorrega mais uns 3 metros.

Jinx e seu cavalo galopam para os destroços, batendo na traseira da carroça.

Um instante depois, com a cabeça girando e ensurdecida, Lilly tenta se reorientar dentro da carroça virada. Vê através da névoa de poeira que Miles Littleton está preso embaixo do próprio cavalo. Ele luta para se soltar enquanto Jinx se arrasta para ele, apoiando-se na perna direita. Pelo visto ela se machucou na queda.

Lilly começa a chamá-los, mas ouve um barulho que a faz parar de pronto.

Da soleira da floresta, a menos de 15 metros, vertendo por entre carvalhos retorcidos e colunas de pinheiros, aparece uma nova horda de figuras esfarrapadas. Como uma maré negra e sebenta expelida pela mata, eles saem aos magotes, rosnando e se arrastando para os humanos.

OITO

— E agora, capitão? — O homem com o binóculo fala com uma cadência acelerada, como um disco tocando algumas revoluções por minuto depressa demais. O cigarro enrolado manualmente está pendurado num canto da boca, subindo e descendo, deixando a cinza cair enquanto ele fala. — Vamos deixar as bolas de pus pegarem os caras?

— Deixe eu ver. — Bryce arranca o binóculo de seu imediato e observa a ação na campina pela janela aberta.

Sob o sol fraco que cai obliquamente pelos galhos altos da mata vizinha, Bryce vê o exército de mortos se fechando sobre os idiotas de Woodbury, o resultado inevitável. A garota de cabelo castanho — a durona, aquela que parece estar no comando — ajuda o adolescente e a negra a sair da carroça. Depois a garota se vira, muda de rumo e dispara em direção aos sacos de pus que se aproximam. Simples assim. Ela derruba três deles sem nem piscar, depois se vira para a carroça e, por Deus, sozinha, empurra o veículo, devolvendo-o sobre as rodas. Em todo esse tempo, o rebanho se aproxima e ela certamente vai morrer, e ora essa, irmão, mas ela não desiste, essa garota. É uma filha da puta durona, e Bryce não sabe o que fazer com ela.

Nesse meio-tempo, a outra garota — aquela sapata — está puxando um dos cavalos de cima do cara negro.

Theodore "Beau" Bryce — ex-sargento da 101ª Divisão Aérea, duas vezes deslocado para o Afeganistão — mexe no imenso anel de sinete na mão direita enquanto assiste e reflete sobre o que fazer com aqueles cabeças de merda. É um hábito nervoso que ele adquiriu depois da dispensa, enquanto treinava recrutas em Fort Benning. Sempre que especula sobre algum problema intragável ou soldado recalcitrante, ele passa o polegar compulsivamente pela base do enorme anel de ouro com a imensa pedra de rubi e a expressão em latim pelo aro: STAMUS IN STATIONE PRO TE (montamos guarda por vós). Agora ele o vira, esfrega e o vira mais uma vez, pensando em como lidar com a equipe de resgate de meia-tigela.

Alto, magro, de corte à escovinha e idade indeterminada, Bryce usa armadura corporal coberta de pó por cima da farda ruça, e tem um rosto marcado com os resquícios de cada batalha travada. Ele vinha seguindo os imbecis de Woodbury havia praticamente 24 horas, e está começando a ficar mal-humorado, sentado ali ao volante do Humvee fortemente blindado. O veículo está estacionado em ponto morto numa saída panorâmica cerca de 400 metros a leste da campina em questão; o restante do grupo de Bryce aguarda por ordens em suas motos sujas e veículos um pouco além da estrada sinuosa de mão dupla. Ironicamente, o local onde Bryce se encontra agora costumava ser chamado de Salto dos Amantes ou alguma merda assim — está escrito numa placa perto da cerca de segurança. Bryce tem muito pouco tempo para absurdos como esse, agora que a praga levou sua família, seus amigos, a maioria dos companheiros veteranos e basicamente todo mundo que conheceu na vida.

— Nós vamos... *o que*... intervir? — Daniels, um espantalho magricela e careca em formato de homem no banco do carona, fica tragando compulsivamente o baseado e encarando seu superior com olhos bem abertos. — Essa é a palavra preferida do bom doutor, não é? Intervir? O que acha, capitão?

O homem ao volante não responde nem corrige a idiotice de Daniels — Bryce nunca foi oficial, ele trabalhava para ganhar a merda da vida —, só fica olhando com o binóculo pela janela aberta, franze os lábios, raciocina. Ele precisa voltar logo, ou o velho vai encher seu saco durante horas. A jogada inteligente seria voltar de imediato ao quartel-

-general, simplesmente deixar que os vermes façam um banquete com os idiotas. Mas algo impede Bryce. Será curiosidade mórbida? É a garota de cabelo castanho? Talvez seja só tédio.

— Quantos desses kits de teste ainda temos?

Daniels balança a cabeça para ele.

— Não sobrou nenhum, capitão, acabamos com todos.

— Do que você está falando? — O homem mais velho lança um olhar cáustico ao subordinado. — Tínhamos duas dúzias dessas coisas quando distribuímos daquela vez.

Daniels dá de ombros.

— Eles acabam rápido, ainda mais quando você vai de casa em casa.

— Que merda, não vou trazer mais ninguém conosco nesta viagem. Estamos sem espaço.

— E o furgão de Hopkins?

— Aquele pedaço de merda não tem a menor segurança. Não vou correr nenhum risco.

— Então vamos largar essa gente aí. Quem liga? Eles estão ferrados, capitão. Problema resolvido.

— Ah, é? Você acha? — Ele volta a olhar pelo binóculo. — Não tenho tanta certeza. — Ele observa a ação se desenrolar na campina, a voz fica baixa e fria. — Aquela garota é despachada. Estou dizendo.

Pelas lentes do binóculo, Bryce vê os cavalos sendo devorados. Ao que parece, a comoção do furor alimentar proporcionou uma distração suficiente para dar tempo à garota de cabelos castanhos de afastar seu pessoal da turba de mordedores. E, por um momento, com um fascínio sádico, Bryce acompanha o pequeno grupo de vivos que corre ao lado de sua líder, que agora dispara em direção ao bosque próximo cheio de antigos carvalhos retorcidos. Essa garota é um negócio. Sem muita prudência, sem hesitar, ela escolhe o carvalho maior e mais nodoso e ajuda os compatriotas a subir no tronco apodrecido. Um por um, eles trepam pelo monólito petrificado rumo à segurança — pelo menos a segurança *momentânea* —, cada um deles agora se agarrando desajeitadamente a um diferente galho nodoso. A garota no comando é a última a trepar pelo tronco, o que ela faz com uma facilidade ágil, o que leva Bryce a especular que no passado ela era uma moleca.

Ele volta o olhar aos cavalos, ou ao que resta deles, o que provoca uma onda de repulsa. Bryce cresceu na Virgínia, neto de um criador de cavalos, e aprendeu a dar aos animais o respeito que eles merecem. Seu avô era responsável por quase duas dúzias de animais premiados em provas de hipismo, membro da equipe Grand Prix por vinte anos consecutivos. Bryce já fora cavalariço para muitos clientes do avô e passou a maior parte da infância — até o ano em que partiu para o treinamento básico — em um estábulo fedorento depois do outro, escovando, cobrindo, limpando e penteando cavalos de exposição. Agora ele se retrai com uma angústia solidária ao assistir ao furor chegar ao auge na campina.

Daquela distância, os mortos parecem vespas carnudas enxameando um canteiro de flores escarlate, sugando até a última gota de néctar dos cavalos que se contorcem e relincham. O sangue redemoinha em regatos por baixo do bando, escorrendo em ondas pela terra árida, enquanto as vítimas do sacrifício enfim ficam imóveis. Isso parece provocar na turba de errantes convulsões orgásmicas de gula ainda mais intensas, os rostos apodrecidos cravando nas entranhas vaporosas dos flancos e ventres dos cavalos, a carne peluda agora dilatada e aberta por incontáveis conjuntos de dentes que cavam até Bryce literalmente precisa virar a cara. Na zona de guerra, ele já tinha presenciado a carnificina imaginável mais horrível. Mas *aquilo* — de algum modo aquilo devora sua alma mais que a maioria das terríveis visões que ele teve. Uma respiração dolorida lhe escapa ao mesmo tempo que a náusea sobe pelo esôfago, chegando à garganta.

Ele corre o binóculo por meia distância, até a floresta de carvalhos vivos e retorcidos.

No campo de visão circular do binóculo, Bryce vê o contingente de Woodbury agora se amontoando precariamente nos galhos de um carvalho gigantesco. Alguns se agarram com força aos ramos sinuosos, com uma expressão tomada de horror desesperado enquanto testemunham os últimos estágios do furor alimentar. À luz do fim de tarde, os olhos brilhando de assombro e nojo, eles parecem corujas.

Bryce se vê mais uma vez focalizando as lentes telescópicas na mulher do severo rabo de cavalo castanho, os olhos intensos, o olhar todo profissional, e a camisa de flanela, jeans rasgados e botas que fazem com que ela pareça uma espécie de sandinista ou guerrilheira perdida em alguma esquecida república das bananas. Ele firma o binóculo e examina seu comportamento. Talvez esteja fazendo isso para uma consulta posterior aos dados — *conhece teu inimigo*, esse tipo de coisa — ou talvez esteja impressionado com ela. Agora ele a vê boquiaberta, os dentes arreganhados numa angústia mal velada, atormentada com o espetáculo dos cavalos sendo devorados. Alguns de seu grupo viram o rosto. Mas não a baixinha durona. Ela simplesmente olha fixamente enquanto seu precioso bando equestre escoa pelo ralo ensanguentado. Ela passa a impressão de estar prestes a gritar, mas não, é claro que reprime tudo, como a boa soldada que é. Bryce conhece bem aquele olhar — a carranca contraída e constipada. Ele próprio o exibiu às vezes, enquanto perdia homens no campo de batalha, ou amigos para os mordedores.

A voz de Daniels penetra as ruminações de Bryce.

— Qual é o veredito, capitão?

Bryce olha seu imediato como se saísse de um sonho.

— Que foi?

— Qual é o veredito? Vamos deixá-los para os vagabundos ou o quê?

Bryce balança a cabeça.

— Não... eles chegaram até aqui para pegar as crianças de volta. Respeito isso. Vamos fazer o seguinte. — Ele volta a espiar pelo binóculo. — Fale com Boyle pelo radiocomunicador, diga a eles para levar as crianças ao rancho. Diga que vamos esperar aqui até escurecer, depois veremos quem do grupo ficou de pé. Vamos pegar quem sobrar, rápido e rasteiro, e examiná-los quando voltarmos ao quartel. — Ele olha para Daniels. — Entendeu isso, Daniels?

Daniels faz que sim com a cabeça.

— Entendido.

— Ótimo. E me faça um favor... Trate de se acalmar, porra. — Bryce volta ao binóculo e continua a pensar na garota durona do rabo de cavalo. — Talvez a gente fique um tempo por aqui.

O crepúsculo chega mais cedo aquela noite, o verão dando lugar ao outono, os dias ficando mais curtos, algumas árvores já começando a passar do verde-escuro ao mortiço verde-azulado, e então ao amarelo--claro. As sombras se alongam. O céu passa a um azul índigo e a temperatura despenca. À luz moribunda do dia, as terras rurais parecem diferentes do que eram antes do surto — mais escuras, mais espinhosas, quase amazônicas. A topografia não é a única coisa que a praga transformou. As próprias árvores brotaram deformidades, folhas infestadas de chagas e troncos malformados, como as extremidades encarquilhadas de pacientes terminais expostos a um nível maciço de radiação. Florestas antigas se entrelaçaram com a velocidade voraz de células em metástase. Até o monstro imenso, contorcido e antediluviano em cujo tronco central Lilly e seu grupo agora estão empoleirados como pássaros naufragados, cresceu loucamente nos anos da praga, os galhos nodosos formando redes loucas de musculatura fibrosa. Alguns tributários imensos do tronco literalmente baixaram tanto com o passar das décadas que agora entram e saem da terra como grandes enguias leprosas, mergulhando em busca de sustento.

De vez em quando, Lilly olha através da chaminé de galhos para lembrar-se de que o céu ainda está ali, apesar de agora estar escuro como uma mortalha, pontilhado com as primeiras estrelas. O zumbido constante, incessante e enervante das vozes de errantes vindo do chão, uns 10 metros abaixo, faz Lilly trincar os dentes, e a densidade da escuridão só faz piorar o problema. O enxame empacou. À luz fraca, a campina ao sul fervilha com tantos mortos que parece um tapete móvel de sombras aberto sobre a terra. O fedor toma o ar em volta das árvores, misturando-se aos odores pujantes de casca, musgo e decomposição.

— Sei que não é grande coisa. — Norma Sutters está falando numa voz rouca e exausta, o corpo roliço metido canhestramente no espaço em V entre dois troncos. O barulho vindo de baixo quase traga sua voz. Seu suéter fede a bile e ao rasto de errantes, os tornozelos enrolados com fita adesiva, e os tênis Reebok pendurados pela beira da concavidade, balançando as pernas como uma criança pequena. — Tenho um pouco de alcaçuz que consegui segurar. Se alguém quiser um pouco, pode se servir.

Ninguém diz nada, Jinx sentada ali perto, no cotovelo horizontal do tronco, mascando em silêncio um naco de carne-seca que parece couro, fitando melancolicamente por olhos semicerrados a extensão e a largura da horda.

A perda dos cavalos atingiu Jinx Tyrell duramente. Agora a mulher exibia aquela expressão que Lilly via de tempos em tempos na cara de sobreviventes — um olhar fixo, vidrado, rude — que em geral antecede os atos de violência intensa. Ao lado dela, Miles Littleton se balança em um tronco, no esforço para abrir uma lata de carne com o canivete, mudo, o semblante dolorido e carrancudo enquanto respira pela boca. Tommy Dupree é o único de pé. Segura-se numa espiral de trepadeiras pendurada como quem se agarra à alça de um trem na hora do rush, esperando ser transportado para casa. Ele encara Lilly. Espera que ela diga alguma coisa.

Lilly toma um gole da água de seu cantil militar, limpa a boca e fala.

— De agora em diante, temos de conservar tudo... água, comida, munição, primeiros socorros, tudo... Podemos sair dessa enrascada, acredito que sim, mas precisamos nos regular. Os cavalos morreram, isso é péssimo, mas agora é uma realidade e podemos superar.

Ela sente o coração batendo forte demais. Às vezes fica assim, como um rolamento quebrado num motor, falhando, sibilando. Até agora, ela controlou o reflexo de pânico pensando nas crianças, em resgatá-las pelos meios que fossem necessários. Mas agora está perdendo o foco. Lembra-se de, certa vez, ter ficado nauseada numa balsa que havia pegado com o pai para atravessar o rio Tennessee nos arredores de Chattanooga. Ela se lembra do pai, Everett, advertindo-a a manter os olhos no horizonte. Sempre no horizonte. No momento, infelizmente, o horizonte já tinha desaparecido atrás das silhuetas escuras de três galhos e das gavinhas de barba-de-velho que se balançam, como cortinas, na brisa noturna. Lilly tem os olhos fixos na estrutura improvisada que praticamente se fundiu à árvore, a 15 metros, as antigas tábuas de madeira desbotadas e prateadas pelo clima inclemente e a podridão. Parece que a antiga casa de árvore fornecia às crianças do passado uma fortaleza secreta, bem ali, na mata, um lugar para onde escapar do jugo da escola e dos pais, um esconderijo onde cigarros podiam ser fumados, cervejas, bebidas, e revistas com garotas nuas, folheadas. A cabana de 6 metros de largura presa ao sistema de troncos espalhados destaca-se nas sombras, uma piada cruel sobre a perda da inocência, a fragilidade da vida e os caprichos do apocalipse. Parte das janelas espaçadas de forma irregular foi cobertas por tábuas, agora parecendo uma miniparódia da desolação maior. A visão da coisa deixa o coração de Lilly pesado. Ela teve uma casa de árvore em seu quintal durante a maior parte da infância — foi naquele lugar que aprendeu sobre os meninos, fumou seu primeiro baseado e constantemente bebia garrafas roubadas de licor de menta. Agora aquela abominação em silhueta contra as sombras a 20 metros faz suas entranhas se apertarem de angústia.

— Se quer minha opinião — resmunga Norma Sutters, olhando para baixo, mas claramente dirigindo as palavras a Lilly —, não sei como vamos superar droga nenhuma *a pé*, vagando por essa porcaria de rebanho.

— Dá pra você dar um tempo, porra!? — Jinx eleva a voz para a mulher mais velha, o volume assustando a todos. — Só o que você faz é atormentar!

Tommy fecha os olhos.

— Isso de novo não, por favor, por favor, por favor...

— Ei! — Lilly levanta a mão, repreendendo-os num sussurro forte. — *Falem baixo!* — Ela sente o exército reanimando-se abaixo ao som de suas vozes, como peixes num aquário sentindo a comida jogada na superfície da água. — Jinx, está tudo bem. Ela só está desabafando. E eu não a culpo.

— Não estou atormentando ninguém! — contra-ataca Norma num grito magoado.

Jinx fuzila com o olhar a mulher corpulenta.

— Tenho uma notícia fresquinha pra você! Lilly acabou de salvar a merda do seu rabo, então mostre alguma gratidão!

— PAREM COM ISSO! — Tommy Dupree se contorce em seu poleiro, como se eletrocutado pela discussão. Ele quase cai da árvore quando tapa as orelhas. — PAREM!... PAREM!... PAREM!... *PAREM!!*

— Tudo bem, já chega, todo mundo se acalmando — fala Lilly em voz baixa, atravessa o espaço e passa o braço por Tommy. Ela o aperta com força, aninhando sua cabeça molhada e febril e sussurrando: — Vamos dar o fora daqui, prometo a você, vamos ficar bem. Vamos encontrar seus irmãos.

Por um único instante surreal, há uma pausa, como se o próprio ar em volta deles tivesse sido puxado por um gigante, e Lilly é a primeira a ouvir o barulho. Ela olha para cima.

— Esperem! — sussurra ela. — Esperem um segundo. Aguentem aí. Escutem... escutem. — A brisa bate nos galhos em volta deles. Lilly se pergunta se o estresse está fazendo com que ouça coisas. Talvez tenha imaginado. Poderia jurar ter ouvido um rangido — um barulho que não era natural — vindo de algum lugar em um plano paralelo a eles, de um lugar nas sombras da árvore. Pode ter sido um galho balançando com o vento, mas para os ouvidos de Lilly pareceu agudo e abrupto demais para aquele tipo de fenômeno.

— Que foi? — Quer saber Jinx, analisando a horda incansável, nervosa. Felizmente os errantes não sobem em árvores.

Lilly dá de ombros.

— Não sei, pensei ter ouvido alguma coisa vindo do...

O barulho chega aos seus ouvidos de novo, dessa vez mais alto, um rangido repentino seguido por um baque — o som tão abrupto que faz Lilly morder a língua —, e ela olha para cima. A mão vai naturalmente ao coldre no quadril. Ela passa os dedos pela coronha da Ruger. Mas se detém. Olha fixamente alguma coisa nas sombras da árvore. Os outros olham para baixo freneticamente, procurando a resposta. Lilly não consegue respirar.

Ela olha para a casa da árvore. Tenta compor as palavras, mas só consegue soltar um suspiro angustiado e apavorado enquanto os rangidos dão lugar ao estalo da madeira. Hipnotizada, petrificada, estupefata, ela vê a porta de tábuas da casa da árvore se abrindo bruscamente.

Os outros então veem, os olhos arregalados e brilhando de medo.

O que sai daquela pequena fortaleza em ruínas desafia a lógica, a descrição ou qualquer classificação.

NOVE

Em um nível estritamente pericial, seria preciso chamar as criaturas que irrompem da soleira daquela casinha de árvore abandonada de *crianças falecidas*. Mas nas trevas da noite iminente, atrás dos grãos de choupo e dos vagalumes, as figuras despejadas daquele forte em ruínas parecem ter saído de um pesadelo. Do tamanho de chimpanzés, a carne com a cor e a consistência de mofo escuro, elas têm em comum o sorriso fixo dos decompostos enquanto correm, algumas sobre as mãos e os joelhos emaciados, pelo tronco principal bifurcado. Algumas ainda vestem macacões OshKosh rasgados ou bonés sujos fundidos ao couro cabeludo gotejante. Cada ricto de dentes podres e verdes parece largo demais para o crânio mínimo, cada globo ocular, fundo e iridescente demais para a largura da cabeça. Cada criança morta descreve os movimentos enferrujados, obstinados e erráticos de um boneco quebrado.

Ao mesmo tempo, cada humano vivo naquela árvore se levanta, exceto Miles Littleton, e começa a recuar, afastando-se desajeitadamente pela extensão daquele tronco horizontal principal. Todos, menos Miles, procuram instintivamente por uma arma e parece que todos — menos Miles — entendem de imediato a gravidade da situação. Eles têm muito pouca munição, seria inútil disparar. Numa olhada rápida, parece haver pelo menos uma dúzia dessas crianças cadáveres, agora vagando feito macacos arborícolas raivosos na sua direção, as mandíbulas trabalhando, os rosnados roucos se elevando uma oitava, como se viessem de bonecos de corda.

No espaço daquele único instante prolongado e torturante, Lilly especula se são as crianças perdidas que ficaram órfãs pela praga, os enjeitados que voltaram ao único lugar que lhes dava conforto em sua existência solta, o lugar em que estavam dispostas não só a morrer de fome, mas transformar-se numa família desordenada. Porém, exatamente no momento em que imagina tais coisas, Lilly também vê que Miles Littleton está prestes a empregar a própria força de vontade para ocasionar o fim de um apuro diferente.

— MILES! QUE MERDA!... O QUE VOCÊ... MILES!! *MILES, NÃO!!*

O tom, a estridência e o volume da voz de Lilly não só paralisam os outros, como também atraem um número maior da horda. No chão, cada um dos errantes num raio de cem metros do imenso carvalho agora muda de rumo languidamente e começa a se juntar, pressionar e a lotar a área, procurando a origem das vozes humanas. Lilly ignora o coro infernal de rosnados e os odores indescritíveis que vagam até ela. Vê que tem uma chance de impedir que o jovem ladrão de carros cumpra o plano heroico que ele esteve tramando em sua mente traumatizada.

Ela se vira e retorna apressadamente pelo trecho grosso do tronco, quando de repente tropeça numa cavidade e cai sobre o ombro. Seu equilíbrio é perdido. Ela abraça o tronco, quase escorregando, agarrada ali, cravando as unhas. O impacto lhe tirou o fôlego. Ela olha para cima, tem a visão borrada, a vertigem ameaçando fazê-la mergulhar. Consegue enxergar através das lágrimas a cena onírica que se desenrola à frente.

Miles Littleton entrou no caminho dos pequenos monstros que se aproximavam, e agora começa a agitar as mãos como se orientasse o pouso de um avião. Ele grita: "Venham me pegar, filhinhos da puta! É isso mesmo. VENHAM ME PEGAR!"

Lilly se atrapalha ao buscar a Ruger, pensando que terá de fazer o último disparo e talvez acabar com essa loucura, mas já é tarde demais.

A primeira criança morta alcança o jovem ladrão de carros justamente quando ele se vira e pela última vez olha para trás, bem nos olhos de Lilly.

Está tudo ali no rosto de Miles Littleton — um lar desfeito, a vida nas ruas, uma década de vício em drogas, seu orgulho pelas habilidades de ladrão, a luta para superar seu destino, a crença inabalável em Deus e talvez até o desejo secreto por uma mãe, uma família, uma causa nobre. Agachada a poucos centímetros dele, perto o suficiente para sentir o fedor azedo das crianças mortas o sobrepujando, Lilly Caul percebe então que, na realidade, ela nunca havia examinado o rosto do jovem por mais que um instante fugaz... até agora. Agora, ela tem um último vislumbre em close daqueles olhos com cílios longos, daquela boca vagamente feminina, do cavanhaque desordenado, das maçãs do rosto pronunciadas e da sabedoria das ruas faiscando para ela enquanto os monstros se amontoam em cima dele. Uma das criaturas lhe dá uma dentada na perna, outra escava seu rim, enquanto outra crava no pescoço. Miles agora ostenta o sorriso mais estranho enquanto olha para Lilly pela última vez. Uma expressão quase beatífica atravessa seu rosto, contradizendo os barulhos terríveis que vêm de todos os lados, e o menor deles não é o grito de Norma Sutters. A mulher corpulenta tenta interceder, tenta salvar seu filho postiço, mas Jinx — justamente ela — a segura. Miles sorri e verte sangue pelos cantos da boca enquanto os dentes de filhote de piranha penetram seu abdome e órgãos internos. Lilly grita, Miles enfim se contorce e depois se joga como se realizasse um mergulho desajeitado rumo ao esquecimento.

Lilly estende a mão para o jovem, como se estivesse em seu poder impedir o desenrolar dos fatos, como se pudesse puxá-lo, voltar no tempo, obrigar o episódio a parar, rebobinar e impedir que o jovem ladrão realize esse gesto ridículo. Porém, agora, pelo menos uma dúzia de crianças mortas está grudada a Miles enquanto ele mergulha para um ponto fraco no sistema de troncos — um galho comprido e pendente. Ele bate na ponta do galho que se parte de imediato — e o restante dos pequenos cadáveres vai com ele em seu mergulho para a morte —, fazendo vibrar e estremecer toda a estrutura esquelética da árvore.

Lilly observa, de quatro, ainda agarrada ao tronco central, sem ter noção de que começou a chorar. As lágrimas escorrem em riscos quentes e salgados. A visão fica borrada enquanto ela tenta focalizar nos contornos nebulosos das sombras abaixo. O barulho de Miles batendo no enxame do chão é estranhamente abafado pelo amortecedor de incontáveis mortos. O grito de Norma continua inabalável, um contraponto terrível para o coro crescente de grunhidos e vocalizações úmidas em rosnado que reverberam de baixo para cima. Lilly enxuga os olhos e contém o impulso de vomitar, vendo que a horda mais uma vez se desloca no escuro, uma nova contracorrente de sombras que se arrastam, avançando para a apresentação inesperada de carne humana e sangue quente a suas fileiras. Lilly tenta se mexer, tenta reagir, chamar, gritar, fazer *alguma coisa*... Por um momento, porém, só consegue continuar colada àquele tronco, boquiaberta.

E então, depois de uma fração de segundo, ela percebe o que está acontecendo bem abaixo.

Jinx desce o enorme tronco central primeiro, seguida por Norma, depois Tommy e, finalmente, Lilly. Cada um deles sabe muito bem que a janela de oportunidade só ficará aberta por segundos preciosos; o rebanho no momento está preocupado em devorar Miles Littleton. Os sobreviventes descem, um a um, com a maior rapidez possível, esfolando os joelhos, batendo em úlceras e cavidades e ofegando em silêncio enquanto pousam na clareira em torno da base do carvalho.

Naquele momento — por milagre, misericordiosamente — meio hectare de terra árida, dura e lisa como uma pista de dança se estende diante deles, sem mordedor algum, tudo envolto na névoa fria da noite.

Agora, de cabeça baixa, deslocando-se em fila indiana pelas sombras, eles correm por essa terra compactada, fixando o objetivo na mata adjacente a cerca de cem metros de distância. Se conseguirem chegar aos limites das árvores antes que o restante da horda sinta no vento a saída apressada, talvez escapem. Lilly sente as camadas externas do rebanho em sua visão periférica, entre 50 e cem metros de cada flanco, uma onda aleatória de mortos ambulantes que subitamente percebem outros humanos em seu meio, fixando os olhares metálicos em Lilly e sua turma, o que faz a pulsação de Lilly acelerar ainda mais enquanto corre, espicaçando os outros com sinais manuais para que se apressem.

Nem um deles se atreve a olhar para trás, para o furor alimentar sangrento que acontece do outro lado do carvalho principal. A essa altura, Miles Littleton foi arrastado e esquartejado pelo rangente triturador de madeira de incontáveis dentes apodrecidos. O chão está encharcado com seu sangue. Os odores e barulhos se elevam no céu noturno e se dissipam ao vento.

Lilly sente o peso da tristeza puxando-a enquanto se aproxima da paliçada de pinheiros brancos, agora a menos de 50 metros. As lágrimas provocam um ardor em seus olhos, cru e severo sob o vento. A paisagem é um borrão. Sua visão se estreita à medida que ela se aproxima das sombras mais escuras da mata. Está quase lá. Agora 40 metros. Trinta.

Ela corre com tanta intensidade, as lágrimas agora são tão profusas, que ela não vê os homens de motocicleta esperando pacientemente na estrada de cascalho 400 metros a oeste, os fuzis apoiados nos quadris, como se fossem cavaleiros. Ela também não vê os veículos militares do lado oposto da campina, em ponto morto no escuro, os faróis apagados, as silhuetas dos brutamontes dentro das cabines fumando cigarros, observando, à espera. Está escuro demais para ver a emboscada, até o primeiro clarão.

Na traseira de um dos Humvees, subitamente um lança-granadas cospe fogo, uma luz estroboscópica piscando prateada na escuridão acima da copa das árvores.

Lilly vê a granada impelida por foguete atingir um tronco caído 15 metros à frente, vislumbrando tudo com seus olhos marejados uma fração de segundo *antes* de ouvir o estrondo do lançador. Polpa de madeira, lascas de folhas e terra explodem para todo lado. Lilly cai esparramada no chão. Com os ouvidos tinindo de novo, o fôlego arrancado dos pulmões, o sangue fervendo de adrenalina, ela tenta se levantar, pegar a arma, se orientar. Seu corpo reage lentamente, a dor aguda na lateral impelindo-o a permanecer no chão.

Ela vê enormes lâmpadas halógenas se acendendo com o estalo alto de uma solda elétrica nas principais junções do platô e pela estrada de acesso forrada de cascalho, a leste. Raios de uma severa luz prateada varrem a campina escura, penetrando a névoa de poeira e partículas. Os errantes ainda estão ocupados com Miles, as fileiras periféricas ainda se aproximam lentamente. Lilly olha para trás e vê que seu pessoal está agachado, procurando proteção, Jinx tentando pegar uma arma.

Uma voz amplificada assusta Lilly, mas a origem e a direção a essa altura ficam indefinidas. *"Pessoal, terei de pedir a vocês para manter as mãos onde possamos ver e, por favor, não tentem sacar arma alguma ou seremos obrigados a acabar com vocês, e ninguém quer isso."*

Lilly fica imóvel como uma pedra. O coração martela. Agachada ali, ofuscada pelo clarão dos faróis de busca, ela estreita os olhos para a supernova mais próxima do barulho do megafone. O vento agita as flores e as copas das árvores, o fedor dos mortos vagando, provocando contrações no estômago de Lilly. Ela sente Jinx, Tommy e Norma logo atrás de si, todos petrificados, as engrenagens cerebrais girando freneticamente, procurando uma resposta, uma saída da confusão. Mas Lilly tem outras ideias. Ela se fixa na voz autoritária e perturbadoramente despreocupada tal como uma pantera se fixa no balido de um cordeiro.

"O que precisamos que vocês façam agora, se não se importam, gostaríamos que vocês jogassem no chão qualquer arma que possam ter consigo. E, se possível, seria verdadeiramente ótimo se pudessem fazer isso devagar. Sem nenhum movimento brusco, como dizem."

Lilly se coloca de pé e tira a Ruger do coldre com cuidado.

— Mas que merda estamos fazendo?! — Jinx exige saber, sua voz saindo num sussurro baixo e tenso dos fachos de luz atrás de Lilly.

— Faça o que ele mandou. — Lilly joga a pistola no chão. — É o único jeito de encontrarmos as crianças.

— Merda!

Semicerrando os olhos para os fortes fachos de luz branca dos faróis, Lilly consegue ver os outros lentamente se levantando, sacando armas, jogando-as no chão. A Bulldog de Norma cai com um baque surdo; as facas de Jinx tilintam no chão, uma por uma, enquanto ela retira todo o aço do cinto. A vanguarda da horda estreitou a distância nos dois flancos a uns 50 metros. Alguns cadáveres agora chegam tão perto que Lilly consegue ver como eram em sua antiga vida — carteiros, agricultores, operários, esposas de agricultores, parasitas burocráticos —, a maioria desbotada a um tom cinzento de mofo. Apenas os olhos e as bocas brilham de supuração, bile e baba.

"Isso é incrível, pessoal, agradecemos muito, de verdade. Agora gostaríamos que vocês formassem uma fila única, começando pela mocinha de rabo de cavalo. Vocês notarão um furgão dando a ré em sua direção a partir de oeste, ele será sua escolta."

Lilly ouve o gemido de um grande furgão dando a ré, aproximando-se deles, vindo de oeste pela névoa de monóxido de carbono. Apesar de todas as moléculas de seu ser estarem gritando para ela sair dali, fugir, agora, e sob circunstância alguma entrar naquela merda de furgão, ela sabe que é exatamente assim que eles vão recuperar as crianças, e então assume a liderança, mostrando as mãos, assentindo e andando para o barulho do motor.

— Nem acredito que estamos fazendo essa merda — fala Jinx baixinho enquanto se vira e coloca as mãos no alto da cabeça, entrando na fila atrás de Lilly. Os errantes estreitaram a distância para 30 metros.

— Fique calma, confie em mim, vamos ficar bem, nada de pânico.

— Essa gente é selvagem. Vamos nos render?

Norma fala alto, de mãos erguidas, exibindo manchas de suor nas axilas.

— Como vamos saber que eles não vão matar a gente, igual fizeram com aqueles coitados? De que adianta fazer isso?

Tommy se coloca ao lado de Norma, assentindo, tenso, mas sem dizer nada.

— Tá legal, já chega! — Lilly cerra o maxilar, de mãos erguidas, os olhos marejados enquanto sussurra. — Todos vocês... *confiem em mim.*

Eles já poderiam ter aniquilado a gente umas mil vezes. Confiem em mim e façam o que eu fizer, deixem que eu fale com eles.

A essa altura, o furgão já está fora da neblina. Estaciona na frente de Lilly, derrapando e parando na terra árida. Alguns errantes estão perto demais para a situação ficar confortável. A porta do carona do furgão se abre, e um homem corpulento com farda de camuflagem se curva para fora com uma pistola automática HK. Os disparos saem numa sucessão de estalos metálicos, o alto das cabeças dos errantes explodindo numa nuvem cor-de-rosa que brilha e desaparece no facho dos faróis.

Aí a voz amplificada retorna, soando para Lilly como um piloto de avião um tanto amável, convidando os passageiros a ficar à vontade para circular pela cabine.

"*E pessoal, lembre-se, por favor, não há motivo para ficar alarmado e não há motivo para que qualquer um de vocês sofra qualquer dano, em particular se todos estiverem dispostos a cooperar. Só pedimos que entrem no furgão.*"

As portas traseiras do furgão se abrem com um guincho, e um homem mais jovem e mais magro se coloca ao lado do espaço de carga, esperando por eles. Vestido numa farda militar verde-oliva, com um headset e cabelo moicano, ele sorri jovialmente com os dentes capeados de ouro, como um recepcionista de um hotel xexelento.

Só por um instante, Lilly hesita. A horda se aproxima. O vento vergasta lixo e o fedor de carne morta pela névoa riscada de luz. Lilly respira fundo, olha para os outros, aí assente de forma tranquilizadora e positiva.

Ela embarca.

Os outros a seguem — um de cada vez, e dando um suspiro de relutância antes de atravessar a soleira do espaço de carga. A porta é fechada com um estrondo, e o veículo arranca rumo a um lugar desconhecido.

PARTE 3

Nightshade

A essência dos pesadelos é o pão deles. A dor é a manteiga. Eles ajustam os relógios pelo tique-taque do besouro da madeira e prosperam ao longo dos séculos.

— Ray Bradbury

DEZ

A estrada estadual 314 da Geórgia serpenteia pela escuridão da periferia, passa pelas cascas vazias de comunidades soltas agora desativadas, os becos sem saída de casa de bonecas de Fayetteville e Kenwood tomados de destroços e objetos pessoais desbotados pelo sol e espalhados pelos cruzamentos, como nevoeiros inúteis. Visíveis na luz dos faróis de passagem, buracos de bala e manchas de sangue marcam o exterior de uma ou outra construção, tão comuns agora como folhas caídas. Bryce escolhe a estrada de mão dupla menos percorrida em vez da Interestadual 41 por muitos motivos. As vias principais atualmente são intransitáveis devido ao mato crescido e aos destroços decompostos que obstruem cada curva, cada rampa de saída, cada canal e viaduto. Além disso, há certa prudência em voltar à cidade por uma das estradas menos utilizadas. Nos dias de hoje, as tribos se vigiam, e, quando Bryce tem material a bordo, quer se manter o mais discreto possível.

— Algum dia já se perguntou sobre isso? — A voz de Daniels parece vir de quilômetros de distância, distorcida pelos ventos noturnos que entram pelas aberturas de ventilação do Humvee. Bryce mal consegue registrá-la enquanto dirige o mamute e passa pelas ruínas do que antes era o Aeroporto Internacional Hartsfield-Jackson de Atlanta. Na escuridão, o único grande eixo de transporte agora jaz em montes de lixo queimados, e os terminais cobertos por tábuas apodrecem no vazio da noite. As pistas estão apinhadas das silhuetas escuras de errantes. A torre central desmoronou sobre si mesma, e as carcaças queimadas de aviões espalham-se pelo asfalto sulcado, como se um gigante furioso tivesse se cansado de brincar com eles. Essa é a porta dos fundos para Atlanta, a entrada de serviço. Mais uma vez, Bryce olha a caravana pelo retrovisor — os faróis duplos e os individuais — que os acompanha para dentro da cidade.

Naquele momento ele consegue ver os dois faróis altos do grande furgão amassado dirigido por um antigo soldado especialista em munição, Sonny Hopkins, no meio do grupo. Bryce imagina a garota durona de Woodbury na traseira do furgão nesse exato momento, tramando suas contramedidas, fervilhando de fúria, ganhando tempo. Os civis no Afeganistão eram assim — calados, discretos, selvagens em sua vingança contra os estrangeiros que policiavam suas terras.

Bryce lança um olhar para Daniels.

— O que foi?

— Eu perguntei se algum dia você já pensou nisso?

— Pensei no quê?

Arriado no banco do carona, a fumaça do baseado enrolado manualmente se enroscando para o alto e desaparecendo no brilho esverdeado das luzes do painel, o homem mais jovem olha a paisagem noturna que passa pela janela.

— Espere um segundo, segura esse pensamento. — Ele procura no bolso e encontra outra EpiPen. O dispositivo é um tubo pequeno e vítreo autocarregável com uma dose do estimulante conhecido nas ruas como Nightshade. A maioria dos antigos soldados da turma de Bryce se acostumou a usar autoinjetores na Guerra do Iraque para contra-atacar os agentes químicos de Saddam. Agora Daniels pressiona a ponta num coração sangrando tatuado no bíceps e manda ver mais 10 mg de coragem. Ele larga a seringa gasta no carpete do piso e se recosta, exalando o hálito sobrecarregado que se segue a uma dose da coisa. Por um momento, sente cheiro de amônia, e seu cérebro gira como os tambores de um caça-níqueis. Por fim ele fala: — O que quero dizer é, algum dia você pensou no que estamos fazendo?

Bryce mantém o veículo em constantes 70 quilômetros por hora. Com o impacto a mais do limpa-trilhos improvisado instalado na grade da frente — um aglomerado de arame farpado, vigas e um pedaço de uma antiga pá de trator —, a velocidade é suficiente para triturar qualquer errante desgarrado que atravesse a luz de seus faróis.

— O que quer dizer com "o que estamos fazendo"? Está falando disto? Desse lance de roubar e cair fora?

O mais jovem dá de ombros.

— É, exatamente. Quero dizer, já se perguntou sobre isso?

— Como assim, se é certo ou errado?

Mais um dar de ombros.

— É... acho que sim.

— Isso não existe mais.

Daniels olha o comandante.

— O que está dizendo? Que não existe mais certo ou errado?

— Não existe mais. — Bryce sorri consigo. — Hoje em dia, é um anacronismo... como leite fresco, Wi-Fi e a seção de esportes do jornal.

O mais jovem se recosta, esfrega o rosto, pensa no assunto, sente a droga fazendo efeito no sistema nervoso central, descarregando suas inibições e temores, como a água da privada que leva os dejetos em espiral por um ralo.

— Não sei. Acho que tem razão. É só que...

Bryce deixa que o silêncio cair por um momento.

— As crianças que pegamos? O fato de que desta vez encontramos crianças?

Um dar de ombros.

— Sei lá. Não preste atenção em mim, sou um merda de soldado de gabinete.

— Pode falar, Daniels. Diga o que quer dizer. Desabafe.

— Eu só me lembro daquela segunda viagem, estávamos realmente fazendo a diferença. Pelo menos parecia que sim. Construindo clínicas e essas merdas. Teve aquela escola que construímos para o pessoal em Helmand Province, lembra?

Agora foi vez de Bryce dar de ombros.

— Aquele era um mundo diferente.

À luz verde e baixa do painel, Daniels parece processar alguma coisa.

— Acho que você tem razão. — Ele suspira. — É claro que o doutor Nalls sabe o que está fazendo.

— Espero que sim, porra.

Eles seguem em silêncio por alguns minutos. Bryce percebe que o horizonte a leste começa a passar do preto retinto para o cinza-escuro, o alvorecer bem no encalço. Ele olha o relógio. Quase cinco horas. Estarão em casa antes das seis.

— Essa Sombra está fazendo efeito? Você se sente melhor?

Daniels faz que sim com a cabeça e sorri.

— Me sentindo melhor o tempo todo.

— Ainda quer ter aquela conversa profunda sobre o certo e o errado?

Daniels olha para Bryce. No brilho verde, o sorriso cheio de dentes do sujeito mais jovem parece cadavérico.

— O certo e o errado que se fodam.

Logo o amanhecer surge sobre o alto da silhueta dessecada de Atlanta, e os cânions fundos entre os prédios ficam encobertos na sombra. Bryce mantém os faróis acesos enquanto lidera o comboio por montanhas de destroços em chamas, contornando bolsões de errantes tão densos que as criaturas andam cotovelo com cotovelo pelas vielas e passarelas. O centro da cidade tem ido de mal a pior no último ano. O ar é sufocante com o cheiro da morte, o odor tão intenso que parece grudar nas nuvens baixas que deslizam pelo céu. As transversais estreitas fervem de mortos-vivos, a maioria dos prédios perdida para os errantes. Muitas portarias foram violadas e agora estão escancaradas, estourando do lixo e dos mortos que se arrastam sem rumo, entrando e saindo de vestíbulos, como se andassem por memória muscular, procurando comprar alguma pechincha que jamais encontrarão. Bryce odeia aquela cidade.

Ele dobra à direita na Highland, levando a caravana para o quartel-general, quando o estalo do rádio de Daniels enche o interior do Humvee.

"*E aí! Daniels, copiou?*" A voz guincha do alto-falante mínimo. "*É Hopkins... Câmbio?*"

O homem mais jovem pega o walkie-talkie e aperta o botão.

— Copiei. Pode falar, Hopkins.

"*Não deve ser nada, mas tem uma coisa que pensei que você e Bryce talvez quisessem saber.*"

— Copiei, continue.

Pelo alto-falante: "*Está tudo muito quieto aqui atrás. Já está assim há quilômetros.*"

Daniels olha para Bryce e aperta o botão.

— Soames está aí atrás com eles, não é?

"*É, mas o headset dele pifou, perdeu contato perto de Carsonville.*"

— Vai ficar tudo bem, Hopkins, não se preocupe com isso.

"*Não sei, não. Eles estavam gritando e essas merdas, discutindo com Soames, e depois... nada. Um silêncio que parece a porra de uma igreja. Não confio nesses babacas. Eles não vão aceitar um boa-noite numa boa, se é que você me entende.*"

Bryce vê a esquina da Highland com Parkway Drive sob os primeiros raios de sol a uma quadra de distância. Nas faixas de neblina matinal, a claridade atravessa obliquamente a névoa e ilumina um contingente esfarrapado de mortos rondando o calçamento leproso do cruzamento. Um ônibus da MARTA virado, calcinado, como os restos petrificados de um dinossauro, jaz ao fundo, contra as barricadas de cimento que cercam o estacionamento do antigo centro médico. Bryce olha para Daniels.

— Me passe a tagarela — diz ele.

Daniels a entrega. Bryce aperta o botão Enviar.

— Hopkins, respire fundo e não faça nenhuma idiotice... Estamos quase chegando. — Bryce joga o rádio no banco e solta um suspiro exasperado. — Porcaria, vou ficar feliz quando isso acabar.

Ele dá uma guinada no volante para a Highland, triturando alguns cadáveres ambulantes, depois desce a rampa nas sombras do edifício garagem.

Lilly sente o chassi sacudir pelas lombadas. Escora-se na parede de metal corrugado e tenta raciocinar direito. Seu rosto estapeado arde, a coluna lateja de agonia. A seção de carga tem uma única lâmpada, cercada de mosquitos, lançando sua luz num piso de ferro sujo, tomado de embalagens de doces, fitas de embalagem e manchas de sangue. O ar cheira a urina e mofo. Cápsulas de balas e EpiPens gastas rolam pela área de carga a cada guinada, cada alteração na gravidade. E agora Lilly supõe que o veículo esteja descendo loucamente por uma rampa para alguma garagem ou depósito subterrâneo, a força G empurrando Lilly e os outros para trás enquanto eles descem num ângulo de 45 graus. Seus pulsos ardem do cabo que amarra as mãos às costas, a carne viscosa de suor, a bunda dói da viagem desagradável para a cidade, e ela tenta respirar com regularidade. Seu cérebro gira de pânico. Na luz fraca da câmara sem janelas, ela vê que o inevitável toma forma.

Tommy Dupree, também amarrado, está sentado do outro lado do espaço fechado, o olhar febril fixo em Jinx no canto traseiro. Norma também traz os olhos colados em Jinx. Até seu captor, o caipira emaciado do moicano — agora agachado contra a parede corta-fogo com a AR-15 entre os joelhos — observa Jinx com uma curiosidade intensa e os olhos arregalados de um garotinho contemplando um novo colega na escola. Lilly sente o ar vibrar com a violência latente, um quadro vivo crepitando e formigando que ela agora percebe não ter como impedir.

— Algum problema? — O Moicano masca o chiclete furiosamente e olha a mulher. — Então agora vou levar um gelo?

Sem responder, Jinx sustenta o olhar do caipira com uma imensa calma. Seu corpo magro e musculoso está dobrado como um louva-a--deus no mesmo canto em que o Moicano a empurrou uma hora antes.

Nos primeiros trinta minutos da viagem, Jinx ficou sentada ali, mãos amarradas às costas, trabalhando pacientemente nas cordas com a lâmina de aço inox que havia escondido no forro do colete de couro. Lilly foi a primeira a notar o que Jinx fazia. Disfarçando a operação delicada de transferir a faca da bainha da roupa para a palma da mão direita, Jinx lançara uma série de insultos e ameaças estridentes, dirigidas especificamente ao Moicano e, de modo geral, a toda a unidade de Bryce. Lilly se juntou a ela, feliz. Quando os outros perceberam o que acontecia, também começaram a reclamar de ser tomados como cativos contra a vontade e tratados como as posses de alguém, e quem essa merda de gente pensava que era? A discussão cresceu. O Moicano gritou com eles e por fim se levantou, investindo para Lilly e lhe dando um tabefe.

O tapa aconteceu mais ou menos no meio da viagem — perto da hora em que Bryce estava contornando Harsfield —, e o choque silenciou a todos. A essa altura, Jinx tinha conseguido colocar o punho da faca na mão direita e começava a serrar com o gume o cabo que amarrava as mãos. Os trinta minutos seguintes foram passados serrando delicada, porém constantemente, serrando, serrando, serrando, enquanto todos olhavam o piso sujo desajeitadamente. O silêncio levou o caipira a se distrair.

Agora ele se levanta em toda a sua altura na câmara estreita, irradiando odor corporal e cheiro de cordite, a plumagem do moicano laranja praticamente roçando o teto. A droga em seu organismo chia por trás dos olhos.

— Acho que você não entendeu o quanto estamos sendo justos com vocês, poderíamos muito bem ter acabado com todos antes. Por que a rebeldia?

Jinx baixa os olhos, quase serena em seu estado zen, a calmaria antes da tempestade.

— Não tenho a menor ideia de que merda você está falando.

— O que você acabou de dizer? — O caipira desengonçado se aproxima um passo e levanta o cano do fuzil de assalto. Ele olha feio para Jinx. O furgão estremece por um momento, fazendo uma curva fechada em algum complexo de estacionamentos subterrâneo e invisível. O caipira cambaleia, quase perde o equilíbrio. Ele olha, furioso. — Pode responder, por favor? Eu não ouço muito bem. Que merda você me disse agora?

Jinx olha para ele.

— Eu disse que não sei merda nenhuma do que você está tagarelando. — Ela abre um sorriso gelado. — Mas talvez seu lance seja esse... late muito, sem morder. Talvez você seja um daqueles caras que falam demais para disfarçar o fato de terem o pau pequeno.

A pressão do ar dentro do furgão de repente parece se contrair, o silêncio rompido apenas pelas leves vibrações e pelo guincho abafado dos pneus enquanto o furgão segue a caravana por curvas fechadas. O Moicano encara Jinx por um momento, completamente chocado com a insolente de cabeça raspada e inumeráveis tatuagens. Na verdade, por um longo tempo, o homem simplesmente encara, como se a própria existência daquela amazona arrogante não batesse.

Por fim, o homem chamado Soames dá de ombros. Mostra os dentes manchados e baixa a arma, e é como se só agora estivesse entendendo a piada. O furgão dá mais um solavanco ao frear. Vozes ecoam do lado de fora, quicando pelas paredes de algum estacionamento enorme. O Moicano nem parece perceber. Seu sorriso ainda está presente.

— Entendi, é sério, eu sei, entendi de onde você tira esse seu...

A velocidade com que Jinx se coloca de joelhos e enterra a ponta daquela lâmina oval no ouvido do caipira assusta Lilly. O homem convulsiona para trás, os olhos se revirando no crânio, as mãos paralisadas e ineficazes em volta da coronha do fuzil. Jinx solta a lâmina. O homem continua a cambalear, a faca se projetando pela metade do canal auditivo, até que ele bate na parede oposta, ao lado de Lilly. Uma fonte de sangue escorre de sua cabeça, e ele desliza para o chão, como uma criança rabugenta.

Ele morre sentado, ensopado em sangue e líquido cefalorraquidiano, enquanto a tranca da porta traseira chocalha de repente do outro lado do espaço fechado. O barulho súbito faz com que todas as cabeças se virem para a traseira do furgão. Cada cativo — inclusive Lilly — olha fixamente, petrificado de indecisão. Eles têm apenas segundos para lançar qualquer contra-ataque que ainda lhes reste. Em três... dois... *um*...

Naquele momento terrível antes que as portas traseiras do furgão se abram com um guincho, muitas coisas transpiram naquela câmara fedorenta — muitas delas não ditas, comunicadas em gestos rápidos entre os cativos —, começando por Jinx pegando o fuzil do Moicano. Ela o arranca das mãos do morto, que ficaram paralisadas em volta da coronha da arma. Depois puxa a lâmina do canal auditivo. Aquilo faz um ruído nauseante e molhado se sucção, derramando mais meio litro de fluido no chão.

Jinx cruza o espaço rapidamente assim que as portas traseiras começam a se abrir com estardalhaço.

Em golpes rápidos da lâmina, Jinx corta as amarras primeiro nos pulsos de Lilly, depois de Norma e por fim de Tommy. As portas se abrem, e o sujeito chamado Hopkins está parado do lado de fora com uma expressão estranha — em parte ironia, parte choque, parte assombro. Esse tipo de coisa nunca acontece. Em ambientes assim, os cativos ou estão doentes, cansados, desnutridos ou drogados demais para fazer algo remotamente semelhante a lutar. Ele se retrai por instinto enquanto procura a pistola automática HK e solta um grito, acompanhado de uma única palavra: "CACETE!"

Jinx não permite que a mão do homem alcance a arma em seu cinto.

Ela dispara dois tiros rápidos dos projéteis revestidos de núcleo de aço de 62 grain em direção à cabeça do homem, sem mirar muito. A maioria dos tiros é direta, arrancando dois nacos enormes do cérebro pela parte detrás do crânio em pequenas flores de tecido cor-de-rosa e uma nuvem de sangue. O homem cambaleia para trás como que puxado por cabos invisíveis, caindo de costas, esparramado, sangrando a 3 metros do para-choque traseiro do furgão. Lilly vê a HK ainda no coldre do cinto do sujeito, Jinx também vê, mas os passos que chegam rapidamente da vaga vizinha têm precedência.

De seu ponto de observação, eles veem que estacionaram no subterrâneo de algum vasto edifício-garagem, deserto e abafado. Mais ou menos do tamanho de um campo de futebol, o espaço cavernoso não tem eletricidade, mas um teto baixo pingando sujeira e teias de aranha, alguns poucos veículos virados ou completamente acabados e pilhas de lixo junto a três das quatro paredes. Todas essas observações são registradas por Lilly no intervalo de um instante, o barulho dos passos apressados se aproximando.

A última coisa que Lilly vê antes de o tiroteio começar é uma ambulância estacionada sobre tijolos à esquerda, as rodas e a maior parte de seus acessórios canibalizados. Está na frente de uma enorme porta de vidro de correr, e pontilhada de buracos de bala e um milhão de fraturas. Uma placa acima do dintel diz ENTRA A DE EMER ÊNCIA.

Nesse momento, Lilly percebe onde estão. Ela já esteve ali. Agora tem certeza disso. Mas não tem tempo para se lembrar de quando sucumbiu a um apêndice supurado durante a excursão de sua turma no último ano da escola, todo aquele tempo atrás, e de ser deixada ali pela melhor amiga, bêbada, Megan Lafferty, porque naquele exato momento os dois atiradores chegam com os canos erguidos e prontos para detonar. Eles aparecem pelo canto das portas traseiras, um grandalhão de jaqueta de couro e outro menor, com calça militar de camuflagem, colete de pescador e cinturão de balas atravessado no peito.

O Calça de Camuflagem levanta a M1 e grita, a voz ecoando ao ricochetear pela cripta de cimento do estacionamento:

— LARGUE AS ARMAS AGORA! DE JOELHOS AGORA, PORRA! AGORA! OU A GENTE VAI TE ESTOURAR!!

Acontecem duas coisas muito rapidamente atrás das portas traseiras do furgão. Lilly olha para trás, para os outros dois integrantes de sua equipe, que agora estão de pé bem atrás dela, retraídos como molas, prontos para a ação. No momento acalorado, ela vê algo poderoso na cara dos dois — o queixo sério de Tommy empinado com orgulho, os lábios de Norma franzidos de determinação — e então entende que agora eles estão preparados para qualquer coisa. O segundo acontecimento que se desenrola é Jinx se protegendo contra o batente da porta, depois disparando outra rajada do fuzil do Moicano, acertando o Calça de Camuflagem nas costelas.

O homem de jaqueta de couro mergulha atrás da ruína mais próxima a fim de se proteger enquanto o Calça de Camuflagem solta um grunhido e rodopia com o impacto das balas, jorrando sangue, a cara tensa de dor. Ele larga a M1, e as pernas cedem, levando-o ao chão. Sua arma desliza pelo cimento. Ele tenta engatinhar e sair da linha de fogo, mas Jinx dá um único disparo da porta traseira do furgão e mete uma bala na nuca do homem.

Em seguida, sem perder um segundo, Jinx lança a Lilly um olhar duro antes de jogar o fuzil para ela.

— Vamos lá, me dê cobertura!

— Que merda você está fazendo?!

— Faça o que digo! Me dê cobertura e...!

Nessa hora uma rajada de disparos automáticos explode no espaço fechado, cortando as palavras de Jinx; o barulho é ensurdecedor. Jinx e Lilly jogam-se na estrutura da porta para se proteger, os outros caindo de bruços na seção de carga. O Jaqueta de Couro dispara pela segunda vez, as balas mascando o metal das portas do furgão, soltando faísca de um lado a outro, cuspindo quente na cara de Lilly. Jinx retribui as rajadas. Sua arma ruge e salpica o calçamento na frente da ruína atrás da qual o Jaqueta de Couro agora se protege.

— Preste atenção! — Atrás da cobertura da porta, Jinx agarra Lilly e a sacode. — Tenho de pegar a pistola daquele presunto!

Lilly se desvencilha de sua mão.

— NÃO! Não é assim que fazemos isso... *nós vamos juntas*.

— Tá legal, tudo bem... Mas temos de fazer isso agora. Precisamos dar o fora dessa merda antes que os outros cheguem!

Lilly olha para trás.

— Tudo bem... todo mundo... vamos correr para aquela escada do outro lado da garagem! Fiquem atrás de mim! Fiquem perto! Jinx vai pegar...

O ar se ilumina de novo. Lilly cobre a cabeça. As balas devoram o para-choque, explodindo as lanternas traseiras, uma série quente de explosões mínimas amassando o metal acima das portas. A rajada parece durar uma eternidade. Talvez haja mais de um atirador disparando contra eles agora, é difícil saber em meio ao caos barulhento e cheio de eco. Lilly ouve Jinx gritar.

O tiroteio para.

— Se eles vierem com aquele lança-granadas, estamos mortos! — Jinx segura a manga de Lilly e a levanta. — Anda! Precisamos ir agora!

Lilly assente rapidamente.

— Tudo bem. — Ela olha os outros. — Fiquem por perto. — Aí faz um gesto de cabeça para Jinx. — Vou disparar o que resta do pente, mas você precisa correr!

Jinx concorda com a cabeça.

— Tá legal. Tudo bem. Pronta. No três... um, dois, *três*!

O sargento Theodore "Beau" Bryce observa os problemas no canto da garagem, sentado no banco do motorista de seu Humvee em ponto morto, balançando a cabeça, enojado, e esfregando com tensão seu anel de ouro enquanto vê a primeira figura arremeter da traseira do furgão. É a garota durona do rabo de cavalo — que surpresa —, agora abrindo um fogo infernal contra os homens de Bryce, que no momento estão encolhidos como mulherzinhas atrás de um utilitário detonado, com munição limitada e sem colhões, e Bryce tem vontade de gritar.

Ele pega o megafone, as baterias agora arriando, o alto-falante estalando enquanto ele abre a janela, bota o megafone para fora e aperta o botão: *"Tá legal, pessoal, isso não é necessário... Se a gente puder esfriar a cabeça e... e... tá legal, vou ter de pedir para vocês não transformarem isso numa coisa... se puderem me fazer um imenso favor e baixar as armas... garanto que ninguém vai..."*

A Rabo de cavalo dispara uma rajada pelos destroços, os tiros tremeluzindo e trovejando no espaço claustrofóbico, criando buquês de faísca no ar enevoado e acre. Atrás dela, os outros do grupo vêm rapidamente em seu encalço. Alguém precisa dar um fim àquela coisa antes que fique mais descontrolada. Bryce pensa em falar algo ao megafone, mas, em vez disso, joga-o no banco com raiva, soltando um grunhido de irritação.

Ao lado de Bryce, Daniels está morto de susto, batendo um pente no fuzil e resmungando, "Eu sabia... eu sabia... sabia que esses escrotos iam ficar criativos".

— Calma *pelamordedeus*. — Bryce estende o braço para trás do banco e encontra a confiável Remington 700, uma arma que foi e voltou do Oriente Médio duas vezes, servindo como a mais bem lubrificada máquina de matar na história do pelotão de atiradores de elite em Helmand Province. Raras vezes Bryce usa a arma para escaramuças cotidianas, mas, de algum modo, essa garota do Rabo de cavalo o afetou profundamente. Ele coloca o rifle no colo e verifica a culatra.

— Vou acabar com esses filhos da puta na porra da raiz! — Daniels tem sua arma destravada e carregada, e está começando a abrir a porta quando Bryce segura o braço dele com a pressão de um torno.

— Fique aqui.

— O quê?! Capitão, isso está ficando...

— Eu vou cuidar disso. — Bryce empurra a alavanca para a frente, injetando uma bala comprida na câmara. Estende o braço para a porta.

— Você fique aí dentro desta cabine, e tente não ser morto.

Bryce sai do Humvee justamente quando o matraquear revelador da HK enche o ar, ecoando nas paredes sólidas e nas gretas de cimento da garagem. O ar fica enevoado de uma fumaça azulada, com cheiro de circuitos queimados e enxofre enquanto os homens de Bryce se espalham, procurando cobertura. Ao longe, os quatro sujeitos de Woodbury correm para a escada embutida de emergência, no outro canto da garagem, bem ao lado do hall do elevador tapado com madeira.

Abrindo os suportes na ponta do rifle, Bryce pousa a arma no canto do capô do veículo. Olha pela mira e corre o retículo pela pavimentação destruída do estacionamento. Seu plano é centrar na Rabo de cavalo e derrubá-la imediatamente. É lamentável, mas é ela que importa, deixou todo mundo puto, a líder do grupo. Se for derrubada, a ameaça é eliminada.

Enfim ele fecha a mira na mulher. No momento, ela está liderando o garoto e a negra para a escada, e Bryce a acompanha suavemente. O retículo da mira encontra o alvo. Sua mão esquerda acaricia gentilmente a parte de baixo da coronha. Ele estabiliza o suporte. Solta o ar lentamente. O corpo imóvel. Devagar, começa a apertar o gatilho quando o clarão da HK o distrai.

Pela mira, a luz estroboscópica prateada atrás da Rabo de cavalo chama a atenção de Bryce para a outra mulher — aquela das tatuagens e cabelo espetado —, que agora dispara no automático pelo aglomerado de carcaças enferrujadas onde seus homens procuraram proteção. As faíscas batem e ricocheteiam na névoa. Parte das balas encontra seu alvo, alguns homens de Bryce caem em redemoinhos de névoa cor-de--rosa.

A mulher segue de ré rapidamente para a escada, seguindo de perto seus camaradas, ainda disparando. Parte dos homens devolve o fogo e erra por pouco, as balas arrancando nacos do calçamento aos pés dela, mas aquilo não parece abalar a mulher. Ela continua esvaziando o pente de alta capacidade até que este começa a estalar.

Bryce avalia a distância, a taxa de queda do projétil e dispara um único tiro na cabeça da mulher.

ONZE

Jinx vê Lilly incitando os outros a subir a escada de cimento à frente — as três figuras mal visíveis por trás do véu de fumaça dos disparos — quando é atingida. A ferroada de vespa da bala do atirador atravessa sua nuca, tirando um naco de 10 gramas do córtex cerebral. Jinx arqueja, cambaleia e tomba para a frente, como se tropeçasse num arame invisível. Uma luz branca, ofuscante e alucinatória dispara por seu campo de visão quando ela derruba a pistola automática e se estatela no chão. Seu sistema respiratório é desativado de imediato, como se desligassem um interruptor. Ela ofega, buscando ar, e tenta sinalizar para Lilly o que aconteceu — tenta dizer alguma coisa —, mas os danos catastróficos ao cérebro já começam a deixá-la convulsiva, a parte de trás do couro cabeludo fica gelada e molhada de sangue, os braços e pernas e cada movimento voluntário que lhe resta agora são praticamente inúteis.

Sendo alguém que não desiste em circunstância *alguma* — mesmo quando lhe ocorre o que aconteceu e com suas devidas implicações —, Jinx começa a rastejar praticamente cega, asfixiando-se no próprio sangue, deixando no piso um rastro de lesma de um intenso vermelho arterial. Ela se esforça para enxergar Lilly, para mandar à mulher a mensagem de não se preocupar e continuar. Não pare. Tire os outros daqui. Encontre as crianças e leve-as a salvo de volta.

Em seus últimos momentos, os quais envolvem mais ou menos vinte segundos, Jinx consegue registrar várias coisas que acontecem à volta, vislumbradas na visão opaca, leitosa e decadente dos arruinados nervos óticos. Na névoa branca e descorada, ela vê os atiradores sobreviventes — somando apenas meia dúzia de pessoas posicionadas em volta da garagem desolada — parando para recarregar ou esperar outras ordens, ou simplesmente se proteger e observar. No instante fugaz de quietude, Jinx ouve os sons subaquáticos e gorjeados de Lilly gritando para ela.

— ESTOU INDO, JINX!... FIQUE ABAIXADA!... ESTOU INDO!... *NÃO SE MEXA!*

A potente voz de mezzo-soprano de Lilly Caul penetrando o ar chama a atenção de Jinx para a escadaria. Lilly sai de trás do vestíbulo com o fuzil erguido e aquele olhar duro com que Jinx está por demais familiarizada. As duas mulheres fazem contato visual pela última vez. Jinx consegue balançar a cabeça em negativa. Aquele simples gesto parece dizer mil palavras sem falar nada. É seu último ato de vontade e faz com que Lilly pare subitamente a cerca de 5 metros, atrás de uma pilastra enorme, coberta de pichação e crivada de chumbo.

Jinx arqueja, as pálpebras arriam, e ela consegue levantar a mão trêmula e ensopada de sangue, mas não completa o gesto.

Lilly jamais saberá se Jinx estava acenando uma despedida, enxotando Lilly ou soprando um beijo. Os olhos de Lilly se enchem de lágrimas. A mulher também não ouve o segundo estampido do rifle do atirador. Jinx também não sente nada quando Theodore "Beau" Bryce — ex-primeiro sargento da 101ª Divisão Aérea do Exército dos Estados Unidos — mete um segundo projétil diretamente em sua nuca.

Por um momento, Lilly só fica parada ali, boquiaberta, a respiração presa nos pulmões, as lágrimas queimando seu rosto enquanto ela tenta processar essa perda colossal. É uma guinada tão incompreensível nos acontecimentos — pode-se argumentar que Lilly não tinha consciência do quanto Jinx de fato significava para ela — que Lilly agora se esquece de onde está, se esquece de sua missão, esquece Norma e Tommy e esquece os perigos que a cercam. Ela não consegue se mexer... nem mesmo com o advento do grito de Tommy, "Lilly! Lilly! Lilly!... LILLY! VAMOS!"

O que a desperta é o terceiro estampido partindo da Remington de Bryce.

Ela tem um sobressalto quando o tiro produz uma floração de faíscas na mesma pilastra atrás da qual ela se esconde, e aí ela tem mais um sobressalto com o estampido retumbante que faz eco nas paredes de alvenaria ao redor — a bala movendo-se mais rápido que o som. O calor em sua bochecha faz seu coração voltar a bater. Ela gira o corpo para a escada.

Mais disparos beliscam seus calcanhares quando ela se joga pela abertura na direção da escada. Ela dispara algumas rajadas do fuzil a esmo ao se atirar de volta à sombra do vestíbulo. Sobe a escada dois degraus por vez, as lágrimas secando, o coração batendo com tanta fúria que parece capaz de explodir pelo esterno.

Tommy e Norma esperam por ela no alto da escada. Eles se espremem num nicho de cimento situado no canto do térreo. O guichê vizinho está coberto de tábuas e perfurado com buracos de bala. Trepadeiras marrons e hera se entrelaçam em todas as cercas, em todos os postes de luz, cada placa. Imediatamente à direita, ergue-se a rampa circular que leva aos andares superiores do edifício-garagem, e à esquerda assomam os prédios altos e a arquitetura devastada da cidade — os toldos do centro médico, as quadras residenciais vizinhas, as praças urbanas e os cânions de vidro dos prédios de escritórios. Lilly sente uma lufada do fedor da morte e, em sua visão periférica, um bando vizinho de errantes que se aproxima, atraído pelo tumulto do tiroteio. Todas as observações são feitas instantaneamente, antes de pronunciar uma palavra que seja aos dois integrantes restantes de sua equipe.

— O que houve?! — A voz de Tommy crepita de pavor. — Jinx...?

Lilly não responde, só balança a cabeça enquanto recupera o fôlego e deixa cair o pente de munição. O metal tilinta no chão. Ela ouve os homens abaixo saindo de seus esconderijos, aos gritos, os passos correndo agora. Eles chegarão ali em questão de segundos.

— Ah, Senhor, tende piedade — resmunga Norma Sutters, balançando a cabeça e baixando os olhos.

— Merda... merda-*merda*. — Tommy cerra os punhos, tenta expressar o que não pode ser colocado em palavras. — O que estamos *fazendo*?

— Vamos! — Lilly segura a manga de Tommy com uma das mãos, agarrada ao fuzil com a outra. — Não há tempo, vamos... vamos!

— NÃO!

Tommy puxa o próprio braço, fica parado e balança a cabeça.

— Eu não vou.

Lilly olha para ele, o pescoço formigando de pânico.

— O quê?... *o quê?!*

— Precisamos nos entregar.

— Tommy...!

— Não quero que mais ninguém morra.

Por um segundo apavorante, Lilly limita-se a olhar o garoto, muda, sem respostas, sem saber o que fazer. Ela enfia outro pente no bolso e olha para Norma, vendo que a outra ainda balança a cabeça, de olhos fixos no chão, dando a impressão de que talvez também esteja disposta a jogar a toalha. Passos pesados de bota correm pelo calçamento abaixo deles, homens entrando no vestíbulo, partindo escada acima, estreitando cada vez mais a distância a cada segundo que passa.

Lilly segura Tommy pelos ombros e sacode gentilmente o adolescente desengonçado.

— Preste atenção. Jinx deu a própria vida para que a gente consiga escapar. Entende o que estou dizendo?

— Papo furado!

Ela o sacode de novo.

— Tommy, escute, eles vão nos matar. Acredite em mim. Precisamos continuar com o plano. Temos uma chance. Confie em mim, precisamos sair daqui agora. Jinx morreu por Barbara e aquelas crianças. Não deixe que a morte dela seja outra tragédia sem sentido.

O garoto solta um suspiro angustiado, os olhos se enchem lágrimas.

— Porra, tudo bem... *que seja.*

Lilly se vira e parte para o asfalto gasto da rampa de entrada.
— Por aqui.

Eles não chegam longe antes de Norma Sutters começar a mancar e vacilar, e se atrasar com relação a Lilly e Tommy. Eles atravessaram menos de 400 metros de imóveis urbanos — contornando a frente do centro médico, levando tiro algumas vezes e passando ao largo do enxame agrupado de mortos — e agora correm por uma transversal. Chegam ao final da rua, e Lilly entra abruptamente em um beco estreito entre dois prédios.

Os outros a seguem com relutância, Norma se atrasando ainda mais, ofegante, a pele escura brilhando de suor. O beco tem cheiro de madeira queimada e os odores de ovo podre de enxofre e decomposição. O chão pavimentado está tomado de restos humanos há muito transformados em esqueletos escurecidos no microclima inclemente de Atlanta. Lilly anda pelo lixo e pelas poças de borra inidentificável. Ela tem em vista uma escada de incêndio no final do beco. Se conseguirem escapar dos homens de Bryce por tempo suficiente para sair das ruas — e a escada é a chave para isso —, então podem passar à fase seguinte do plano.

Agora o único problema é Norma. Ela manca atrás dos dois, a mão segurando a lateral do corpo, ofegante como um motor enferrujado escorregando nas engrenagens, sua expressão uma mistura aflitiva de exaustão, tristeza e desesperança. Quando Lilly alcança o primeiro degrau da antiga escada de ferro batido, Norma agita as mãos como se finalmente se rendesse no campo de batalha a um combatente inimigo anônimo.

— Vocês continuam — diz ela, parando cerca de 5 metros atrás de Tommy.

O garoto se vira.

— O quê?!... Não, não, não, não, não. Temos de ficar juntos. Do que você tá falando?

Norma mal consegue respirar. Ela se curva e coloca as mãos roliças nos joelhos, como quem vai vomitar.

— Só estou atrasando vocês.

— Pare com isso! — Lilly estica a mão e puxa o último degrau da escada, fazendo todo o aparato guinchar alto quando é trazido para baixo. — Nós ficamos juntos. E ponto final. Fim da discussão.

— Talvez Jinx tivesse razão. Eu jamais devia ter vindo, para começo de conversa. — Norma engole em seco e expira num arquejar aflito, como se fosse incapaz de puxar ar para os pulmões. — Vocês todos serão mortos por minha causa. — Ela começa a recuar. — Vou ficar bem, encontro vocês depois.

— Norma, por favor...

— Eu vou ficar bem. — Ela reitera com um gesto de cabeça, tomando fôlego e recuando. Seus olhos dizem tudo. O estômago de Lilly se contrai com isso.

— Norma, pare. O que está fazendo? Não faça isso. — Lilly baixa o restante da escada.

— Tommy, vem... suba você.

Tommy escala o primeiro degrau, para e olha para baixo.

Norma dá a eles um aceno contido.

— Boa sorte para vocês. Sei que vão encontrar as crianças e vão levá-las de volta para casa sãs e salvas.

Lilly a encara.

— Norma, não faça isso. — Uma pontada de terror apunhala as entranhas de Lilly. Ela percebe que não só não esperava que aquilo acontecesse, como também esteve morrendo de medo desse fato desde que saíram de Woodbury. Norma Sutters foi, e ainda é, uma voz da razão em meio à insanidade da missão suicida de resgate. Porém, bem no fundo, Lilly sabe que não pode dar ouvidos à razão. Operando agora em um instinto animal mais significativo, Lilly jogou a razão pela janela.

Tommy enxuga os olhos, olha para baixo e fala.

— Pode ir, vá embora, não precisamos de você! Saia daqui! Não queremos mais você, então pode ir e...

— Tommy! — Lilly olha o garoto. — Pare! — Ela encara Norma. — Ele não falou sério.

— Está tudo bem. — Norma continua recuando para a entrada do beco. Abre um sorriso abatido para o garoto, o olhar de uma mãe deixando um filho na faculdade. — Cuide bem de Lilly, minha criança.
— Ela assente para ele com paciência e amor. — Agora você é o homem da casa.

Depois ela se vira e se afasta, mancando, deixando Lilly em carne viva e oca por dentro.

Lilly e o garoto precisam apenas de minutos para subir os cinco andares restantes da escada de ferro. Quando chegam ao telhado do prédio do Chubb Insurance Group, estão sem fôlego, suados e nervosos. O piso do terraço é um composto de brita e papel alcatroado. O vento geme, soprando pelo amontoado exposto, assoviando pelas aberturas da chaminé de metal maltratada pelas intempéries, os emaranhados de conduíte feito medusas, os dutos de ar do tamanho de geladeiras. Redemoinhos de penas de aves e lixo sobem em espiral na atmosfera, como espectros ao sol fraco da tarde.

Eles ouvem os tiros disparados nos cânions de vidro abaixo, os quais ecoam nas nuvens. Correm pelo telhado até o ressalto oeste. Curvam-se sobre a folha de metal enferrujado do precipício e veem as figuras bem abaixo se movendo como peões num tabuleiro de xadrez.

No início, registrando aos poucos o que acontece lá embaixo, Tommy solta um gemido — um misto estrangulado de vergonha, culpa, fúria e sede de sangue. Sua voz sai num rosnado baixo, quase animal:

— Precisamos fazer alguma coisa. — Quase involuntariamente, ele se ergue e vira. — Precisamos ajudá-la! — Ele parte para o outro lado do telhado quando Lilly de repente o segura. Ele se contorce com raiva em seu aperto. — Solte... me deixe ir!

Ela sibila suas palavras a ele, um sussurro no volume suficiente para ser ouvido com o vento, mas baixo o bastante para não ser detectado por aqueles seis andares abaixo:

— Fale baixo! Tommy, olhe para mim. Não há nada que possamos fazer.

— Mas não podemos deixar que ela...
— Não podemos descer até lá com tanta rapidez, já vai estar tudo acabado antes de chegarmos à metade da escada.
— *Porra!* — Tommy volta para o ressalto e olha pela beira do telhado. Cerra os punhos e respira com mais dificuldade enquanto observa a caçada se desenrolar no labirinto de transversais e becos. — *Porra-porra-porra-porra-porra!*

No nível do chão, desarmada, sozinha e desesperada, Norma Sutters vira correndo a esquina do Ralph McGill Boulevard e percorre a Northwest Street com a velocidade que suas pernas artríticas e roliças conseguem carregá-la. Mesmo a essa altura e distância, fica evidente que a mulher está sofrendo, sem fôlego, ensopada de suor, sacolejando os braços enquanto corre, jogando-os loucamente, como se enxotasse demônios. Tommy quer se apoderar do fuzil de Lilly e dar alguns disparos supressivos, mas em vez disso só observa e cerra os punhos.

Meia quadra atrás da mulher, Bryce e seus homens seguem, disparando intermitentemente, ganhando terreno sobre ela. Os disparos fazem Norma se retrair enquanto corre, desequilibram seu passo, ameaçando derrubá-la. As balas ricocheteiam e soltam faíscas em placas de rua e postes telefônicos ao lado enquanto ela vira mais uma esquina em disparada e segue pela Avenue E para o leste.

Quase de imediato, fica evidente que ela cometeu um enorme erro. Norma perde o passo e quase tropeça nos próprios pés quando vê o enxame de mortos à frente, bloqueando o caminho. Eles se abrem em leque pela entrada de serviço do hospital, várias fileiras de errantes, como um exército desorganizado de drogados de cara pastosa, cambaleando para o inesperado petisco de carne humana viva em seu meio.

A gorducha para, derrapando. Olha para trás e vê a unidade paramilitar atrás de si, dobrando correndo a esquina da Northeast Street com a Avenue E, deixando-a encurralada, aprisionada, soltando uma nova rajada de disparos controlados.

Norma se mete atrás de uma caçamba de lixo arruinada, as balas tinindo e perfurando o metal. Os errantes se aproximam, e Bryce e seus homens voltam a atenção para o enxame, disparando uma saraivada nos mortos.

Crânios mofados explodem; do ponto de observação do telhado parecem cordões de sangrentas bombinhas de São João, balões de água estourando, flores de tecido cor-de-rosa brotando em um jardim putrefato. Figuras emaciadas se dobram a um só tempo, caindo em montes medonhos. Tommy aponta a cerca atrás da caçamba.

— Olhe! — A voz está rouca de pavor, fragmentada de emoção. — Olhe o que ela está fazendo!

Lilly vê Norma Sutters de quatro atrás da lixeira. Ela encontrou um buraco na cerca, perto de uma pilha de lixo e pneus descartados. Agora o abre usando apenas as mãos. Engatinha por ali, faz um esforço para se colocar de pé e atravessa um pátio deserto com a maior rapidez possível. Encontra uma abertura estreita entre dois edifícios e se atira nela.

— Ah, merda — resmunga Tommy, agarrando-se à beira do metal do telhado e olhando para o cruzamento distante da Highland Avenue com a Northeast.

Ele vê que Norma, sem querer, caiu em outra armadilha. Cercada pelas ruínas imensas de semitrailers capotados e monturos inidentificáveis há muito dizimados pelo fogo e transformados em montanhas de entulho queimado, ela cambaleia e para, vira-se, procura freneticamente uma saída do canto fechado. Fica de quatro novamente e olha por baixo dos destroços, vendo um novo enxame vindo do sul, e ainda outro se aproximando pelo leste. Do norte, aproximam-se Bryce e seus homens.

Lilly fala bem baixo, quase aos sussurros.

— Que droga, Norma, dê o fora daí!

E então acontece uma coisa muito estranha. Norma volta a se levantar, vira-se para os soldados que se aproximam e espana as roupas como se estivesse prestes a enfrentar um pelotão de fuzilamento. Ela empina o queixo. Bota as mãos nos quadris. Vira a cabeça de lado. E do ponto de observação alto e distante, é difícil ter certeza, mas parece que está prestes a dar uma bronca em alguém.

A visão deixa Tommy aturdido.

— Mas o que ela está fazendo? Que merda ela...?

Lilly vê a mulher gorducha se retrair de novo com um tiro de alerta disparado no ar por um dos homens de Bryce. Os soldados se aproximam. Os errantes chegam mais perto. Norma está condenada e começa quase involuntariamente a se afastar dos homens que chegam mais perto com suas armas e lança-granadas. Ela não vê a tampa de bueiro solta e entreaberta 3 metros atrás dela. Mas Lilly a vê, e logo Tommy também, e este segura o ressalto de metal com a força de um torno, os nós dos dedos ficam brancos, enquanto ele fala baixinho:

— Não, não, não, não, não, não, não, não, não, não...!

Lilly e Tommy não conseguem se mexer, nem falar, nem fazer nada além de observar a rua boquiabertos enquanto Norma recua para aquela tampa de bueiro enganosa. O inevitável está prestes a acontecer, e ninguém pode fazer nada. Norma levanta as mãos, rendendo-se, enquanto os soldados se aproximam. Canos de armas são levantados e apontados para a mulher roliça no meio do cruzamento, e Bryce grita para ela.

É difícil ouvir o que Bryce está falando do precipício ventoso seis andares acima, mas é evidente que os calcanhares de Norma estão a centímetros daquela merda de bueiro. Inconscientemente, ela continua a recuar... e recuar... e recuar... até que Tommy não consegue mais olhar.

Lilly arqueja quando a mulher corpulenta dá um último passo arrastado para trás e, de repente, sem muita cerimônia ou alerta, pisa sem querer naquela tampa frouxa de bueiro e mergulha na cavidade escura das sombras abaixo da Highland Avenue. Do telhado, quase parece um número de mágica, não fosse pela nuca de Norma batendo na beira da pavimentação e o sangue brotando do couro cabeludo, seguido pelo barulho metálico e alto da tampa do bueiro virando para o calçamento com o impacto do corpo de Norma caindo por ali. Depois vem o baque metálico ressonante.

O desaparecimento inesperado e rápido de Norma deixa Bryce e seus homens aturdidos.

Eles param com as armas erguidas por um momento, como se não acreditassem nos próprios olhos. Bryce fica imóvel, de olhos fixos, completamente assombrado. Por fim, coloca a pistola no coldre, vira-se para seus homens e diz algo que Lilly supõe ser repleto de epítetos e censura por atirarem tão mal a ponto de não conseguiram pegar uma única matrona gorda de meia-idade. Lilly sente a coluna formigar, a fúria e a tristeza um coquetel potente, dessa vez dando-lhe energia. De súbito, ela vibra como um diapasão, sem mais pensar em Norma, ou na perda, na tristeza e na morte sem sentido. Agora ela só pensa no plano...

...e em observar o movimento seguinte de Bryce com a intensidade de um falcão atento a um rato silvestre.

Bryce e seus homens não levam muito tempo para concluir que é hora de bater em retirada. O mero número de mortos que convergem para a área devido a todo o barulho e os odores de infiltração humana se prova uma ameaça grande demais para ser ignorada. Lilly observa tudo do telhado, semicerrando os olhos sob o vento, a adrenalina disparando pelas veias. Ela sente o gosto metálico da vingança. Suas mãos formigam. As pontadas e os hematomas da escaramuça no edifício-garagem — exacerbados pela perda agonizante de Jinx e Norma — sucumbiram inteiramente à sensação que zune em suas vértebras, aquele relógio invisível dentro de seu plexo solar: tique-taque... tique-taque... tique-taque.

Do outro lado do telhado, Tommy Dupree ainda processa a perda de Jinx e Norma. Sentado sozinho, pernas cruzadas, no terraço coberto de brita, ele está de costas para Lilly, o olhar voltado para o colo, como se rezasse.

Lilly se aproxima dele, toca seu ombro.

— Vamos, a parte seguinte do plano está em andamento!

— Que merda de plano?

— Cuidado com o linguajar e vem, vamos andando antes de perder os caras.

Algo faísca nos olhos dele. Lilly percebe. Talvez ele esteja pensando nos irmãos. Ele se levanta e respira fundo.

— Tá legal, estou bem. Estou pronto. — Ele morde o lábio, cerra o maxilar, os olhos vidrados de angústia. — Vamos nessa.

Eles atravessam a margem oeste do telhado, acompanhando em silêncio os soldados abaixo. Daquela altura, Bryce e seus homens parecem insetos em fila indiana, as carapaças escuras de Kevlar e náilon e capacetes de moto, as armas penduradas no ombro com os canos se projetando como antenas. O sol atingiu o alto dos prédios vizinhos, e Lilly tem o cuidado de não se curvar demais pelo ressalto por medo de que sua sombra seja lançada na rua, entregando sua posição.

Na esquina da Northeast com Ralph McGill, os soldados entram à esquerda e seguem para oeste pela via de quatro pistas. Agora andam aos pares, as armas de prontidão devido aos aglomerados de errantes que se aproximam, flanqueando-os. Do ponto de observação de Lilly, os mortos parecem manequins queimados, reanimados por alguma magia negra, um corpo escurecido indistinguível do seguinte. Bryce ordena que dois de seus homens usem silenciadores e armas pequenas para derrubar a linha de frente desses errantes sem atrair mais do rebanho com o barulho excessivo.

Os disparos de calibre .22 ecoam como balões estourando pelas laterais do cânion de ferro.

Lilly está tão hipnotizada e fixada no peso do que acontece abaixo que não percebe que está na iminência de cair do telhado. Ela vê Bryce gesticular para seus homens enquanto marcha com seu andar característico de John Wayne, ordenando a alguns capangas que tomem o norte por algum motivo desconhecido. Depois ele pega o radiotransmissor de seu imediato e começa a berrar ordens. Outros errantes se aproximam dos soldados. O vento aumenta de novo nos túneis entre os prédios, soprando lixo e gemidos. Lilly observa tudo com uma intensidade de laser quando ouve a voz de Tommy.

— Puta merda, cuidado!

Lilly se vira a tempo de ver que chegou ao final do telhado e que o passo seguinte a jogaria do precipício. Tommy a agarra. O coração de

Lilly para por um segundo quando ela se joga para trás, afastando-se do ressalto. A vertigem a domina. Ela quase deixa cair o fuzil. A tonteira repentina deixa sua visão borrada, o vento esmurrando a lateral do edifício de Chubb.

— Merda — resmunga ela. — Essa foi por muito pouco, porra.

— Você entendeu direito. — Tommy fica para trás, tremendo no vento. Sua expressão é desoladora. — Vamos perdê-los. Não vamos?

— Não. Não, nós *não vamos* perdê-los.

— Nunca vamos encontrar Luke e Bethany, não é?

Lilly vira-se para o menino e o segura pelos ombros, e mais uma vez olha bem em seus olhos e o aperta gentilmente, com ternura, e não com severidade.

— Preste atenção, sei que você está sofrendo por nossos amigos, pelo que aconteceu. Eu também estou.

Ele concorda com a cabeça e baixa os olhos.

— Eu estou bem.

— Não. Tommy, me escute. Não temos o luxo de nos entristecer agora.

— Eu sei.

— Temos um trabalho a fazer.

Ele olha para ela de novo.

— Eu só quero encontrar meu irmão e minha irmã.

Lilly assente lentamente, mas não dá resposta alguma. Nota algo por trás dos olhos marejados e brilhantes do jovem — uma expressão familiar que ela viu no espelho muitas vezes — e isto lhe dá coragem, a abastece, fortalece sua determinação. Ela se volta para o precipício e olha a rua bem abaixo.

Bryce e seus homens derrubaram mais meia dúzia dos mortos, e agora a rua atrás deles começa a parecer um campo de batalha, manchas de sangue e restos humanos tomando o calçamento entre as pilhas de destroços.

Os soldados viram outra esquina, agora andando pela Parkway Drive naquela formação compulsória aos pares. A rua antes ajardinada que corre pelo lado oeste do Atlanta Medical Center está sulcada e esburacada como resultado da violência e do caos humano.

Lilly vê Bryce indo para a entrada lateral do hospital.

— Pegamos os filhos da puta — resmunga. Vira-se e olha o garoto. — Nós os pegamos, Tommy.

DOZE

Em condições ideais, o salto entre o topo do edifício onde Lilly e Tommy estavam e o terraço superior do estacionamento do centro médico faria hesitar um destacamento da Força Delta. Sem cabo, sem rede de segurança, nada além da pavimentação de cimento rachado onde se cair, e sem a garantia de que o vento não desviaria o curso. Pelos cálculos de Lilly, a queda seria de pouco mais de 5 metros. Se ela e Tommy conseguirem rolar no impacto — evitando qualquer osso quebrado ou torção no tornozelo —, ficariam bem. Mas existem complicadores no fato de que o espaço entre os dois prédios é de pelo menos 3 metros, sendo assim é muito espaço a ser atravessado num salto.

— Não vamos pensar demais, vamos simplesmente fazer — aconselha Lilly, falando mais para si que para Tommy, enquanto se afasta de ré do ressalto, prendendo a AR-15 seguramente no ombro. Ela parte numa corrida e salta, os braços girando ao voar pelo espaço varrido pelo vento entre as construções, aí pousa no asfalto duro do edifício-garagem.

O impacto faz com que seu joelho suba ao peito e provoca um raio de agonia pela coluna. Ela rola de ombro, a arma escorregando pela pavimentação. Bate numa pilastra, que lhe arranca o ar dos pulmões e acende fogos de artifício coloridos em seus olhos. Por um momento, ela não consegue respirar e ofega ao cair de costas. Olha o céu até respirar novamente. Um instante depois, Tommy pula.

Atribua à juventude, ou aos tipos físicos diferentes, mas o jovem magro e musculoso encara a queda muito melhor que Lilly. Ele pousa em cheio sobre os pés, cambaleia por um momento, mas não cai. Corre na pavimentação granulada perto da pilastra e vai rapidamente até Lilly.

— Você está bem?... Está tudo bem com você, Lilly?

— Tá... tudo ótimo. — Ela solta um grunhido de dor. — Nunca estive melhor. — Tommy estende a mão e a ajuda a se levantar. Lilly espana as roupas e respira fundo várias vezes. Olha o terraço deserto do edifício-garagem. Vê alguns carros abandonados, seus vidros quebrados, o capô aberto, algumas cadeiras de roda viradas. Verifica a arma.

— Vem, precisamos sair de vista.

Ela corre para o lado sul da área com Tommy em seu encalço, ambos abaixados, os olhos nervosos percorrendo os andares superiores do hospital. O edifício principal do campus no centro da cidade é um prédio relativamente novo — com oito andares —, abrigando as alas de atendimento crítico, centros cirúrgicos, maternidade, pediatria e ambulatórios. Lilly lembra-se de ter vindo ali uma vez para visitar seu tio Mike depois do infarto. Ela se lembra do labirinto claustrofóbico de corredores e do cheiro de desinfetante. Agora vê que o prédio é uma casca queimada e infestada de lixo soprado pelo vento, marcado de buracos de bala e ainda ardendo em alguns andares devido a incêndios ou explosões inexplicáveis. A maioria das janelas no lado norte da construção está fechada ou coberta por dentro por persianas ou lençóis. Os andares superiores se saíram melhor nos anos da praga. Alguns quartos acima do quinto andar ainda exibem janelas intactas, mas está escuro demais além das vidraças para ver o que acontece ali. O helicóptero UTI ainda está em seu ponto de pouso, como um fantasma dos tempos de glória do hospital. Lilly não vê sinal de vida em nenhuma das janelas, mas sabe que os homens estão em algum lugar por ali. Eles estão entocados em meio aos depósitos que transbordam de suprimentos médicos, alimentos e água potável. Mesmo que as prateleiras tenham sido saqueadas, os hospitais têm geradores, fontes de água independente, encanamentos funcionando, água quente, chuveiros.

Lilly procura uma escada de incêndio ou outro modo de entrada no pátio externo dos fundos. Só o que ela vê é um andaime de pintor há muito esquecido, pendurado em dois cabos idênticos, pendendo na altura do quinto andar. Ela respira fundo, vira-se e avalia a área imediata do estacionamento. O único abrigo é um hall de elevador pequeno, desligado do complexo e cercado de vidro no canto sudoeste da área. A maior parte do vidro está salpicada de sujeira e tem uma teia de fraturas finas, mas ainda está intacta. Lilly leva Tommy para o espaço fechado.

— Me ajude com esta porta — diz ela, e os dois usam as mãos para forçar a porta automática e sem energia elétrica a se abrir.

Dentro do hall, o ar fede a urina choca, decomposição e talvez também fedor de errante, é difícil saber. As portas duplas do elevador estão abertas e emperradas em cerca de 50 centímetros cada uma, a escuridão do fosso atrás de cada abertura revelando uma floresta de cabos de aço antigos, pendurados ali como trepadeiras. Os elevadores devem ter parado em algum lugar bem mais abaixo quando a energia acabou, sabe lá Deus quanto tempo atrás. Lilly olha em volta e vê uma pilha de painéis de revestimento de parede e vigas encostadas em um canto do hall.

— Me ajude com esta coisa — pede ao garoto. Ela encosta seu fuzil numa parede. Vira-se para a pilha. — Vamos usar para cobertura.

Eles começam a calçar as portas de vidro rachado da entrada com painéis quebrados de aglomerado. Depois de algum tempo, cobriram completamente o vidro e se fecharam ali. Agora será muito difícil para alguém ver que o hall está ocupado.

Infelizmente, será igualmente difícil para Lilly e Tommy notar qualquer possível adversário vindo do exterior para o hall.

Horas depois, à medida que o sol baixa atrás da paisagem urbana e a noite se aproxima, eles estão sentados no escuro do espaço, dividindo a última tira de carne-seca de Lilly. O pedaço seco e envelhecido de carne misteriosa ficou misericordiosamente intocado no bolso do jeans, passando batido na revista que aqueles brutamontes fizeram nela naquele mesmo dia. Agora Lilly e Tommy estão sentados no chão, lado a lado, passando a carne-seca de um para outro, cada um deles roendo mais um pedaço antes de devolver, cada um deles apavorado com o fato de que esta é sua última porção de comida.

— A verdade é que não sabemos se ela morreu... — está dizendo Lilly. — O que estou falando é que não a *vimos* morrer. Está entendendo?

Tommy concorda fracamente com a cabeça, sem se convencer.

— É, sei, talvez ela ainda esteja viva. — Uma única lágrima brilha em seu rosto. — Nunca se sabe — acrescenta ele, com pouca convicção.

Lilly olha atentamente o menino.

— É verdade. Nunca se sabe. Podem acontecer coisas boas também. Até parece que tudo que acontece é ruim.

Ele dá de ombros.

— Sei lá, Lilly. Ultimamente, *parece* que tudo que acontece é ruim. Como se estivéssemos sendo castigados por alguma coisa.

Lilly olha para ele.

— Eu não acho que...

— Não estou falando só de mim e de você, falo de todos nós, que ficamos arrogantes, estragamos o mundo com, sei lá, nossa poluição e guerra, ganância, lixo tóxico e essas coisas, e agora estamos, tipo, sendo *castigados*.

— Tommy...

— Entendo por que Deus nos castiga. — Ele engole como se tentasse digerir algo muito pior que a carne-seca, algo mais amargo, áspero e verdadeiro. — Eu também nos castigaria se tivesse essa chance. Somos um bando de imbecis, se quer minha opinião. Merecemos passar por isso.

O garoto fica sem fôlego, e Lilly ouve o silêncio por um momento, pensando.

Para Lilly, um dos efeitos colaterais mais estranhos da praga é o silêncio que cai no centro de Atlanta à noite. O que antigamente era uma sinfonia de sirenes, caminhões chacoalhando pelo asfalto, buzinas, canos de descarga estourando, música abafada, alarmes de carro, vozes, passos arrastados e uma miríade de guinchos, pancadas, arranhões e estrondos inexplicáveis agora se apresenta como um ruído branco e sinistro de silêncio. Atualmente, os únicos sons na cidade à noite são o cricrilar dos grilos e a ocasional onda de gemido distante. Como animais torturados uivando de agonia, os enxames de mortos informam intermitentemente de sua presença num coro chilreado e ecoante de rosnados desarticulados e sedentos de sangue. De longe, às vezes parece um motor gargantuesco girando em falso.

— Não acho que tenha alguma coisa a ver com o que *merecemos* — diz Lilly por fim. — Não sei se o universo funciona assim, se você quer mesmo saber a verdade.

— Como assim? — Tommy olha desconfiado para ela, e de imediato Lilly se lembra dos pais cristãos fundamentalistas de Tommy e de que o garoto sempre contou histórias da Bíblia aos irmãos mais novos, que ele se agarra à religião para conseguir atravessar as noites longas e escuras. O rosto do menino é descarnado e exangue nas sombras. — Quando você diz "universo", está falando de Deus?

— Não sei. É. Acho que sim.

— Você acredita em Deus?

— Não sei.

O garoto franze a testa.

— Como você pode não saber?

Lilly suspira.

— Não sei mais *em quê* acredito. Eu acredito na gente.

— Ainda acreditaria na gente se fizéssemos coisas ruins?

Ela reflete.

— Depende das coisas. Agora há um novo padrão para o que é ruim. Você precisa ser específico.

— Você quer matar esses caras, não é?

— É.

— Mas você quer resgatar as crianças primeiro? É isto o mais importante?

— Sim, é.

— Conseguiremos resgatar as crianças? E se elas não estiverem aqui?

— Confie em mim, elas estão aqui.

— Mas e se não as encontrarmos, você vai matar esses caras de qualquer jeito... não é?

— Provavelmente sim.

— Por quê?

Lilly pensa por um momento. No escuro, ela consegue ver o menino passando a língua pelos lábios secos e rachados, de olhos fixos nela, esperando atentamente por uma resposta. Quando ele fala, sua boca solta estalos secos. Eles não têm mais água. Talvez sobrevivam mais dois dias sem nenhuma, mas não há o que fazer. Por fim, Lilly olha o jovem magricela e diz, dando de ombros:

— Não sei... talvez porque vá me sentir melhor assim.

Ela passa a mão na boca, embola a embalagem da carne-seca, joga no chão, levanta-se e pega o fuzil.

— Agora temos a completa escuridão. Vamos andando.

Eles sentem o cheiro dos mortos em profusão enquanto contornam o canto sudeste da torre. Passando furtivamente pela área de carga deserta, eles se mantêm abaixados, ocultando-se nas sombras. No final da área, junto a uma bancada de trabalho atulhada, Lilly vê uma porta — a metade superior feita de vidro fosco — que parece levar ao interior do andar.

Eles sobem um curto lance de escadas e seguem para a porta.

As palavras SOMENTE PESSOAL AUTORIZADO estão gravadas acima do vidro leitoso. Está escuro demais por dentro para se enxergar algo além do vidro, mas o odor de carne morta agora é mais forte, intenso como o fundo de uma mina de calcário cheia de tripas esquentando ao sol.

— Merda-merda-merda — resmunga Lilly depois de experimentar a porta e descobrir que está trancada. Ela olha ao redor. Tommy espera que ela tome uma decisão. Lilly vê uma lanterna na bancada.

— Me passe aquela lanterna.

Tommy pega a lanterna e entrega a ela, e Lilly a acende com o polegar. O facho estreito de luz ilumina um corredor. Lilly encosta a testa no vidro fosco. Consegue enxergar cadeiras viradas. Vê um corredor, riscos de sangue nas paredes, lâmpadas fluorescentes piscando, um gerador zumbindo em algum lugar nas entranhas do prédio. Ela vê movimento.

Sua pele se enche de arrepios. Figuras escuras zanzam pelas sombras do corredor, tantas que esbarram umas nas outras, cotovelo com cotovelo. Distorcidas pelo vidro facetado, os pormenores dos rostos e das roupas são amorfos e vagos — parecem quase espectrais, oníricos, nebulosos — como aparições.

— O que é? — A voz de Tommy quebra o encanto. O que você está vendo? Errantes?

Por um momento, Lilly fica morbidamente fascinada. São tantos que não dá para contar. Eles infestam toda a extensão do corredor, vagando sem rumo na luz vacilante, como figurantes em um filme mudo. Alguns parecem antigos pacientes, agora vestindo jalecos profanados e ensopados de sangue escuro e bile. Alguns se decompuseram ao ponto da mumificação. Muitos parecem ter vindo de fora. Ela observa as silhuetas diáfanas que reagem à introdução da luz. Eles partem bamboleando para a porta.

— Muito astuto — resmunga Lilly, basicamente só para si. — Muito engenhoso.

— O quê? — Tommy cerra os punhos, irrequieto. — Do que você está falando?

— É só um pressentimento. — Ela se joga para trás quando faces monstruosas roçam o vidro, unhas irregulares arranham, produzindo ruídos abafados e horríveis. — Vem, me dê uma ajuda. — Lilly corre de volta à bancada e pega alguns objetos: uma chave de fenda, uma bateria de nove volts, uma caixa de pregos, um rolo de corda grossa; aí enfia tudo nos bolsos. Entrega a chave de fenda a Tommy. — Coloque na manga, com a ponta para fora, assim. — Ela mostra a ele. — Dá uma ótima arma se você se flagrar corpo a corpo com algo que queira te matar ou te comer.

Tommy concorda com a cabeça, engolindo em seco. Pelos olhos dele, ela sabe que ele prefere não encontrar nada desta natureza em algum combate corpo a corpo.

— Tudo bem, vamos verificar mais um detalhe. — Ela parte para a extremidade da área de carga. — Só quero ter certeza de uma coisa. Venha comigo.

Tommy a acompanha.

Eles levam menos de cinco minutos para refazer os passos pela extremidade norte do prédio, depois vão para o leste, passam pelo campus principal e descem pela Avenue E em direção ao centro ortopédico. Passam por outras janelas cobertas por tábuas ao longo da entrada do centro de ortopedia, no térreo.

Pelas frestas de uma janela, Lilly vê as ruínas de um refeitório apinhado de incontáveis mortos. Eles vagam de um lado a outro no escuro, costurando por entre as mesas viradas e o piso frio inundado de fluidos corporais e comida podre infestada de larvas — e tudo isso confirma a suspeita original de Lilly.

O porão e o andar térreo de todo o centro médico estão completamente dominados.

— É proposital — sussurra ela a Tommy instantes depois, espremendo-se em um nicho de cimento na esquina da Avenue E com a Northeast.

— O quê? — O rosto magro se contorce na escuridão enquanto ele se agarra a cada palavra.

— O térreo, os porões, tudo abaixo da calçada está apinhado de mordedores, e isso é proposital.

Ele assente.

— Tipo, para manter as pessoas afastadas?

— Exatamente. É uma tática de defesa, como um fosso ou uma barreira de fogo.

Lilly ergue os olhos para a passarela envidraçada que se abre pela Avenue E, ligando o complexo principal à ortopedia. Parte dos painéis de vidro foi coberta por madeira, sarapintada por antigos buracos de bala. Uma parte do vidro ainda está intacta, embora esteja grossa de sujeira e da exposição ao ar. As sombras monstruosas de errantes deslocam-se de um lado a outro atrás do vidro, como peixes exóticos num aquário.

Ela suspira e fala numa voz baixa e séria:

— Minha aposta é que também serve a outros fins.

Tommy a olha.

— O quê, por exemplo?

— Por exemplo, esse fedor provavelmente funciona muito bem para disfarçar o cheiro dos ocupantes humanos nos andares superiores... mantém as hordas afastadas do prédio.

Tommy concorda outra vez com a cabeça.

— Tudo bem... e agora? Qual é o plano?

Lilly umedece os lábios, pensando na passarela elevada e em todos os horrores lacrados dentro dela, quando de súbito nota algo que não tinha percebido, do outro lado da rua. Acima da passarela, algumas janelas cobertas do terceiro andar agora emitem um brilho amarelo-claro — ou de lampiões a óleo, ou de lâmpadas incandescentes —, e, quanto mais Lilly olha para essas janelas, mais percebe uma leve tremulação de movimento ali em cima.

Ela se vira para o garoto e fala:

— Como você lida com alturas?

Os primeiros 6 metros são a parte mais espinhosa. Da fachada no térreo da ortopedia até o alto da passarela de pedestres, não existe onde apoiar o pé ou a mão, nenhuma reentrância onde se encaixar um dedo — só uma parede de concreto lisa levando ao ressalto do segundo andar.

Felizmente, por acaso Tommy Dupree não só lida bem com alturas, como também possui as habilidades de um grande macaco-aranha. Lilly já tinha desconfiado disso na noite anterior, quando Tommy escalou na velocidade de um raio o enorme carvalho vivo ao norte de Haralson. Mas agora ela fica atrás da proteção de arbustos ao lado da entrada da ortopedia coberta por madeira — o pescoço esticado — observando, completamente assombrada.

A subida ligeira do jovem leva menos segundos. Ele alcança o ressalto do terceiro andar, salta para o teto da passarela, tira o rolo de corda do cinto, amarra na cintura e atira uma ponta para Lilly. Ela pega a corda, respira fundo e começa a se impelir lentamente pela lateral do prédio.

Por acaso, Lilly Caul perdeu quase 15 quilos desde os primeiros dias do surto. É claro que ela sempre foi magra, mas a dieta da praga a transformou numa mulher esquelética, mas musculosa devido a todo o trabalho braçal. Agora ela se impele parede acima com uma agilidade surpreendente.

Ela chega ao teto da passarela e rola desajeitadamente por ali. Seu fuzil quase escorrega do ombro. Ela consegue segurá-lo e se agacha, depois puxa a corda para cima. De súbito uma rajada de vento sopra na passarela, e Lilly sente um solavanco.

— Tá tudo bem, eu te peguei — diz Tommy num sussurro tenso, enrolando a corda na cintura. — Só me faça um favor, não olhe para baixo.

— Saquei. — Em vez disso, ela volta os olhos para cima. Vê o andaime de pintor pendurado em seus cabos de aço, como um enorme balanço. O vento faz os cabos tinirem e ressoarem na parede. Vê-los provoca arrepios em Lilly, deixando-a tonta. — Vamos acabar logo com isso... antes que eu perca a coragem.

Eles partem pela passarela. Andando em fila indiana, mantendo-se abaixados, avançando aos poucos, eles se agarram ao teto enquanto o vento noturno assovia pelo cânion de vidro e concreto ao redor. Sentem-se expostos e ouvem os rosnados abafados dos mortos-vivos na passarela de vidro abaixo. Sentem o fedor da morte.

À medida que se aproximam do lado oeste da rua, Lilly faz um sinal para o garoto ficar abaixado e parado. Ela vê a luz atrás da janela de persianas fechadas do terceiro andar, e aquilo faz seu coração disparar. Com cuidado, ela se agacha atrás do peitoril da janela e escuta. Tommy fica ajoelhado à direita, praticamente prendendo a respiração.

Vozes abafadas vêm de dentro da janela. Vozes masculinas. Duas, talvez três pessoas. As persianas estão bem fechadas. A adrenalina dispara pelo corpo de Lilly. Ela sente o metal no fundo da língua, a base do pescoço zumbindo de adrenalina enquanto cuidadosamente alcança a AR-15 e ajusta o seletor de "travado" para "disparo". Restam sete balas no pente, uma na agulha. Oito balas no total. Com cuidado, ela espia por uma fresta estreita entre duas ripas.

Vê dois soldados sentados em uma sala de exames abarrotada que foi adaptada como caserna.

As observações lampejam pelo cérebro de Lilly: duas camas junto a uma parede do aposento empoeirado, prateleiras transbordando de garrafas, enlatados e suprimentos. Há uma chapa elétrica em um bufê e fotos pornográficas coladas na parede. Lilly reconhece um dos soldados como o imediato de Bryce, Daniels — o magrelo, careca e emaciado viciado em metanfetamina —, que agora está deitado de costas em sua cama de campanha com um sorriso sonhador. Ele veste camiseta regata, calça de camuflagem e botas de paraquedista, os braços murchos cobertos de tatuagens chamativas.

— É a única coisa que dá sentido a esta merda — comenta ele numa voz lânguida com um segundo homem, apontando os vestígios da droga não identificada que ficaram numa EpiPen em sua mesa de cabeceira. Daniels solta uma risadinha intoxicada. — Todo o resto está de pernas para o ar.

— Tô sabendo. — O segundo soldado (seu nome é desconhecido para Lilly) fala numa voz grossa e arrastada, sentado em uma cama, só de roupa íntima. Um homem parrudo de costeletas enormes, barrigudo, muito dentuço, as gigantescas pernas cabeludas saem da cueca boxer como troncos nodosos. A Glock 9 mm está na mesa de cabeceira, o silenciador de seis polegadas como uma pequena clarineta preta atarraxado no cano.

Lilly concentra-se com uma intensidade feroz naquela pistola com silenciador. Dá uma espiada no garoto olhando para trás, respira fundo, depois gesticula para ele permanecer onde está.

Em seguida ela se volta para a janela, afrouxa a alça da AR-15 e começa a bater e arranhar o vidro, com o cuidado de fazer barulhos irregulares e aleatórios.

— Que merda é essa? — Daniels ergue os olhos de sua segunda injeção de Nightshade, o formigamento da EpiPen espetando a dobra do cotovelo. Ouve o barulho de fora da janela, mas não registra inteiramente. Pode ser o vento, uma porra de pombo ou alguma merda assim.

Ele baixa os olhos e vê um filete delicado de sangue no pulso, aí sente o calor subindo pelo braço e entrando na vértebra cervical, como o melhor massagista do mundo. Em geral, Daniels precisa de duas doses da coisa para manter seu equilíbrio à noite e ter um sono decente.

— Mas que porra de barulho é esse? — Markham se levanta, e a cama parece soltar um suspiro estridente de alívio ao se livrar de seu peso enorme. De pé, o homem tem pelo menos 1,95m, descalço. Os peitorais enormes dão a impressão de que talvez ele use um sutiã com suporte. Ele dá um passo para a janela, os pés enormes criando vibrações troantes.

— Saquei. — Daniels gesticula para ele voltar. Joga fora a EpiPen usada. — Provavelmente um daqueles ratos com asas que temos nas calhas daqui de vez em quando.

Daniels vai até a janela, segura o cordão e puxa a persianas.

No início, ele não entende a figura na janela: uma mulher magra de cabelo castanho, segurando um fuzil como uma lança.

Daniels solta uma risadinha maliciosa. A mulher bate o cano no vidro com o máximo de força que consegue, mas a janela resiste. Daniels se sobressalta para trás com o susto. A janela é feita de vidro blindado e nesse momento tem apenas rachaduras, não se quebrou. Daniels ri sem parar. Ele não entende a piada, ainda assim acha tudo aquilo hilariante. Mas quem é essa garota, a porra de uma lavadora de janelas?

— Que merda é essa? — A voz grave e fria de Markham chama a atenção de Daniels.

Daniels se vira e começa a dizer alguma coisa quando o segundo golpe do cano da AR-15 quebra a janela. Cacos de vidro explodem. Lascas de diamante espiralam para todos os lados e uma rajada do vento nocivo entra em redemoinho pelo quarto. Daniels recua, quase caindo de bunda enquanto a mulher se atira para dentro da caserna.

Markham se vira e parte para sua pistola quando as coisas começam a acontecer em alta velocidade

A mulher voa pelo quarto e ao mesmo tempo bate a coronha do fuzil na virilha do grandalhão. Markham cambaleia, soltando um grito desarticulado e bate de costas na parede do outro lado, chocalhando as fundações e derrubando um calendário com fotos de mulher pelada. Daniels se vira e se atrapalha com a HK, que está levemente fora de seu alcance na ponta da cama. A mulher larga o fuzil e parte para a Glock. Ao mesmo tempo, Markham mergulha para a pistola. Do outro lado do quarto, Daniels tenta pegar a HK. Nesse meio tempo, Markham e a mulher colocam as mãos na pistola 9 mm exatamente no mesmo momento. A essa altura, Daniel conseguiu pegar a pistola automática, mas é tarde demais. A mulher já conseguiu forçar o cano do silenciador para cima enquanto luta com o grandalhão pelo domínio do gatilho. Os dedos dos dois estão no gatilho agora, eles colidem contra a parede e lutam pela arma. Lilly consegue disparar várias vezes sem muita mira em direção ao homem do outro lado do quarto. O silenciador estala, cuspindo faísca meia dúzia de vezes antes de as balas sete e oito atingirem Daniels bem no peito, entre os mamilos, avançando por seu coração.

O soldado magricela cambaleia para trás, ofegando de forma úmida, deixando cair a pistola, esforçando-se para respirar enquanto tem uma hemorragia. Escorrega para o chão perto da cama, soltando um estrépito da morte, a espuma cor-de-rosa borbulhando da boca, o interruptor desligado mantendo seus olhos abertos.

Nesse meio-tempo, Markham finalmente dominou a garota feroz. Ele lhe arranca a pistola e a joga no chão com a força de uma criança gigante atirando de lado uma boneca de trapos. O crânio de Lilly bate no piso frio, o impacto a deixa apalermada. Ela tenta se afastar rolando, mas o grandalhão se joga em cima dela, sentando-se em sua cintura. Para a mulher, parece que um trailer parou em cima dela.

Ela arqueja enquanto Markham aponta a pistola entre seus olhos, o cano a centímetros do nariz. Ele aperta o gatilho à queima-roupa.

A arma estala impotente, sem munição. O grandalhão joga a arma de lado, furioso. Lilly tenta se libertar, mas ele envolve seu pescoço mínimo com as mãos gigantescas e a estrangula.

Lilly ofega, tenta respirar enquanto o sujeito parrudo aumenta o aperto e solta seu hálito nocivo em sua cara, que muda de cor assim que ela começa a perder a consciência.

TREZE

Uma bola de fogo cresce nos pulmões de Lilly enquanto ela luta para respirar. A visão fica turva. A fraca luz ambiente de lampiões a óleo na caserna fedorenta começa a esmorecer, a escuridão do esquecimento se fechando sobre ela. Agora Lilly só consegue enxergar a cabeça colossal de seu estrangulador — um planeta monolítico orbitando o mundo de Lilly —, de cara amarrada para ela, em todos os detalhes cristalinos e cruéis. Ela vê as marcas de acne nas bochechas lívidas do homem, os pelos em suas narinas infladas, a decomposição verde entre os dentes amarelos, os lábios cor de fígado repuxados com uma fúria psicótica. A última observação feita por Lilly antes de afundar no vazio é do homem jogando a cabeça para trás subitamente. Seus olhos se arregalam, a boca fica frouxa e um fio de baba pende do flácido lábio inferior.

De repente Lilly vê que o cabo da chave de fenda que foi dada a Tommy Dupree agora se projeta do crânio do homem, e ela sente as mãos enormes subitamente se afrouxando em seu pescoço.

Lilly ofega e tosse convulsivamente enquanto o gigante desaba no chão, ao seu lado, revelando uma figura menor parada atrás dele.

— Ah, porra... merda... merda. — Tommy Dupree está imóvel, os braços magrelos junto ao corpo, os dedos em garras, os olhos arregalados e brilhando de pavor. Ele resmunga sozinho sem parar, "Merda... merda... merda", enquanto olha as gotas de sangue delicadas e pequenas em seu pulso direito. O refluxo do empalamento espirrou em toda a sua manga.

Lilly tenta dizer alguma coisa, mas ainda está ocupada demais se esforçando para trazer ar aos pulmões. Ela puxa uma perna de baixo do mamute caído. Esfrega o pescoço, os tendões e cordas vocais em agonia. Ela arqueja, buscando ar. Ofegante e tossindo, consegue falar:

— Tudo bem... Tommy... calma.

— O que ele pensou que estava...? — Tommy engole em seco, olhando o imenso amontoado humano no chão, a chave de fenda como um chifre vestigial saindo da cabeça. — O que ele achava...? — Tommy olha fixamente as próprias mãos com a expressão de quem não despertou inteiramente de um pesadelo, o pavor ainda o dominando. Ele limpa o sangue nas calças. — Eu tive de fazer... porque ele teria...

Ele para de súbito, seu corpo estremece, as lágrimas se acumulam.

— Está tudo bem, Tommy. — Lilly se reorienta, depois se levanta nas pernas bambas. Vai ao garoto e o toma nos braços. Ela o abraça junto ao peito, sentindo-o tremer como um motor ligado. — Você agiu certo, Tommy.

— Tive de fazer porque ele... ele teria... ou ele ia te matar.

— Eu sei... está tudo bem. — Ela acaricia a nuca do garoto. Ocorre a Lilly que talvez ele nunca tenha matado um vivo tão à queima-roupa, o que é bem diferente de derrubar alguém pela perspectiva distante da mira de um rifle. — Preste atenção. Você agiu bem.

— Ele teria te matado. — Tommy tenta conter as lágrimas, enterrando a cara na curva do pescoço de Lilly. — Ele teria conseguido.

— Eu sei.

— Ele ia te matar.

— Eu sei... acredite... esse é o mais perto disso que quero chegar. — Ela o aperta pela última vez, acariciando seu cabelo com ternura. — Agora olhe para mim, Tommy. — Ela o segura pelos braços e fala com muita clareza: — Preciso que você me escute. Olhe para mim. Preciso que preste muita atenção. Está me ouvindo, Tommy? Olhe para mim.

Ele a fita através das lágrimas.

— Só quero que você saiba que eu nunca deixaria ninguém te matar.

— Eu entendo isso, eu sei, mas agora preciso que você preste atenção no que estou dizendo.

A respiração do garoto fica presa num soluço. Ele está se esforçando, bendito seja seu coração. Ele está se esforçando muito para ser adulto, imparcial, frio e imperturbável.

— Eu só queria que você soubesse...

Lilly lhe dá um tapa. Não com força, mas ríspido o bastante para interromper seu choro.

— Agora já chega. Preste atenção. Preciso que você pare de falar. Vou precisar que supere isso.

Ele concorda com a cabeça. Enxuga o rosto e assente mais uma vez.

— Eu estou bem. Estou bem.

— Supere.

Ele assente de novo.

— Estou bem. Eu estou legal. — Respira fundo. — Eu estou bem, Lilly.

— Tá legal, o negócio é o seguinte. Agora não temos muito tempo. Eles vão encontrar estes caras aqui... é só uma questão de tempo. Então vou precisar que você me ajude a colocar os corpos nas camas. Assim talvez a gente ganhe algum tempo. Quem sabe? Venha... primeiro o grandalhão.

Eles levantam o corpo imenso do soldado de primeira classe Glenn Markham para a cama do canto, cobrindo-o até o pescoço com o lençol. A chave de fenda sai de sua cabeça num riacho de sangue. Rapidamente, Lilly limpa o excesso com a ponta do lençol.

Eles levam mais um minuto ou dois para arrastar Daniels pelo chão e posicioná-lo na outra cama. Limpam o rastro de sangue. Depois Lilly olha o quarto.

— Procure qualquer munição a mais, verifique no armário. Veja se tem outro pente para a Glock. — Ela pega a HK e tira o pente, reabastece com outro da Glock. É uma versão de alta capacidade: trinta balas quando está cheio; e agora Lilly vê que tem pouco mais que a metade. Ela está prestes a dizer alguma coisa quando a voz de Tommy interrompe seus pensamentos.

— Tá legal!

Lilly se vira e vê que Tommy encontrou um cinturão de balas com o que parecem várias dezenas de cartuchos de alta potência metidos nas alças. Ele a olha. Seus olhos endureceram, o maxilar cerrado, como se agora ele estivesse preparado para fazer o que for necessário para resgatar os irmãos.

— Isto ajuda? — pergunta ele.

O corredor do terceiro andar se estende por 30 metros dos dois lados, deserto e escuro, algumas macas empurradas de encontro às paredes, um piso de taco antigo e desgastado. Em alguns lugares, limparam o piso bege tantas vezes que ele ficou cinza. O ar é pesado de desinfetante, amônia e algo estragado que parece comida, talvez creme de milho enlatado ou leite em pó. A maioria das portas numeradas está fechada. Vozes abafadas vêm de trás de algumas portas distantes, provavelmente outros soldados se medicando com estimulantes.

Arriados pela artilharia pesada, Lilly e Tommy andam pelo corredor sem fazer ruído, mantendo-se perto da parede. Lilly carrega a AR-15 amarrada nas costas, a HK na mão direita. Também tem uma faca tática de 30 centímetros que encontrou no corpo de Daniels, agora metida na bainha da bota. Tommy segura a Glock bem firme nas mãos, o cinturão de balas atravessado no peito estreito, escavando a axila. Anda desajeitado com o cano da arma para a frente, pronto para mandar ver, um pouco trêmulo. Nenhum dos dois fala ao se aproximarem do cruzamento de corredores na extremidade.

Com um gesto rápido, Lilly para por um segundo e ouve vozes e passos abafados do andar acima. O som ecoa por uma escada à esquerda. Mais um gesto breve e eles passam por uma porta de metal, tomando a escada.

Eles sobem os degraus em fila indiana, armas em riste. O coração de Lilly martela quando eles chegam ao patamar da escada e param antes de passar por uma porta de metal sem identificação. Lilly sussurra numa voz rouca, as cordas vocais traumatizadas ainda doloridas, chiando.

— Fique perto de mim e faça o que eu fizer. — Ela espera a aquiescência do garoto. — Se começar a voar bala, fique atrás mim, abaixado, e procure uma saída. Não espere por mim. Só dê o fora daqui. Se nos separarmos, vamos nos encontrar de novo no telhado. Você entendeu?

Tommy concorda com a cabeça bruscamente, tenso.

— O que vamos fazer quando encontrarmos Bethany e eles?

— Faça o que eu fizer, e deixe a conversa comigo. Prometo que vou tirar você e as crianças daqui vivos. Mas você precisa fazer exatamente o que eu mandar. E, se você tiver de derrubar alguém, não tenha pressa ao atirar. Mire com atenção. Garanto que eles vão mirar em você. Você deve fazer o mesmo. Coloque a mira frontal no meio da mira traseira, aqui. Aperte o gatilho num movimento tranquilo como te ensinei. Entendeu?

Ele faz que sim com a cabeça.

— Fale.

— Entendi.

A primeira coisa que ela nota no corredor do quarto andar é o cheiro — uma mistura perturbadora do fedor de morte, aroma de pinho e substâncias químicas acres. Depois ela nota centenas — talvez até milhares — de frascos pequenos de aromatizadores de ambiente. Estão enfileirados no chão imundo, separados a alguns centímetros do rodapé, alguns novos em folha com rótulos alegrinhos de pinheiros e sempre-viva, maçãs e paus de canela. Lilly pisca, os olhos ardem. Ela para e avalia a extremidade do corredor. No momento, o local está desocupado — um trecho comprido e largo de piso antigo, vacilantes lâmpadas fluorescentes e mesas de aço inox —, mas ela ouve o barulho de vozes, o arrastar de pés e o zumbido de geradores dentro dos muitos cômodos.

Lilly segue lentamente para a primeira porta aberta, as costas coladas à parede de reboco, Tommy em seu encalço. Ela vê uma placa dizendo RADIOLOGIA, pendurada abaixo do dintel. Um arrepio desce pela traseira de seus braços e pernas quando ela registra o barulho distorcido de errantes rosnando e cuspindo, uma voz humana crepitando por um walkie-talkie e o chocalhar de equipamento. Ela gesticula para Tommy, e os dois param junto à soleira.

Espiando cautelosamente pelo batente, Lilly tem o primeiro vislumbre do que parece um laboratório improvisado, montado dentro do enorme departamento de radiologia. À luz vacilante das antigas lâmpadas fluorescentes, em meio a um labirinto de prateleiras transbordando com provetas, frascos, placas de Petri e tubos de ensaio girando em centrífugas, ela vê os troncos e as cabeças dos mortos reanimados. Estão pendurados em ganchos de aço inox, os braços amputados, as cabeças tombadas. Alguém costurou as bocas com uma grosseira sutura cirúrgica. As cabeças decapitadas continuam a mexer os maxilares, como vacas ruminando, embora os lábios estejam costurados e obstruídos. As jugulares estão conectadas a portas de onde brotam tubos intravenosos, os quais se enroscam e mergulham em grandes frascos cônicos, condensadores e cânulas no chão abaixo deles. O ar vibra devido ao zumbido do equipamento de laboratório e dos geradores, assim como o fedor de podridão desodorizada.

— Lilly...?

O sopro sussurrado da voz de Tommy parece distante aos seus ouvidos. Por um momento, Lilly fica petrificada, extasiada, assombrada com a prova diabólica de algum tipo de reorganização acontecendo na radiologia. Vê lousas pela parede de trás, rabiscados com um hieróglifo febril, fórmulas apressadamente esboçadas, compostos químicos tomando todos os centímetros quadrados do espaço branco. Dá para ver corpos decapitados deitados em macas, o pescoço esfarrapado vomitando um emaranhado de fios e tubos feito espaguete, reluzindo de fluidos à iluminação fluorescente. Ela vê as mesas distantes tomadas por estantes de tubos de ensaio e lâminas de vidro preparadas com inúmeras amostras de tecido, sangue e DNA de Deus sabe que origem.

— LILLY!

Enfim ela desvia os olhos da sala, gira o corpo e olha o garoto.

— Que foi? *O que foi?*

— Escute isso. — Ele meneia a cabeça para a extremidade oposta do corredor, arregalando os olhos, alarmado.

Lilly vira a cabeça de lado e escuta um som estranho que parece trinar e emanar de algum aglomerado distante de corredores, misturando-se ao ruído fraco de passos, tudo isso vindo em sua direção. No início, parece uma ave exótica trinando e guinchando. E aqueles não são passos comuns. Apressados, borrachentos, aos guinchos, eles se aproximam decididos e na velocidade de quem tem uma missão a cumprir.

— Venha, por aqui! — Lilly segura o garoto pela gola e gentilmente o conduz para o departamento de radiologia.

Eles escolheram uma região escurecida atrás de espécimes pendurados na posição de cócoras, à espera. Bem agachados nas sombras fétidas, escondem-se atrás de um armário de equipamento — os dedos nos gatilhos, posicionados para disparar a qualquer minuto — enquanto os passos e os barulhos de ave se aproximam.

Acima deles, os troncos gotejantes dos mortos estremecem e reagem à chegada de humanos em seu espaço. Algumas cabeças torcem e procuram na escuridão pela origem dos odores humanos, os olhos vidrados buscando a carne viva e fresca, os maxilares ainda batendo e trabalhando com fome, esticando os lábios suturados para se libertar da costura irregular. Eles soltam gemidos abafados, os corpos enchendo a sala com o fedor de carne supurada e, por algum motivo, naquele momento tudo parece mais comovente do que apavorante para Lilly.

Talvez o caráter horripilante dos pedaços desmembrados dos mortos que continuam a se mexer e se contorcer — alimentando-se de nada — tenha perdido sua capacidade de chocar. Agora, de certo modo, é mais *profético* que apavorante. Como uma sarça ardente. É para onde todos vão. E Lilly acha uma agonia olhar, mas também é hipnótico... Até o ponto que ela ouve os passos e o barulho de ave se aproximando do lado de fora, no corredor.

Uma enfermeira entra na sala com a agilidade despreocupada de um estoquista procurando uma peça. Uma mulher de meia-idade com cabelo cinza-chumbo preso num coque desleixado e um rosto desgastado e enrugado como pergaminho, ela usa um uniforme branco reluzente e ao mesmo tempo velho, e traz nos braços um bebê aos prantos. A criança parece ter apenas alguns meses, sua carinha de querubim suja e ressecada, o corpo embrulhado em um cobertor velho.

Atravessando a sala, a enfermeira distraidamente balança a criança no quadril numa tentativa inútil de fazê-la se aquietar. O bebê fica sem fôlego por um momento, depois grita um pouco mais enquanto a enfermeira vai despreocupadamente até uma geladeira de aço inox. Abre com o cotovelo, mete a mão lá dentro e retira um frasco de laboratório com um fluido rosa não identificado.

Em seguida, com a mesma subitaneidade com que entrou, ela dá meia-volta, atravessa rapidamente a sala e vai para o corredor, o bebê urrando e berrando enquanto partem.

Lilly assente para Tommy. Ele faz o mesmo gesto. Em seguida Lilly se coloca de pé e atravessa a sala com a HK firme nas mãos, o olhar fixo no corredor, as botas fazendo muito pouco barulho no piso de taco. Tommy fica bem junto dela. Lilly estende a mão para a porta e ouve o choro do bebê afastando-se pelo corredor. Respira fundo e espia pelo batente.

A enfermeira chegou ao final do corredor e agora carrega a criança para além uma porta de vidro, subindo outra escada estreita. Lilly faz sinais a Tommy de que ele deve segui-la, e em silêncio.

Eles passam pela porta e seguem pelo corredor, Lilly segurando o cano da pistola automática à frente, com a firmeza de uma proa de navio. Tommy faz o mesmo, as duas mãos suadas apertando a Glock. Eles andam em silêncio, apressados, mantendo-se colados à parede.

Levam apenas segundos para chegar à escada. Abrem a porta cautelosamente, deslizam para o poço e sobem apressados o espaço fechado e tomado de eco. O ar que cheira a alvejante dá arrepios em Lilly. Ela ouve os passos da enfermeira desaparecendo em algum lugar no alto.

Lilly para no patamar da escada, virando-se para Tommy.

— Troque comigo — diz ela, entregando a ele a pistola automática. — Quero fazer isso de um jeito bem particular, e quanto menos tumulto, melhor.

Sem dizer nada, ele lhe entrega a Glock, uma arma surpreendentemente pesada com seu silenciador de seis polegadas.

O quinto andar é o antigo lar da obstetrícia, do centro de bem-estar da mulher e da maternidade. Agora, na extremidade do corredor principal, a área espaçosa da recepção está vazia e desolada, completamente saqueada, parte da mobília original revirada nos cantos. O balcão de uma estação de enfermagem abandonada e abarrotada fica ao lado de uma enorme estátua de bronze que retrata uma paciente segurando um recém-nascido. A escultura escurecida e verde musgo fica no meio de uma fonte seca e desativada. O carpete traz as manchas de fluidos escuros não identificados e das lutas do passado. As janelas estão cobertas por folhas de alumínio e fita adesiva, uma única lâmpada sem cúpula no teto lança um cone fraco e amarelado de luz no chão desgastado pelo atrito.

Um corredor lateral é ladeado por uma série de salas de exame, a maioria desocupada e trancada. A última sala à esquerda está ocupada. O barulho revelador de crianças chorando ecoa pela porta entreaberta, algumas vozes conhecidas, algumas soltando gemidos abafados, outras histéricas e chorando tão alto que ficam sem fôlego. Uma voz de adulta repreende uma das crianças. O cheiro de talco, amônia e fraldas sujas fica cada vez mais intenso à medida que Lilly e o garoto alcançam a porta parcialmente aberta.

Ela para junto da sala com a Glock firme nas mãos, destravada, o cano apontado para cima, uma bala na agulha. Tommy cola as costas na parede a centímetros da líder, engolindo em seco, esperando pelo sinal. Lilly sente o calor da adrenalina disparar como um raio pelas entranhas, espalhando-se pelos tendões, a AR-15 frouxa nas costas para fácil acesso, a coronha pendurada no quadril direito. É o seu momento. Está lúcida, a mente completamente livre de distrações.

Lilly ergue a mão esquerda, estendendo três dedos. Tommy assente, ela indica o começo de uma contagem regressiva. Então olha para Tommy, vendo o garoto ficar imóvel como um felino enquanto ela baixa o dedo anular.

Dois...

Sem tirar os olhos do garoto, inspirando e prendendo a respiração, Lilly baixa o dedo médio até que apenas o indicador fica erguido.

Um...

Todo o universo parece congelar quando ela forma um punho e baixa a mão.

No momento que investe para dentro da sala, Lilly dispara um único tiro abafado pelo silenciador na enfermeira de cabelo grisalho, que está a cerca de 5 metros do flanco direito de Lilly (e no meio do movimento para pegar um rifle comprido encostado num cabideiro no canto). O disparo faz um estalo seco e metálico — como o estrondo de uma porta de tela no espaço confinado da sala de exame —, lançando uma bala 9 mm de ponta oca e 115 grains na coxa esquerda da mulher.

O impacto faz a enfermeira dar uma pirueta desajeitada e a derruba no chão, jogando-a no rodapé, perto do aquecedor. Um grunhido desarticulado escapa de seus pulmões enquanto ela segura a perna, mas Lilly sabe tão bem quanto a enfermeira que a bala pegou a artéria femoral e simplesmente atravessou a perna robusta da mulher. Agora a enfermeira se contorce no chão, segurando a perna, tentando recuperar o fôlego e se orientar. Lilly não vê motivo para matar a mulher... *ainda não*. Ela pode ser uma refém. Quem sabe? Lilly ainda não tem informações suficientes. Mais importante: a enfermeira pode ser um recurso valioso para eles.

Rápida e praticamente com um só olhar, Lilly apreende a disposição da sala. Pé-direito alto, lâmpadas fluorescentes iluminando as paredes de reboco e piso frio, um bebê se esgoelando em um berço encostado numa janela com grades, gravuras de Norman Rockwell retratando médicos de família, e, no canto oposto, crianças reféns com tiras de tecido na boca e os olhos brilhantes de pavor lacrimoso. Nenhum sinal de Barbara Stern, e agora não há tempo para se preocupar com isso.

O coração de Lilly praticamente sobe à garganta quando ela percebe sua doce Bethany empoleirada numa mesa de exame acolchoada, segurando o irmão nos braços. O pequeno Lucas parece quase catatônico de medo. Aquela visão aperta as entranhas de Lilly e faz seus olhos lacrimejarem com uma estranha mistura de alívio e fúria homicida pelos monstros que arrebanharam e brutalizaram essas preciosas crianças. Graças a Deus eles estão ali, graças a Deus ainda estão inteiros, graças a Deus, graças a Deus, graças a Deus, graças a Deus, graças a Deus. Todas as moléculas da alma de Lilly desejam ir de encontro a eles agora, sentir a fragrância de sabonete em seus cabelinhos, abraçar seus corpos pequenos e franzinos... mas ela não pode fazer isso... ela não pode ir até eles... ainda não.

Tommy fecha suavemente a porta a fim de evitar qualquer atenção indesejada para o barulho, e Lilly se lança para o rifle no canto, tirando-o do alcance da enfermeira com um chute antes que a mulher de cabelo grisalho consiga pegá-lo. A enfermeira desaba de costas, ainda com a mão na perna, e grita:

— BRYCE! DOUTOR! ALGUÉM TRAGA...

Suas palavras são interrompidas pela mão de Lilly batendo em sua boca.

— Já chega... agora cale a boca, merda... Fique de boca fechada ou você vai me obrigar a...

As palavras de Lilly são interrompidas por uma pontada súbita e inesperada na mão.

A enfermeira mordeu a parte carnuda da palma da mão de Lilly — com força suficiente para tirar sangue —, o que a fez puxar a mão e gritar involuntariamente. O sangue pontilhou o rosto de Lilly, os olhos ardem, e, por um momento, ela fica distraída, quando então a enfermeira a ataca com as unhas.

Algo primitivo borbulha dentro de Lilly, e de súbito sua visão se afunila, aí segura a cabeça da enfermeira pelas orelhas e a bate no chão. No primeiro impacto — um esmagar nauseante —, a enfermeira ofega. No segundo impacto, ela engasga e se esforça para respirar. No terceiro, seus olhos reviram. Lilly bate o crânio da mulher no chão pelo menos mais meia dúzia de vezes até que a enfermeira fica completamente flácida e o sangue começa a escorrer de trás da cabeça num grande manto rubi que se abre pelo piso. Lilly não consegue enxergar nada além dos restos borrados do rosto de uma mulher que fica exangue, e, ainda, abaixo dela, os olhos abertos e vidrados, fitando o vazio. Na verdade, por vários segundos Lilly não tem consciência de mais nada na sala... inclusive do fato de que Tommy se colocou entre Lilly e as crianças, bloqueando a visão daquele gesto horrendo.

— Lilly!

Ela sente que Tommy tenta afastá-la da enfermeira. Como um interruptor sendo pressionado, quase de imediato Lilly é arrancada de seu devaneio furioso e pisca como se estivesse enxergando com clareza pela primeira vez. Ela olha para cima.

— Tranque a porta, Tommy. Tranque a porta. E me ajude com a janela.

Apesar do desejo de vingança dirigido aos sequestradores, de sua raiva cancerosa e das sinapses faiscando e lhe dizendo para atirar primeiro e perguntar depois, o plano sempre foi tentar resgatar as crianças com a maior rapidez e eficiência possíveis, e retirá-las de seu confinamento com o mínimo de confronto com o inimigo. Porém, estas opções parecem diminuir a cada segundo que passa enquanto Tommy luta para abrir a janela de trave que fica acima de um armário de suprimentos, junto à parede mais distante do cômodo.

As outras janelas são uma causa perdida, com suas grades impenetráveis e vidros blindados. Tommy sobe precariamente em uma mesa de exame e descobre, muito frustrado e alarmado, que a janela também é inútil: está lacrada por gerações de tinta seca e cristalizada.

— Nós vamos morrer? — Do outro lado da sala, a pequena Bethany se aninha em Lilly, a boca vermelha e inchada da mordaça, os olhos marejados de agonia. Ela ainda evita olhar os restos amarfanhados e ensopados de sangue da enfermeira do outro lado do ambiente, o rosto vazio da mulher marmoreado de sangue, a cabeça afundada como um balão murcho. A voz da garotinha falha, rouca de pavor. Do outro lado da sala, o bebê suga uma chupeta em seu berço de vime, em silêncio pela primeira vez desde a chegada de Lilly.

— Não, meu amor, nós não vamos morrer. — Lilly toca o cabelo macio da menina. — Agora vamos sair daqui, vamos para casa. Tudo bem?

A menina não responde. É uma criança resistente, aproximando-se da puberdade, com um rabo de cavalo louro e inteligentes e expressivos olhos castanhos. Ainda está com o moletom Duck Dynasty sujo por baixo de um macacão de brim esfarrapado. Bethany nunca se deixou assustar, por isso Lilly fica meio abalada ao ver sua demonstração franca de medo.

Lucas, irmão mais novo de Bethany e Tommy, agarra-se à outra perna de Lilly, como um filhote de marsupial grudado na mãe. Um menino abandonado e sardento de 6 anos e cabelo rebelde, Lucas Dupree não disse uma só palavra desde que Lilly chegou. Ele fala apenas com os olhos, que ainda irradiam o mais completo pavor.

— Muito bem, prestem atenção, todos vocês. É o seguinte. — Lilly anuncia aquilo às crianças em tom encorajador, no estilo animador de acampamento, dando um pequeno aperto tranquilizador em Bethany Dupree. — Ninguém vai morrer, vamos todos sair daqui, mas precisamos fazer isso com rapidez, o mais rápido que vocês já saíram de um prédio. Entendem o que estou dizendo? Sim, é como uma brincadeira, só que é muito mais importante que isso. Entenderam?

A voz de Tommy penetra a linha de raciocínio de Lilly, vinda do outro lado da sala.

— Ela não cede!

— Está tudo bem, Tommy. Desça daí, pegue sua arma, vamos. Você ainda tem aquela corda?

— Esta? — O garoto desce, retirando o rolo da alça do cinto. A corda forte de cânhamo está puída e suja devido à subida pela lateral do prédio. Ele a entrega a Lilly.

Lilly reúne as crianças com gestos exagerados, gesticulando para que formem um semicírculo a sua volta, conduzindo os menores junto de seus quadris. A maioria ainda está semicatatônica pelo trauma e gruda nela, como rêmoras. Lilly vira-se para Bethany.

— Vá pegar o bebê, meu amor.

— Por que eu tenho de...

— Não discuta, querida, só faça isso... estamos com muita pressa.

Bethany vai pegar a criança, o bebê ainda mascando a chupeta numa calma relativa. Os olhos de corça de um azul centáureo da criança parecem se voltar para Lilly tal como um religioso se voltaria para um deus.

Lilly vira-se para Jenny Coogan, de 9 anos, com seus óculos grossos de armação-tartaruga, emendados com uma fita adesiva no apoio do nariz, e a camiseta de anime japonês. Jenny é a hipster do grupo e também uma das crianças mais fortes para a idade.

— Segure isto, querida, e não solte, aconteça o que acontecer. — Jenny segura a corda com uma intensidade de deixar os nós dos dedos brancos. Lilly olha as outras crianças e, de repente, sente passar por ela uma onda de emoção, lembranças de crianças pequenas feito peixinhos seguindo as babás por calçadas de subúrbio. — Todo mundo segure um pedaço da corda e segure firme! Vamos andar rapidamente para a escada mais próxima, e não parem, de jeito nenhum. Mesmo que vocês ouçam tiros.

Respostas afirmativas de cabeça de algumas crianças mais velhas. As gêmeas Slocum, vestidas com os idênticos aventais esfarrapados e os minúsculos tênis Chuck Taylor, ficam ombro a ombro como num cartão-postal de Diane Arbus. Tyler Coogan, um menino de 10 anos, sardento e de pele corada, coloca-se atrás deles, segurando a corda obedientemente. Ainda usa seu boné surrado dos Braves, como se ele conferisse superpoderes ao dono. Lilly olha de uma criança a outra enquanto se prepara para levá-las à liberdade.

Todas são essencialmente crianças que ficaram órfãs pela praga, e Lilly ama aqueles garotos com todo coração e alma. E, por um breve momento, ela percebe que partilha de tal distinção com eles. Lilly também ficou órfã pelo surto. Ela assente pela última vez, tomada de emoção e determinação, e pega a AR-15 pendurada nas costas.

Ela puxa a alavanca de armar e solta o ferrolho, injetando um projétil na câmara, aí respira fundo e atravessa a sala até a porta. Depois gira a maçaneta e lidera o grupo — com Tommy tomando a retaguarda, segurando a pistola automática com ambas as mãos — porta afora.

Infelizmente, eles só ouvem o arrastar pesado de botas de combate descendo uma escada vizinha quando é tarde demais para tomar alguma providência.

QUATORZE

Nenhum dos dois grupos percebe que está entrando em rota de colisão frontal com o outro; isso só ocorre quando Lilly e Bryce se encaram praticamente no mesmo momento, cada um deles virando uma esquina em lados opostos da recepção. Os dois disparam instintivamente, um único tiro, ambos disparos altos e distantes. O tiro de Lilly masca um pedaço do dintel acima da estação de enfermagem, provocando uma chuva de poeira de reboco, tal como uma neblina. O outro disparo — um único clarão azul da Magnum .357 de aço inox de Bryce — espatifa um armário de vidro repleto de revistas há muito ultrapassadas, 30 centímetros à esquerda de Lilly. Uma poeira cristalina espirra pelo flanco de Lilly e a faz cambalear na direção contrária. Bryce e outras quatro figuras não identificadas se abaixam de pronto, a maioria sacando as armas. No mesmo momento, do outro lado da sala de espera, Tommy empurra as crianças de encontro a uma parede, como um guarda de trânsito enlouquecido, bloqueando-as da linha de fogo. Com as veias do pescoço pulsando, os olhos brilhando de fúria, o jovem traz a pistola automática em uma das mãos — destravada, em automático total — e se vira, soltando um estranho grito de guerra que arrepia os pelinhos da nuca de Lilly. Parece um latido rouco e desarticulado — um uivo mucoso — que faz todas as cabeças se virarem. Lilly responde com o próprio grito:

— Tommy NÃO-NÃO-NÃO!!

O grito de Lilly chega um milissegundo antes dos estampidos da HK, uma saraivada de disparos automáticos borrifando a parede oposta onde os outros se abaixam perto do chão. Um dos homens — um soldado de meia-idade com uma farda verde aos farrapos — leva um tiro no pescoço. Ele arqueja e bate de costas na estação de enfermagem, deixando a arma cair, agarrando o pescoço, sufocando enquanto os tecidos ensanguentados jorram numa fonte de vermelho-escuro entre os dedos. Páginas de documentos, registros, caixas de lenços de papel e canetas explodem pelo balcão da estação em brotos de matéria branca e cacos de plástico. Todos se jogam no chão, menos o sargento Beau Bryce. Lilly vê o ex-soldado grisalho e ossudo se abaixar sobre um joelho, assumindo uma posição de tiro, alinhando a mira frontal de seu enorme revólver de aço inox em Tommy, o que leva Lilly a levantar o cano da AR-15 e se preparar para derrubar Bryce — tudo aquilo acontecendo no espaço de meio segundo —, quando, de repente, se desenrolam uma série de ações e reações iguais e contrárias, registradas a um só tempo pelo cérebro de Lilly, levando o tiroteio a uma parada inesperada e súbita.

— BRYCE! CESSAR FOGO! POR FAVOR! TODOS VOCÊS! NÃO HÁ MOTIVO PARA ESTE TIROTEIO BÁRBARO E RIDÍCULO!

A voz vem de uma das três figuras sobreviventes jogadas no chão atrás de Bryce, os rostos ocultos atrás do balcão da enfermagem. A voz é fraca, rouca e velha, mas parece ter muito peso para Bryce, que de imediato desvia o cano da .357, soltando um suspiro tenso. Depois a origem da voz se revela na forma de um homem que parece estar entre os 70 e os cem anos, levantando-se desajeitadamente sobre joelhos bambos, alisando os vincos do jaleco branco de laboratório, espanando a larga calça de veludo cotelê e ajeitando os óculos. Tem cabelo prateado e ralo, o rosto cadavérico e enrugado, e óculos de fundo de garrafa detrás dos quais os olhos cinzentos são ampliados a globos enormes e oniscientes. Lilly fixa seu olhar de naja no homem mais velho enquanto ele levanta os braços paralisados como se em rendição.

Tudo aquilo envolve menos de um minuto, e nesse período Lilly não saiu de sua posição na arcada do corredor lateral, abaixada sobre um joelho, o fuzil de assalto erguido e preparado, a mira traseira junto do olho, o pente ainda carregado com balas suficientes para fazer com que cada um daqueles filhos da puta se arrependam de ter entrado nesse vestíbulo. Porém, antes que o velho consiga dizer mais alguma coisa — na verdade, antes que qualquer outro na sala de espera possa se mexer, falar, atirar ou mesmo se deslocar —, Lilly toma uma decisão imediata. Borbulha de seu prosencéfalo plenamente formada e energizada de determinação. Ela percebe que aquele homem mais velho deve ser o líder desse circo, e, pelo modo como ele fala com Bryce, é evidente que carrega algum tipo de autoridade nas dobras e bolsos manchados daquele jaleco de laboratório branco e opaco jogado por cima dos ombros emaciados e recurvados. Tudo isso leva Lilly a se colocar de pé.

Antes que o velho consiga dizer mais uma palavra, duas coisas ocorrem numa conjunção de completa sincronia: 1) Lilly salta pelo espaço que a separa do velho — uma distância de cerca de 3 metros, talvez menos —, ao mesmo tempo, com um movimento rápido e violento, deixa cair o fuzil e puxa a faca tática de 30 centímetros do forro da bota; e 2) Bryce se vira para ela com o cano da .357 erguido, e até mesmo começa a apertar o gatilho, quando então o velho do jaleco grita com sua voz falha, pisando nos freios:

— BRYCE, NÃO! CESSAR FOGO! CESSAR FOGO! POR FAVOR, NÃO ATIRE!

Lilly pressiona a lâmina serreada daquela faca de aço escovado preto no pescoço vincado de peru do velho.

O tempo para sob a luz fraca e amarela daquela recepção abandonada.

Pelo período mais longo do mundo, ninguém fala nada, e o silêncio parece pingar de uma torneira invisível no espaço mal iluminado, com sua estação de enfermagem crivada de balas e tufos de papel agora cobrindo o carpete como felpas de algodão — os fragmentos de dias mais felizes, os cacos de momentos antes alegres documentados em formulários de maternidade manchados de lágrimas. Um morto jaz em meio ao lixo, ensopando nos próprios fluidos. As crianças choram baixinho. Tommy segura a pistola automática no alto, apontada para Bryce, a arma preparada para berrar a qualquer momento. Bryce parece não perceber a posição homicida do garoto. No momento, o primeiro sargento aparentemente só está interessado em apontar o revólver enorme e reluzente para Lilly, o tronco contraído e posicionado para estourar sua cabeça. Lilly sente o cano da .357 apontado diretamente para um local centímetros acima da têmpora, e sente o velho tremendo em seus braços. Ouve o coração fraco disparado — na verdade, consegue sentir a leve pulsação contra o dorso de seu polegar enquanto segura a ponta da faca na sua jugular. Ela sente os odores do velho — desodorante vencido, mau hálito, cecê e algo não identificado que parece álcool ou amônia — e lhe sente as engrenagens girando. *E agora? Como vamos agir em face desta interessante guinada nos acontecimentos?*

— Só pode ser sacanagem — diz Lilly enfim, quebrando o feitiço com a voz cheia de desdém. Ela reconhece um dos homens arriados atrás do canto da estação de enfermagem e se esforça para entender o que está havendo. — Seu hipócrita ridículo... você não tem vergonha.

O homem a quem ela se dirige — um fiapo magro e alto de chapéu fedora — lentamente se levanta de braços erguidos, em rendição. Desarmado, vestido com seu característico traje de caçador Banana Republic e calça cáqui de falso explorador, Cooper Steeves parece querer se enfiar num buraco e morrer. Seu enorme pomo de Adão sobe e desce enquanto ele engole a humilhação e a culpa. Ele franze os lábios, como quem procura pelas palavras certas, mas estas se mostram esquivas.

— Nossa... Lilly... você não sabe com o que está lidando aqui... confie em mim, isso não é...

— Confiar em você? *Confiar em você?* — Ela dá uma gargalhada maligna e venenosa. — Essa é muito boa.

— Senhora, se eu puder explicar. — A voz do velho ressoa em seu ouvido, como uma dobradiça enferrujada. — Este camarada Steeves não fez nada além de nos ajudar a encontrar cobaias dignas, com um mínimo de efeitos colaterais.

— Cale a boca, por favor. — Lilly aumenta a pressão da faca no pescoço do velho.

Quem fala agora é Bryce:

— Com todo respeito, posso acrescentar uma coisa a esta conjuntura? — Sua voz é fria, calma, quase serena, enquanto ele mantém o cano da Magnum .357 a centímetros da testa de Lilly. — Temos aqui uma espécie de destruição mutuamente garantida, então por que não vamos simplesmente todos baixar a bola um pouco? Que mal vai fazer conversar para resolver tudo?

— Você tem razão. — Assente Lilly, a própria voz tranquila e hipnótica como a do comandante. — Estamos todos na mesma posição, mas vou acabar com este velho com um simples movimento de pulso se alguém tentar alguma coisa. Mesmo que você dispare primeiro e me dê um tiro na cabeça, o corpo cairá nas garras da morte. Se não acredita em mim, pergunte por aí. Se atirar em mim, este velho escroto empacota, e tenho a sensação de que tem um trunfo por aqui, então me faça o favor de calar a merda da sua boca. — Ela se vira para a quarta figura ainda agachada atrás do balcão da enfermagem. — Mas, antes que você faça isso, diga a seu capanga para sair da toca e avise a ele para largar a arma.

Ninguém fala nada enquanto um soldado corpulento de meia-idade, com colete de Kevlar e uma bandana na cabeça careca e suada, levanta-se devagar e contorna timidamente a esquina do balcão, a M16 apontada para Tommy.

Lilly fica de olho no cano do revólver de Bryce, um buraco preto, redondo, pequeno e fatídico sugando toda a matéria para seu campo gravitacional, sem oscilar, apontado para o mesmíssimo ponto acima de sua têmpora. Ela umedece os lábios.

— Não estou vendo aquele fuzil baixar. Alguém pode me dizer por que não estou vendo aquele cavalheiro largar a arma?

— Senhora, deixe-me explicar uma coisa. — A voz de Bryce é firme como um diapasão. Um sujeito de idade indeterminada, ele tem fios grisalhos nas têmporas, a aparência bem cuidada e bronzeada de um general ou treinador de futebol profissional. — Na verdade, acho que vai ajudar a todos os envolvidos se todos pusermos as cartas na mesa, por assim dizer.

— Onde está Barbara Stern?

Bryce vira a cabeça de lado.

— E quem é Barbara Stern?

— A mulher, veio com as crianças, onde ela está? Está viva?

O velho fala, sua voz parece o ronronar de um gato no ouvido de Lilly.

— Ela está bem viva. Eu lhe garanto. Posso perguntar seu nome completo, Lilly?

Lilly solta um suspiro cansado.

— Não precisa saber meu nome completo.

— Posso concluir? — Bryce mantém o tom estudado, confiante, até mesmo ligeiramente deferente, como se fosse um diplomata propondo um acordo complexo. Lilly até percebe por trás dos olhos cinzentos o brilho de algo que se aproxima do respeito, talvez até da admiração.

— Estou ouvindo. — Ela olha para o outro lado da recepção, para o pequeno grupo de crianças cativas, os olhos ardendo de pavor, Tommy parado com a pistola automática HK na frente deles, feito um guarda real, o queixo rígido e empinado, como lhe é característico, o olhar cravado no revólver prateado de Bryce.

— Entendo sua posição, acredite, eu entendo — diz Bryce a ela, ainda o embaixador solícito. — Mas a triste realidade é que, se você fizer mal a esse indivíduo, teremos de destruir cada um dos seus, o que é extremamente desnecessário e até lamentável, creio que você vai concordar, em particular porque envolve as crianças, mas o caso é que hoje em dia nos encontramos em um ambiente hostil e as consequências recairão sobre você, então não tenho certeza se realmente quer se meter num problema em que fica agindo como se...

A voz de Tommy penetra o ar:

— ATIRE NELA E EU GARANTO QUE VOU FAZER VOCÊ VIRAR PENEIRA COM A PORRA DO...

— Tommy! — Lilly não se retrai, nem mesmo se mexe, não desloca o olhar nem um milímetro do cano da Magnum. — Calma! Agora ninguém vai atirar em ninguém. Só estamos batendo um papo. Tudo bem, amigos? Só aparando as arestas. Está bem? Não tem por que ficar nervoso.

— Exatamente, Lilly — resmunga o velho. — Se posso acrescentar, gostaria de oferecer algo mais que talvez você queira aparar.

Lilly mantém a faca no pescoço do homem e lhe diz para continuar falando.

— Minha boa senhora, não creio que você tenha entendido a importância do que fazemos nesta instalação, assim, no interesse da conveniência, bem como para evitar um futuro banho de sangue, permita-me esclarecer...

— Com licença — interrompe Lilly, a faca firme como uma linha de giz pela artéria central do velho. — Seja o que for, *não justifica* assassinato em massa, sequestro de crianças e Deus sabe o que mais.

— Entendo sua repulsa por nossos métodos de busca de cobaias...

— "Busca de cobaias"? Sério? É assim que chamamos agora?

— Senhora, nós chamamos de *se aproximar de uma vacina que basicamente salvará a humanidade.*

Lilly fica imóvel, no início sem dizer nada, permitindo que as palavras sejam lentamente registradas.

De início, o velho poderia muito bem ter dito "clonamos girafas e as transformamos em porcos-da-terra". Por um bom tempo, Lilly não consegue tração sobre todo o conceito de criar uma vacina contra a praga. Inicialmente, ela pensa ter ouvido mal. *Ele disse "vacina"? Ou disse "gasolina"?* Mas então ela percebe que toda a sala de recepção ficou imóvel e silenciosa, assombrada com as palavras simples, pronunciadas com tanta certeza despreocupada, e então ela entende.

— Está falando de uma vacina contra a praga — declara ela por fim, praticamente aos sussurros, o tom e o timbre da voz engrossando, baixando uma oitava. — Contra a praga dos errantes.

— É exatamente do que estou falando. — O velho reforça numa voz suave, cascalhenta, de lixa: um avô explicando gentilmente aos netos a necessidade infeliz de afogar os gatinhos. — Nos dias de hoje, é menos provável que as pessoas se apresentem voluntariamente para ensaios clínicos. É uma infelicidade, mas não podemos deixar que tal impedimento humano... embora compreensível... atrapalhe nossa descoberta iminente. Se não conseguimos convencer as cobaias a vir de boa vontade, nós as tomamos pelos meios necessários. É um custo lamentável do progresso.

Lilly sente as entranhas esfriando, ficando pegajosas como se uma lesma se arrastasse por dentro de seu estômago.

— Por que as crianças?

O velho respira fundo.

— Quanto mais jovem o objeto de estudo, mais puros são os glóbulos brancos do sangue. Os bebês pós-praga de agora são quase exclusivamente alimentados com leite materno. Esses jovens inocentes têm sistemas imunológicos para além de nossa compreensão. São como reatores nucleares. Seus leucócitos são mísseis guiados quando tratados com vírus, micróbios desconhecidos e bactérias estranhas.

— Diga-me a verdade — exige Lilly, olhando fixamente o cano de seis polegadas e aço inox pertencente ao sargento do exército Beau Bryce. — E não minta. Se eu perceber que você está mentido, vou abrir sua jugular. — Ela hesita. — Por acaso suas cobaias sobrevivem aos testes? Elas estão vivas?

O velho inspira mais uma vez, ofegante e laboriosamente, e com uma elegância grandiosa e teatral.

— Ai de mim... Algumas sim, outras não. Mais uma vez, este é o custo de se fazer a pesquisa que salvará os descendentes dessas pessoas. — Ele ofega aflitivamente. Lilly começa a se perguntar se este trapo de homem seria ele mesmo um terminal. — Acredite em mim, eu gostaria que as coisas fossem mais civilizadas, mais humanas — continua ele. — Tentamos manter nossas cobaias confortáveis com uma série de compostos para o sistema nervoso central que desenvolvi nos últimos anos usando a flora local, assim como o que restou nas farmácias abandonadas. Eu era da equipe de pesquisa de citicolina da Pfizer em minha vida pregressa. Meu nome, caso esteja se perguntando, é Nalls. Dr. Raymond Nalls, de Norfolk, Virgínia.

De repente uma revelação horrível esmurra a barriga de Lilly. Ela mal consegue pronunciar as palavras.

— Você está testando a vacina deixando que suas cobaias sejam mordidas. Não é isso? Este é seu suposto ensaio clínico. Não é isso? — Ela aguarda, mas o velho continua em silêncio. Ela pressiona o gume da faca no pescoço vincado, provocando um risco fino de sangue que escorre pelas dobras de seu pescoço. — NÃO É ISSO?!

Bryce se aproxima, perto o bastante para encostar o cano frio do revólver na têmpora de Lilly.

— Afaste-se ou vai rolar um banho de sangue aqui mesmo nesta sala de espera.

— FIQUE LONGE DELA!! — Tommy dá dois passos para o trio, erguendo a HK no nível dos olhos, o braço tremendo convulsivamente.

Aquilo faz com que o outro soldado, o da bandana e do Kevlar, aponte a M16, o dedo posicionado no gatilho, diretamente para Tommy Dupree. As crianças soltam gemidos e miados, recuam trôpegas, movendo-se como uma só, todas ainda segurando a corda. A pressão atmosférica na sala de espera parece aumentar, e as polaridades elétricas do medo e da fúria crepitam por trás dos olhos de Lilly, e ela vê o futuro possível no curso daquela única sinapse ativada em seu cérebro: se decidir cortar a garganta do velho, a recepção certamente vai explodir em fogo cruzado, cordite e fumaça, o imenso projétil de metal da .357 girando para seu cérebro, as fontes de sangue vital explodindo a toda ao redor numa névoa cor-de-rosa enquanto as luzes vacilam, aí Lilly vai desabar, a escuridão se fechando como uma cortina.

— ESPERE!

Ela avalia a área, todos os combatentes prestes a disparar, quando todos os olhos se voltam para ela. Sente o coração acelerar tão furiosamente que o peito dói com a respiração. Sua pulsação lateja nos ouvidos, secando a boca, enquanto todos esperam. Lilly respira fundo e escolhe as palavras com cuidado. Tem a sensação de que tudo que viveu nos anos da praga — talvez em toda a vida — levou-a àquele momento e, dali em diante, tudo será medido como Antes daquele Momento ou Depois daquele Momento.

Ela engole em seco e finalmente fala bem baixo:

— Vou fazer um acordo com você.

Mesmo ligeiramente, o velho vira a cabeça de lado. Lilly falou num tom alto o suficiente para ser ouvida por Bryce e os outros, mas evidentemente dirigiu a última declaração ao velho, o chefe, o líder. Sua orelha hirsuta, com tufos de pelo escuro e duro, praticamente se contorce. A voz dele é quase onírica.

— Desculpe, poderia repetir?

— Eu disse que vou fazer um acordo com você... uma oferta exclusiva e limitada. — Lilly sente o suor escorrendo pelas fendas da clavícula, entre os seios, descendo pela barriga. É como uma formiga lava-pés andando pela pele. Olha a face do velho e tenta em vão interpretar sua expressão.

Depois diz numa voz baixa e séria, as palavras mal são audíveis:

— Eu no lugar das crianças.

QUINZE

O velho vira a cabeça de leve, tem a expressão franzida de incompreensão.

— Com licença, desculpe-me... não estou entendendo. Você disse, "eu em troca das crianças"?

— É isso mesmo. Deixe as crianças irem embora, e você pode fazer o que quiser comigo.

O velho masca a face interna da bochecha e reflete.

— Perdoe-me pela falta de educação, mas com a escaramuça na rampa de estacionamento, bem como a rixa de hoje, você matou pelo menos meia dúzia de meu pessoal. E tenho certeza absoluta de que vamos encontrar a Sra. Callum, a enfermeira, assassinada naquele berçário improvisado. Há algum motivo para que eu deva confiar em você agora e levar sua proposta a sério?

Lilly concorda com a cabeça, ainda pressionando a faca nas dobras do pescoço dele.

— Não tocarei nem em um fio de cabelo de ninguém se deixar as crianças irem embora. Enfie tubos no meu rabo, pode me dissecar como sapo, me dar de comer aos mordedores. Tanto faz. As crianças vão embora. É só o que peço, e sou toda sua.

O velho reflete por um momento, sem falar nada, trincando os dentes ao raciocinar.

— Acha que o Steeves aqui é de alguma vantagem? — prossegue Lilly. — É sério, conheço praticamente cada sobrevivente daqui até a divisa com a Flórida. Vou ajudá-lo a conseguir cobaias, vou lhe contar tudo que precisa saber. Só deixe as crianças irem embora e você fica comigo. Ninguém mais de Woodbury vai te incomodar.

Agora o silêncio parece se cristalizar em volta deles, como se o ar em si estivesse conservado em formol enquanto o velho pondera aquela última guinada nos acontecimentos. A pausa torturante parece se estender por uma eternidade enquanto Lilly olha os rostos das crianças. Elas ainda não processaram a última evolução. Ainda parecem estupefatas e desconfiadas, com suas mãozinhas brancas agarradas à corda, o cabo salva-vidas imaginário, a conexão coaxial a um mundo mais generoso e gentil, onde professores de jardim de infância levam bandos de pirralhos de cara grudenta para o estacionamento da escola, onde as mamães-coruja esperam em seus utilitários com lanchinhos saudáveis. Tommy Dupree nega continuamente com a cabeça, mas não consegue invocar palavra alguma. Bethany Dupree encara o chão com a tristeza abatida de uma alma envelhecida, como se esperasse por algo assim o tempo todo. Uma única lágrima se prende à ponta do nariz, depois pinga no chão.

Enquanto isso, o velho arqueia a sobrancelha e diz ao Homem da Bandana:

— Lawrence, pode me dizer se ainda temos algum reagente primário na hematologia?

O Homem da Bandana pensa, ainda apontando a M16 para o garoto.

— Sim, acredito que sim. Ainda temos muito Anti-A, Anti-B... e acho que ainda temos uma tintura de Anti-AB.

O velho assente devagar, com o cuidado de não fazer nenhum movimento repentino que possa alarmar ou assustar a mulher que brande a faca.

— Muito bem, Lilly... vou precisar verificar uma coisa primeiro, se me for permitido... para concluir esta negociação com inteligência. Isto é aceitável para você?

Lilly dá de ombros.

— Faça o que tem de fazer.

Eles retiram uma amostra do sangue de Lilly. Não é o jeito mais prático de realizar o procedimento, mas de algum modo conseguem fazê-lo com rapidez, eficiência e o mínimo de estardalhaço. O Homem da Bandana faz as honras, disparando por um corredor adjacente enquanto Lilly ainda segura a faca no pescoço do velho. Minutos depois, o Homem da Bandana volta com kits de seringa, explicando o que precisa fazer, e Lilly diz a ele para colher sangue de sua perna. Ele assim procede, depois volta às pressas pelo labirinto de corredores laterais para dar seguimento à tarefa, deixando em sua esteira uma marola de silêncio.

Totalmente irritada com o propósito de toda aquela estranha diligência sendo realizada em si mesma, Lilly fica parada num silêncio canhestro enquanto eles aguardam, a recepção ainda encurralada em seu impasse mortal, o gume da faca ainda apertado no pescoço do velho emaciado, o cano do revólver de grosso calibre ainda apontado para o crânio de Lilly. A não ser pelo choro baixinho das crianças e pelo zumbido abafado de um gerador invisível, Lilly se vê notando pequenos detalhes perturbadores na recepção e nas pessoas ali. A única lâmpada sem cúpula pendurada da instalação quebrada no teto pisca intermitentemente e acende e apaga com a oscilação da corrente, conferindo ao ambiente um efeito um tanto alucinatório. Lilly nota uma imensa verruga na lateral do nariz lívido e ulceroso do velhote, bem como uma parte da tatuagem de mulher nua no braço esquerdo de Bryce, aparecendo pela manga arregaçada. O odor de fezes de bebê vaga pela sala de espera, como se comentasse os acontecimentos do dia. O braço de Lilly dói devido à pressão constante da faca no pescoço do velho.

Quem rompe o silêncio é Cooper Steeves. Ele está do outro lado da recepção, torcendo as mãos, o revólver ainda no coldre.

— Lilly, lamento que tenha chegado a isto, mas eu jamais quis...

— Alguém te pediu para falar? — interrompe Lilly.

— Eles iam pegar nosso pessoal de um jeito ou de outro, Lilly.
— Cale a boca, por favor.
— Tudo bem, já basta. — Bryce parecer estar perdendo a paciência. Bate o anel de selo na coronha da .357. — Vamos virar o disco, tá legal, já ouvimos o suficiente dessa merda.
— Posso fazer uma sugestão? — intromete-se o velho, a voz seca e rouca devido ao estresse de ter uma faca contra o ponto de pulsação no pescoço por tanto tempo. — Este procedimento pode levar dez ou quinze minutos e as crianças parecem exaustas. Posso sugerir que todos nos sentemos?

Lilly fala depois de uma breve pausa:
— Por que não?

Do outro lado da sala de espera, como se estivessem em alguma creche dos pesadelos, as crianças arriam no chão, a maioria ainda segurando a corda. Só Tommy e Bethany continuam de pé. A garotinha vem reprimindo o choro desde que o impasse começou, e agora simplesmente fica ali, mãos nos quadris, olhando fixamente o chão enquanto as lágrimas rolam pelo rosto. Ela não faz barulho algum. Do outro lado da sala de espera, de olhos fixos na carinha abaixada da menina, Lilly sente um aperto de emoção na barriga. Será aquela a última vez que ela verá suas crianças? Por isso a garotinha está chorando tanto? Será que ela pressente que é o fim de alguma era indefinida?

De súbito, Lilly puxa o velho para trás com a mão livre, a faca ainda posicionada.

Eles se sentam ao mesmo tempo, lado a lado, em um dos sofás de dois lugares perto de uma figueira de plástico tão peluda de poeira que parece feita de cimento. Bryce se recosta no balcão da enfermagem, baixando a .357 e soltando um suspiro que dá a impressão de que ele ficou entediado com toda aquela dissimulação e negociação chata. Atrás dele, Cooper Steeves continua de pé. Remexendo-se como um garoto que acaba de ser enviado à sala do diretor, parece que ele não sabe o que fazer com as mãos, recusando-se a olhar nos olhos das crianças. Apesar de sua roupa jovial, a culpa e a humilhação irradiam dele, como um cheiro azedo.

— De onde você é, Lilly? — pergunta Nalls, com a deferência despreocupada de um homem fazendo um recenseamento.
— Que diferença faz?
— Casada?
— Quem liga pra isso?
O velho suspira, soprando o ar pelos lábios.
— Estas não são perguntas capciosas, Lilly, só estou tentando conversar enquanto esperamos.
— E você é o que, meu *pretendente*? — ironiza Lilly, depois olha mais atentamente a lateral da cabeça grisalha e envelhecida. — Ouvi alguém te chamar de químico. Era o que você fazia na Pfizer?
— Exatamente. — Ele se senta mais ereto, apesar da gavinha de sangue no pescoço encarquilhado. — Descobri que a química é a base de tudo. Da vida, da morte, do amor, ódio, felicidade, tristeza, alegria e dor. A química liga as partículas atômicas do espaço e do tempo. É o fio que costura o universo, e é a química, Lilly, que por fim nos tirará dessa confusão.
— Tudo isso é muito emocionante. — Lilly fala isto mais para si que para qualquer outro. — Mas de que nos adianta toda essa bela poesia se...
O barulho de passos apressados interrompe sua linha de raciocínio e suas palavras.
O Homem da Bandana aparece pela esquina de um corredor adjacente com um rolo estreito de papel térmico enroscado na mão, a leitura impressa de algum aparelho de diagnóstico. Tem uma expressão estranha, os olhos arregalados de empolgação, os lábios bem apertados que mal contêm o êxtase. Ele se aproxima do velho com assombro e reverência no andar.
Sem mexer a cabeça, Nalls lança um olhar cheio de significado ao homem.
— E então...?
O Homem da Bandana apenas sorri e assente afirmativamente, como alguém que é notificado de uma promoção ou que fica sabendo que um tumor se revelou benigno.
O velho encara.

— Tem certeza disso?

O Homem da Bandana assente e abre um sorriso.

— Fiz o teste duas vezes. — Agora um sorriso largo. — Enfim temos uma.

Nalls pisca. Depois olha para Lilly, como quem se volta para um tigre albino. Ele se vira para Bryce e fala muito delicadamente:

— Liberte as crianças.

Eles deram a Lilly alguns segundos para se despedir. Deixaram que ela fizesse isso no patamar da escada do quinto andar, no final do corredor principal. Bryce e o Homem da Bandana observam a uma curta distância, as armas preparadas, enquanto as crianças se revezam para dar abraços desesperados e ensopados de lágrimas em Lilly, chorando em sua camisa de flanela.

— Não podemos deixar você aqui. — Bethany Dupree soluça, abraçando Lilly com tanta força que ela tem a impressão de que seus órgãos internos estão sendo comprimidos. — P-precisamos ficar juntos.

Ajoelhando-se, Lilly abraça a garotinha, acariciando sua nuca.

— Vocês precisam ir, meu amor. Vai ficar tudo bem. Eu vou ficar bem. Você e Tommy precisam cuidar do bebê.

A menina fita Lilly de baixo, com os olhos azuis marejados e enormes.

— Mas v-você mesma disse, vamos ficar juntos, sempre... sempre j-juntos.

— Eu sei... as coisas mudam. — Lilly a segura pelos ombros. — Olhe para mim. Você é forte. Precisa ir e proteger seu irmão.

A menina soluça. As outras crianças olham para baixo, algumas agora chorando tanto que seus pequenos pulmões dão trancos, como um motor afogado, estremecendo. O neném berra. Tommy segura o bebê, ninando-o com cuidado. Lilly se levanta e se dirige ao grupo.

— Vocês todos precisam ser fortes. Procurem por Norma. Ela está em algum lugar aí fora. Façam o que Tommy e Bethany mandarem, e vocês vão conseguir.

Tommy passa o bebê choroso para Bethany. Ele olha para Lilly.

— Eu não vou.

Lilly sente rachar a concha que envolve seu coração.

— Você precisa ir.

Os olhos de Tommy se enchem de lágrimas, mas ele continua a empinar o queixo de machão para ela.

— Nem fodendo, eu não vou. Vou ficar com você.

— Você precisa ir, Tommy. É o único que pode levar estas crianças de volta. — Ela o abraça, o corpo dele rígido enquanto ele contém as lágrimas. Ele sabe que precisa ir, e Lilly sabe que ele sabe. Ela o abraça forte. — Eu amo você.

Tommy desmorona em seus braços. Ele chora sem parar na curva do pescoço de Lilly, seus soluços subindo às vigas do corredor mal iluminado. O garoto chora tanto que os dois homens endurecidos que montam guarda atrás de Lilly viram a cara. Até Bryce volta os olhos para o chão.

Lilly tenta se concentrar, procura controlar as emoções. Ela precisa ser forte para aquele garoto bonito. Abraça o jovem durão e sussurra em seu ouvido.

— Tente encontrar o pátio de trens, fique perto dos trilhos, mantenha-se abaixado e vá o tempo todo para o sul. — Ela engole a tristeza e tenta abrir um sorriso. — Agora você é meu filho, Tommy. Tenho orgulho de você e sempre o amarei. Sempre. Sempre.

A tristeza de súbito invade e toma conta de Lilly. Ela deixa que as lágrimas venham e chora no ombro de Tommy. Chora com tal intensidade que sua garganta fica dolorida e rouca. As lágrimas encharcam a camisa do menino. Ela permite que a tempestade a invada.

Em seguida, se recompõe e gentilmente se desvencilha do garoto. Recua um passo e assente para Tommy.

— Está na hora de ir.

Lilly não suporta ver as crianças partindo. Vira o rosto enquanto Tommy e Bethany lideram a turma de crianças abaladas e chorosas pelas portas de saída de emergência, descendo a escada. Os ecos espectrais dos berros do bebê ricocheteiam pelo espaço fechado de cimento.

Olhando fixamente o piso de taco decrépito e torto do corredor do hospital, Lilly ouve os passos arrastados e mínimos reverberando na escada, desaparecendo à medida que as crianças descem com relutância os degraus de ferro. Ela se sente tonta. Seu nariz está escorrendo, e ela limpa o muco e as lágrimas salgadas.

Instantes depois, os passos leves silenciam. Um guincho distante em algum lugar no labirinto de andares inferiores, seguido por um tinido de metal, indica que as crianças partiram do prédio. O som é um dobre de finados, uma estaca enfiando-se no coração de Lilly. Ela engole a angústia e a tristeza. Então diz a si mesma — faz um juramento — de que verá as crianças novamente ou morrerá tentando. Ela está pensando nisso quando ouve a voz áspera de barítono de Bryce bem à esquerda.

— OK... estamos bem?

Lilly ergue os olhos.

— Eu não diria exatamente isso.

— Mas acabamos, não é? Cumprimos nossa parte no acordo?

Lilly dá de ombros.

— É, acho que se pode dizer que sim.

— Ótimo.

Lilly só vê o punho fechado vindo em sua direção quando já é tarde demais para se fazer alguma coisa: Bryce a acerta em cheio entre os olhos com uma força enorme, pouco acima da ponte do nariz, um murro experiente com um giro de braço feito para mandar seu destinatário para o tatame. O efeito é semelhante ao *fade out* em um filme, Lilly perdendo a consciência bem antes do momento em que o chão se eleva para encontrar a lateral de sua cabeça com um baque audível.

PARTE 4

Talvez Sonhar

Para que bebam e tremam, e enlouqueçam, por
causa da espada, que eu enviarei entre eles.
— Jeremias 25:16

DEZESSEIS

...flutuando...

...sem forma, sem propósito, sem memória, sem identidade, deslizando por uma colcha de retalhos de terra arrasada, campos agrícolas enegrecidos e flagelados, regatos e rios correndo vermelhos e sujos e a multiplicidade de almas em frangalhos, nuas, mofadas, vagando sem rumo, larvas sobre a terra...

...nos ventos da atmosfera superior ela abre a boca para gritar e não sai nada...

...mais tarde...

...correndo, correndo...

...por uma estrada asfaltada e sinuosa, atravessando a entrada de uma ponte, os braços girando loucamente, a respiração agitada num ofegar entrecortado, ela corre pelo assoalho estreito, sem equilíbrio, aquela dorzinha na lateral do corpo, a visão turva...

...ela consegue olhar para trás e vê a horda em seu rastro, mil deles, espremendo-se naquela passagem estreita da ponte, todos aqueles olhos leitosos fixados nela, braços paralisados estendendo-se para ela, todos aqueles lábios apodrecidos articulando em volta de dentes viscosos, espicaçando-a a continuar, mais rápido, mais rápido para o outro lado, para a liberdade...

...de súbito a ponte desmorona, e ela cai pela bocarra...

...a gravidade a clama...

...em queda livre pelo espaço, soltando um grito mudo, mergulhando para...

...casa...

...enfim...

... ela está em casa, em seu pequeno apartamento na Delaney Street, em seu quarto...

No início, não ocorre a ela que há algo estranho acontecendo ali — é de manhã, é um dia útil, o relógio diz 6h31 da manhã, e o secador de cabelo onipresente de Megan está entoando no banheiro ao final do corredor. Tudo está bem.

Ela respira fundo, arrasta-se da cama e anda pelo quarto até o armário.

Vasculha as roupas, procurando por alguma coisa limpa para vestir e ir trabalhar. Escolhe um colete de macramê para usar por cima de um sutiã cor da pele. Depois vêm os jeans rasgados, a bainha enrolada por cima das botas de camurça de cano alto. Ela se lembra que hoje tem uma reunião entre todos os departamentos da loja e quer representar com estilo seu canto de acessórios e bolsas.

Enquanto se veste, o quarto começa a sangrar. No início sutil, silencioso, pouco além dos limites de sua visão periférica, o fluido vermelho-escuro começa a vazar de rachaduras e frestas no reboco pelas beiras do teto, escorrendo em filetes finos como lágrimas vertidas da superfície do papel de parede rosa-claro. Ela olha o sangue que começa a acumular no carpete pelo rodapé.

Tomada de vergonha, mortificada, frenética de medo de que alguém veja a bagunça e a culpe por isso, ela procura nas gavetas algo para absorver as evidências. Encontra o vestido do enterro da mãe — o vestido azul-marinho, aquele com presilhas nas costas. Ela o pega, coloca-se de quatro e tenta limpar o sangue. Mas é inútil. O vestido não é nada absorvente, e o sangue parece tinta a óleo.

Alguém deixou a TV ligada ao fundo, um âncora tagarela sobre os relatos cada vez mais perturbadores de uma nova pandemia que se espalha pela Terra. Aí entra um comercial estranho. No início ela apenas ouve uma voz, enquanto continua a limpar o sangue furiosamente: *"Garanto que faremos o máximo para que este processo seja o mais indolor possível."* Indolor?

Ela olha para trás. Na tela de 12 polegadas da TV, vê a imagem indistinta de um velho usando máscara branca e estéril, os olhos cinzentos e empapuçados olhando para a câmera. Mas que novela ridícula é essa? *General Hospital? The Young and the Institutionalized?* O homem olha para nós, os espectadores, enquanto fala: *"Você vai sentir uma leve picada, Lilly, depois uma sensação fria no braço, mas as duas coisas são normais."*

O velho mexe em alguma coisa fora da tela, sua máscara cobrindo a maior parte das feições enrugadas e coriáceas. A voz é perturbadoramente familiar a Lilly e provoca arrepios por suas costas quando ela ouve seu nome falado por trás da máscara. *"Pronto, assim está bom, Lilly... perfeito. Como uma boa paciente. Cada coleta vai levar mais ou menos uma hora, mas a essa altura esses detalhes não a devem preocupar."*

Lilly se levanta, vai intempestivamente à cômoda e desliga a televisão.

Depois ela está em outro lugar. Está em um túnel que se estende para as sombras à frente, um canal estreito de pedra leprosa e madeira mofada emoldurando estalactites de depósitos de cálcio e antigas luminárias penduradas, bruxuleando e piscando a intervalos irregulares. Ela caminha com cautela. Sente o hálito de monstros na nuca. Tem na mão um sorvete de casquinha que está derretendo. O líquido branco e pegajoso escorre por seu pulso, pinga no chão do túnel.

Ela para. Sua pele se arrepia. No reflexo do sorvete derretido, ela vê a silhueta espectral e desbotada do velho com sua máscara estéril — ela supõe que seja um médico — que continua a falar com ela: *"Tomei a liberdade de administrar um agente ansiolítico em sua corrente sanguínea que não só vai atenuar a dor, mas praticamente fará com que o passar do tempo seja irrelevante."* Lilly se retrai, afasta-se da poça num solavanco, assustada, deixando cair a casquinha de doce encharcada, enquanto a voz nasalada atrás da máscara continua. *"Talvez você até ache estranhamente agradável e pode inclusive sonhar. Seus sonhos podem ser nítidos."*

Uma voz conhecida soa ao lado dela. "Você está bem?"

"O quê?" Ela se vira e encara olhos caídos de sabujo de Bob Stookey. Ele está de pé ao lado dela, o corpo branco como marfim. "Eu estou bem", diz ela. "Por quê?"

"Você deu um pulo."

"Eu dei?"

Bob franze a testa. "Tomou alguma coisa? Tomou aquele último comprimido de ácido?"

Lilly se afasta dele de costas. Ele deveria estar morto. Algo sobe borbulhando dentro de Lilly, algo incipiente e apavorante. Ela sente os tendões do mundo se esticando ao ponto de ruptura. Sua visão fica turva.

Ela cambaleia ainda mais para dentro do túnel, depois está em outro lugar.

As cabanas das mulheres no fundo do acampamento Kennesaw Sleepaway — onde ela passou os verões em seus anos de ensino fundamental — agora estão desertas e arruinadas, muitos dos beliches virados, as paredes de pinho nodoso verdes de mofo, o chão tomado de ossos humanos. Lilly tenta sair pela porta, mas descobre que está trancada. Ela olha por uma janela.

A paisagem está dizimada, um descampado árido de árvores sem folhas e terra queimada. Parece a superfície de um planeta morto.

Lilly se senta na frente da janela e espera que o pai vá buscá-la.

Passam-se semanas. Meses. Talvez anos. Para Lilly, parece que ela esteve sentada diante daquela janela durante a maior parte da vida. Parece que as solas dos pés se misturaram às tábuas do piso, como as raízes obstinadas de uma árvore. Ela não consegue se mexer.

E então, de súbito, ela está em outro lugar. De volta ao apartamento de Megan, na sala de estar, no sofá, assistindo a *The Young and the Restless* na televisão, quando um trovão chocalha as fundações e estremece pelo céu. Ela fica de pé num sobressalto, corre pela sala e sai pela porta da frente. É recebida pela luz verde e pela eletricidade estática de uma tempestade que açoita sua cara com chuvisco e ventos úmidos.

O bairro oscila à luz embaçada e raiada de aquarela. A imensa janela do sótão que se eleva do telhado da frente do prédio tem um cata-vento de ferro batido em seu ápice, que agora gira loucamente nas rajadas de vento. As copas das árvores se agitam enquanto Lilly corre pelo pátio até onde seu carro estava estacionado um instante atrás, mas agora desapareceu.

Ela ouve uma voz fantasmagórica: *"Mais um dia, mais uma colheita. E você continua muito corajosa. Está se saindo muito bem, Lilly. Tenho muito orgulho de você. Só continue a relaxar e sonhar, e colheremos mais 250 cc de seu sangue extraordinário."*

Seu carro está no final do quarteirão, um pequeno Volkswagen Jetta ônix. Ela corre para ele, mas tem de parar abruptamente na margem do pátio, olhando a poça que se espalha pela sarjeta, a chuva fria lhe dando alfinetadas.

Ela enxuga os olhos, pisca e olha a superfície oleosa da poça.

A cara espectral, pálida como uma bruma de leite no café, parcialmente encoberta por aquela máscara estéril de algodão branco, ondula ao se dirigir a ela: *"Sabia que você é a doadora estelar daqui? Que veias lindas você tem. Hoje vamos colher mais 500 cc de sangue integral e até reservaremos umas plaquetas por garantia. Não há como saber quantas vidas você estará salvando, Lilly. Você deveria estar muito, mas muito, muito orgulhosa."*

O espectro tira a máscara e revela as bochechas encovadas e cadavéricas e o sorriso amarelado do Dr. Raymond Nalls, ex-morador de Norfolk, na Virgínia. Em seu sorriso decomposto e corroído, Lilly vê uma pandemia inteira, o fim dos tempos, o mundo chegando a um fim — sua memória refluindo quando um raio desce e a atinge entre as omoplatas.

Suas pálpebras se abrem de repente. As pupilas se dilatam. O cheiro forte de amônia enche as narinas. Ela não consegue engolir, mal consegue puxar o ar. Algum peso a empurra para baixo, algo invisível agachado em seu peito. Tudo em volta dela são impressões de luz fraca, superfícies claras e desenhos retangulares. Ela pisca e tenta se mexer. O corpo parece envolto em cimento. Ela pisca um pouco mais e percebe que está encarando um teto, os desenhos retangulares se revelam antigas chapas de cortiça, tão velhas que a cor original desbotou do marfim para o cinza fuligem.

Passa-se algum tempo até ela notar que está deitada de costas em uma espécie de maca, engolfada no fedor de desinfetante e inidentificáveis substâncias químicas ácidas. Sua garganta está ressecada. Ela percebe que tem tanta sede que mal consegue engolir. Mas agora se concentra em se mexer. Descobre que a essa altura é ambição demais se sentar. Mexer a cabeça pode ser o melhor a fazer. Mas, quando ela tenta virar o rosto para a esquerda, encontra uma paralisia alarmante. Parece que alguém enterrou um cravo de ferrovia no meio de seu crânio, entrando pela coluna.

E de repente tudo isso lhe parece hilariante. A ideia de ter uma lança de metal enterrada em seu âmago lhe parece tão ridícula — na verdade, cômica — que ela solta uma gargalhada entrecortada que se mistura aos ruídos estranhos registrados aos poucos por seu mesencéfalo. Se ela pelo menos encontrasse um pouco d'água, talvez conseguisse raciocinar. Tem tanta sede que não consegue pensar direito.

Os ruídos se intensificam. Ela esteve ouvindo os sons desde que voltou à consciência naquele ambiente absurdo com seus odores bolorentos e as chapas idiotas do teto. De início, o clamor parecia existir em algum universo remoto a anos-luz dali, irrelevante, um ruído branco que não tinha propósito nem determinava sua situação atual. Aos poucos, porém, o ruído foi sendo registrado antes mesmo que ela conseguisse identificá-lo, dedilhando algum nervo auditivo bem no fundo e enviando sinais de alerta ao cérebro. A cacofonia distante vem de trás de uma porta ou parede, os tiros abafados, gritos e estrondos praticamente tragados pelo zunido inconfundível de errantes.

Errantes.

A palavra penetra por sua consciência com um poder impressionante, enchendo o cérebro de imagens e lembranças semiformadas que vacilam, estouram e a fazem rir. Mas a risadinha que sai dela é quebradiça e histérica aos próprios ouvidos. Não há nada engraçado nas associações que agora se desenrolam em sua mente depois daquela palavra. Ela se lembra de onde está, a praga, a luta para sobreviver, a perda do pai, Megan, Josh, Austin, as crianças, e o mundo se apagando como uma enorme chama de vela com sua cera escorrendo. Megan já morreu há quase três anos. E então Lilly se lembra do sequestro. Ela se lembra de acabar nas ruínas do Atlanta Medical Center algum tempo atrás — dias, semanas, meses — e agora percebe que ainda está dentro daquele edifício arruinado.

Lilly consegue vencer a paralisia e rola alguns centímetros até cair pela beira da maca.

Bate com força no chão, um tubo preso em seu pulso puxando-a dolorosamente, o ar arrancado dela, uma estrela cadente cortando sua visão. A sala gira. Ela tenta se sentar, esforça-se para virar a cabeça, procura apreender o restante do cômodo e deduzir onde diabos está, mas o corpo não colabora. A sensação — o jeito como todo seu ser parece um tronco oco — a faz rir sem parar. Ela olha o tubo sujo de sangue seco preso a seu pulso e ri, e gargalha como se fosse uma grande pegadinha.

E então, pelo canto do olho, vê um bebedouro a cerca de 3 metros, quase vazio, um restinho de líquido no fundo. Ela se arrasta para lá. O garrafão de vidro invertido está quebrado, mas ainda restam 2 litros de líquido no gargalo. Ela consegue pôr a mão na torneira, levantando-a o suficiente para colocar a boca no esguicho. Um pouco de água morna escorre por ali, e ela engole com avidez, depois desmorona.

Deitada por um momento, acabada, exausta, olhando aquelas chapas do teto, quase paralisada, ela ouve de novo os barulhos vindo de fora da sala — um coro de ruídos aquosos e estalados, disparos distantes, vozes frenéticas aos gritos. E mesmo antes que identifique a origem desses sons, Lilly Caul intui — apesar de suas condições comprometidas — os perigos que em geral espreitam tumultos do tipo. Aquela intuição provoca ondas de arrepios por seus braços e pernas. Tudo isso parece duplamente irônico e hilariante, agora que ela percebe que esteve sonhando ou alucinando toda a experiência de Marietta e que na realidade não está em casa, a praga é real e ela está... ela está... onde ela está?

Ela consegue rolar de lado e levantar a cabeça o suficiente para examinar mais atentamente a sala.

No início, parece um escritório ou os aposentos particulares de alguém dentro do hospital. As paredes de concreto pintado têm quadros de avisos repletos de bilhetes escritos a mão, equações químicas e diagramas enigmáticos. Aqui e ali estão penduradas litografias emolduradas de pinturas impressionistas francesas. Ela vê a intravenosa curva se estender no piso ao seu lado, a poça do próprio sangue, o saco de soro vazio, amassado e murcho como uma ameixa seca. Vê seringas e folhas enroscadas de impressos térmicos e manchas pegajosas pelo chão. Vê uma antiga vitrola encostada numa parede, seu braço pendurado de lado e a tampa aberta, o som de um antigo disco de 78 rotações girando no final de seus sulcos, como um pequeno animal ofegante: *fussssssshhhh-uáp! Fussssssshhhh-uáp! Fussssssshhhh-uáp!* O barulho, bem como seu caráter absurdo, faz com que ela volte a rir, o riso tão profundo que ela abraça o próprio corpo, passando os braços em torno da barriga, como se estivesse prestes a explodir.

Ela olha para baixo e vê na pele evidências escritas de que ela esteve naquele cômodo, provavelmente drogada, provavelmente comatosa, por muito, muito tempo. Incontáveis marcas de agulha perfuram o braço acima da entrada intravenosa que ainda está pendurada no pulso esquerdo, o tubo se enroscando e formando espirais pelo chão. Ela veste uma camisola de hospital surrada, nua por baixo, está descalça. Sua pele tem a cor de cola para papel de parede, em certos lugares azulada e lívida, esticada pelas angulações de seus ossos e articulações. Ela está tão emaciada e desnutrida que parece uma daquelas fotos de prisioneiros de guerra libertados de suas celas úmidas, a simples luz do dia um tormento para eles, fazendo-os se encolher — tudo isso faz com que Lilly solte mais uma gargalhada inadequada, histérica e desprovida humor.

Fussssssshhhh-uáp! Fussssssshhhh-uáp! Fussssssshhhh-uáp!

Ela faz uma nova tentativa de se sentar, e, daquela vez, consegue. A vertigem a domina. Ela arranca o tubo intravenoso do pulso, provocando uma pontada de dor aguda no braço. Mas não resta nenhum sangue, o tubo está completamente vazio. Ela ri um pouco mais. Seu coração dispara. O coro profano de rosnados, gritos e tiros do outro lado da porta se eleva e se intensifica, o enxame de errantes chegando mais perto. Ela vira a cara para o lado oposto da porta e vomita ruidosamente.

O conteúdo de seu estômago espuma para fora, um amarelo vivo, nada além de bile, espirrando no ladrilho do piso, ensopando sacos vazios de glicose. Ela sente ânsias ruidosas de vômito até que nada além de filetes delicados de baba formam alças de seu lábio inferior, o que desperta mais risos dopados. Com a voz rouca por causa da tensão e da desidratação, ela ri e geme ao mesmo tempo. Parece o uivo de uma hiena. Ela cai de lado, ainda estremecendo.

Fusssssshhhh-uáp! Fusssssshhhh-uáp! Fusssssshhhh-uáp! Fusssssshhhh-uáp! Fusssssshhhh-uáp! Fusssssshhhh-uáp!

Seu corpo fica imóvel enquanto ela ouve o caos se aproximar da porta.

A porta.

Ela olha para cima. Parece que a cabeça pesa 50 quilos. Não consegue enxergar a porta. Seu corpo vibra, a visão oscila, dupla, os olhos estão secos e dilatados, o coração martela com arritmia.

Ela nunca esteve tão drogada. Nem mesmo nas farras mais loucas com Megan — nem naquela noite em que se esqueceu de quantos comprimidos de êxtase tinha tomado e ficou vagando pelo Cavern Club com a saia pelos tornozelos —, ela nunca esteve *tão* alterada. Sente-se febril, ainda assim treme com arrepios doentios. De soslaio, vê artefatos brancos e brilhantes enquanto procura pela porta.

Enfim ela a vê, uma tábua de carvalho envernizada com uma alça de metal em vez de maçaneta, bem fechada e trancada, a cerca de 5 metros. Ela engatinha para lá.

Leva vários minutos de agonia para chegar à porta — ou talvez horas, é difícil saber em seu estado atual —, mas, quando finalmente a alcança, ela se levanta, trôpega, as pernas inseguras, segurando-se na alça para se firmar. A porta está trancada, presumivelmente por fora. Ela solta um suspiro.

— Porrrrrrra... porrrrrra... porra.

A própria voz a assusta; um ofegar cascalhento e monótono, a voz de alguém que não fala há séculos. As palavras são arrastadas, o efeito do que quer que a esteja deixando inebriada. Ela se vira e avalia o ambiente mais uma vez. Vê a bagunça em uma mesa próxima, pilhas de planilhas, documentos e impressos de computador. Faz menção de ir à mesa. Tropeça nos próprios pés.

Cai de cara e solta outra gargalhada inadequada de hiena. Luta para levantar. Cambaleia. Concentra-se em colocar um pé na frente do outro. Arrasta-se para a mesa e folheia os documentos.

Do lado de fora da porta, um tiro a assusta quando ela descobre um bilhete de um tal Dr. Raymond Nalls. Diz respeito a algo que ele chama de "o contratempo do enxerto recente de tecido reanimado" e é dirigido a alguém de nome coronel Wrightman, e aquilo provoca uma nova onda de reconhecimento horrendo da parte de Lilly, como uma interferência de rádio estalando em seu cérebro, as lembranças recentes de seu pacto faustiano com o velho químico retornando numa respiração convulsiva.

O caos do lado de fora se aproxima, e Lilly folheia outros documentos.

Ela encontra anotações num diário relacionadas a COBAIAS EXPERIMENTAIS (V) e COBAIAS EXPERIMENTAIS (M) e por meio segundo se pergunta o que significam as letras, até perceber com um calafrio de nojo que as letras se referem a cobaias "vivas" e "mortas". Mas o que a fisga e a faz ficar imóvel com uma fúria mal contida é uma série de anotações com que ela se depara por acaso, relacionadas a "crianças das cidades rurais". A anotação escrita às pressas foi feita pela mesma mão confusa de um velho médico acostumado a escrever receitas que só os farmacêuticos conseguem ler:

> É uma infelicidade que a maioria vá perecer durante os ensaios, porém afligir-se com questões banais, como perder algumas crianças, é semelhante a um artista preocupado em matar alguns pés de linho para fazer seu óleo de linhaça. Es-

tamos envolvidos em um chamado mais elevado que salvar alguns pirralhos catarrentos coletados em terras distantes. Embarcamos na maior missão conhecida do homem, a saber, salvar o mundo.

Lilly explode em risos ensandecidos quando arranca a página do caderno e a atira pelo quarto. Ela ouve passos do outro lado da porta. Empurra as pilhas de documentos da mesa, papéis e impressos flutuando para todos os lados. Ela cambaleia para a janela, resmungando com raiva, como uma bêbada, "Ele se acha Deus, não é? Ele acha que vai..."

Atrás dela, a porta se abre de chofre, deixando entrar um turbilhão de barulho, luz fluorescente oscilante e um ambiente antes recluso agora virado pelo avesso.

O químico velho atira-se para dentro da sala com um bando de mortos-vivos em seu encalço, os errantes tomando o corredor estreito atrás dele. O jaleco de laboratório do doutor está ensopado de sangue, manchado da bainha à gola, seu rosto brilha da transpiração, os olhos reluzem de pavor. Está agarrado a uma pasta de couro, como se sua vida dependesse dela. Atrás do homem, um cadáver apodrecido e reanimado, de colete de Kevlar, cinturão de balas e cara branca e pastosa atira-se para ele, arranhando o ar.

O químico bate a porta no braço do errante. Lilly corre para o lado do velho e ajuda a empurrar a porta contra os dedos contorcidos e cerrados do errante. A carne da mão está mofada, agora parece uma casca queimada, e tem cheiro de cripta. Um anel de sinete com uma pedra vermelha ainda enfeita um dos dedos horrendos. Lilly e o químico colocam seu peso na porta, pressionando com a maior força que podem contra o braço teimoso. Só por um instante Lilly espia pelo vão estreito do batente e tem um vislumbre fugaz do rosto do errante.

As feições estreitas e ossudas do primeiro sargento Beau Bryce são quase irreconhecíveis — exangues e pútridas dos primeiros estágios da decomposição —, os olhos cinzentos e perspicazes agora reduzidos aos globos brancos, vazios e mortos de uma criatura anfíbia saída do pântano.

De súbito a mão se engancha na camisola de Lilly, junta o tecido, começa a puxá-la para a frente. Ela empurra a porta com uma força cada vez maior. Ela grita, berra, vocifera palavrões desarticulados que se deterioram em risos dopados. O químico coloca o ombro ossudo contra a porta e empurra com a força que pode, e, por fim, a pressão conjunta da dupla leva à ruptura da cartilagem dura e dos tendões do braço morto, desmembrando o errante abaixo do cotovelo.

A porta se fecha com um estrondo, e Lilly recua de costas, agora gargalhando histericamente ao perceber que a mão ainda está agarrada a sua roupa, cravada no tecido com uma pressão alarmante, considerando que o braço não está mais preso ao corpo. Ela bate no membro como se fosse um inseto ou um rato. O químico tenta ajudá-la, batendo na coisa.

Por fim, Lilly arranca os dedos mortos do tecido e joga o apêndice pelo cômodo. A coisa bate na parede, os dedos ainda se abrindo e fechando. Vai parar no chão, fica imóvel, morrendo como um brinquedo a pilha que fica sem energia. Lilly olha fixamente por um momento, o riso diminui. Ela passa a mão pelo tecido do jaleco com uma espécie de assombro amargo, os calafrios crescendo dentro de si, criando novas ondas de arrepios por sua pele.

O velho passa o braço por ela, falando em voz baixa.

— Você está bem?

Lilly o encara, não fala nada, ri um pouco e lhe dá um tapa na cara. Com força. As costas da mão bem em cheio. O impacto quase derruba o velho químico frágil. Ele deixa cair a pasta e cambaleia por um momento, ofegante, perplexo, passando a mão no rosto. Depois seus olhos escurecem, e ele avança para ela.

Os dois se atracam, desajeitados, presos num abraço violento, Lilly recuando para a parede.

Ela tenta lhe atingir os olhos. Não é planejado, é espontâneo, primitivo em sua selvageria. Suas unhas estão compridas e não foram cortadas, mas infelizmente ela não consegue causar muita dor nem danos porque o velho consegue segurar seus pulsos. Ele a empurra na parede.

Eles batem no reboco, a força do impacto tirando o fôlego de Lilly. Ela ofega e gira o corpo, fugindo do velho, antes que ele consiga atingi-la. Acidentalmente, ele soca a parede, bem onde há milissegundos estava o rosto dela. O barulho dos nós dos dedos estalando é de algo triturando, leve e nauseante, como aipo se quebrando, e de imediato ele se recurva em agonia, segurando a mão. Solta um grito abafado e corrompido pelo choque e pela dor, a voz parece o guincho de uma dobradiça enferrujada. Ele começa a dizer alguma coisa quando o joelho de Lilly sobe e o atinge no queixo.

O químico cambaleia para trás por um momento, tropeça nos próprios pés e cai sobre o traseiro ossudo. Lilly chuta suas costelas. Ele arqueja e grita de novo, rola pela sala. Lilly solta uma gargalhada psicótica enquanto o segue, chutando sem parar, provocando gritos torturados e súplicas desarticuladas.

— P-pare!... Você enlouqueceu?! — O velho se encolhe junto à parede e cobre a cabeça. Parece que está chorando, mas sai distorcido como a gravação deturpada de um choro. — P-por favor... eu imploro... por favor, pare... você vai me matar... e... e... isto não é... de seu interesse!

Lilly para, respirando com dificuldade, os risos cedendo pela última vez: nada como uma boa surra para deixar uma pessoa sóbria. Ela para acima do velho, punhos cerrados, o traseiro exposto na parte de trás da camisola. Do lado de fora, os mortos roçam as paredes, o fedor de carne podre agora é tão forte que invade o cômodo. Parece o fundo de uma latrina no auge do verão. Lilly prende a respiração. A voz sai monótona e fria:

— Que bem pode me fazer deixar seu traseiro lamentável por aí?

O velho reúne energia antes de responder, esforçando-se para se sentar contra a parede. Consegue fazer isso, o rosto com rugas fundas espremido numa dor torturante, os lábios cor de fígado sangrando, a respiração ofegante entrecortada de tristeza. Ele limpa o sangue da boca antes de falar:

— Eu não culpo você.

— Há quanto tempo estou aqui, drogada, sendo ordenhada como uma vaca? — Ela o olha de cima, com severidade, as mãos nos quadris.

Um baque alto do outro lado da porta indica que o enxame aumenta, se intensifica. Aquilo assusta o velho. O coro gutural de gemidos e rosnados ecoa nos corredores. Mais errantes fazem pressão na porta.

O químico velho a encara com olhos remotos, injetados e arriados.

— Já faz... talvez um mês.

Um maçarico de fúria brota dentro de Lilly.

— Me dê um motivo para permitir que continue respirando.

Ele olha nos olhos dela, sem se desviar, nem recuar.

— Porque eu tenho as fórmulas, todo o trabalho que fizemos aqui. — Ele aponta um dedo torto e paralisado para a pasta de couro no chão, do outro lado da sala. — Não deixe que isto seja em vão.

Ela não diz nada. Examina a pasta de couro no chão. É uma pasta barata de 22 por 30 centímetros — talvez imitação de couro — e que certamente já viu dias melhores. Com cor da lama descorada pelo sol, brilhando nos cantos pelo uso, as costuras se arrebentando de ficar entupida de documentos, a coisa parece ter passado mil vezes por uma lavadora e secadora industrial. Ela olha, pensando, até que o barulho de vidro quebrado no corredor a arranca do encanto. Os estrondos se elevam acima do zunido das cordas vocais mortas, algo desmorona.

O velho respira fundo.

— Lilly, agora me escute. Estávamos muito perto de uma descoberta antes de esta instalação cair. Aconteceu rápido demais, algumas brechas na porta da área de carga e outras sendo tomadas por dentro. Mas o trabalho deve continuar. Entende o que estou lhe dizendo?

Ainda nenhuma resposta de Lilly. Ela está ocupada demais raciocinando, ouvindo a maré crescente de mortos-vivos do lado de fora.

— Sabe a quem temos de agradecer por nosso progresso nas últimas semanas, Lilly? — O velho treme de emoção. — Temos de agradecer a *você*. Seu sangue, Lilly... tipo O negativo... o doador universal. Quer você goste disso ou não, agora você está inextricavelmente ligada a nossa pesquisa. Não jogue tudo isso fora. Junte-se a mim, Lilly, e vamos sair daqui juntos. O que você me diz?

Ainda nenhuma resposta.

Ela está pensando.

DEZESSETE

Eles decidem se trancar no quarto com uma barricada. Ouvem os arranhões e grunhidos gordurosos do lado de fora enquanto arrastam uma estante pesada pelo chão, encostando-a à porta. A horda agora inundou o quinto andar, o hospital está inteiramente entregue aos mortos. Lilly pega uma cadeira e calça as prateleiras, alojando-a por baixo da maçaneta. Ela vê as vibrações mínimas nas dobradiças da porta à medida que um número cada vez maior de mortos faz pressão ali.

— Eles sentem nosso cheiro — sussurra Lilly, de forma seca e rouca, enquanto se afasta da porta que treme. Suas pernas ainda parecem fracas e bambas, mas estão melhorando. — Não podemos ficar aqui muito tempo.

— Não temos alternativa. — Nalls se afasta da porta, agarrado à pasta de couro gasta, como se fosse um salva-vidas.

Lilly observa a sala. O piso é frio nos pés descalços, e ela ainda está naquela fase tonta e enjoada pós-medicação, mas pelo menos consegue ficar de pé sem cair. Necessita pensar. O cérebro se agita, a orientação ainda lhe escapa. Ela olha a janela, depois o velho.

— O que é esta sala? Onde estamos?

O químico abre um sorriso tristonho.

— Um pedacinho do lar, na verdade, um lugar onde posso pensar e trabalhar em paz. — Ele a olha. — Achei que seria mais seguro para você aqui. Alguns homens, eles... — Ele cala-se e baixa os olhos para o chão. — Eu só achei que seria mais seguro.

— Mas que merda você me deu, me deixando alucinada por tanto tempo desse jeito?

Ele suspira e agarra a pasta.

— É um composto projetado por mim, usado principalmente para manter os soldados dóceis e obedientes à noite.

— Não me interessa quem projetou, só me diga o que é e como tiro do meu organismo.

— É feito de uma planta, acredite se quiser. *Turnera diffusa*... mais conhecida como damiana. Cresce profusamente aqui, no extremo Sul. Me disseram que nas ruas se chama Nightshade.

— Quanto tempo dura o efeito?

O velho franze os lábios.

— Tenho de admitir que a meia-vida é longa. Mas depois de mais ou menos uma hora, a maioria das propriedades psicotrópicas vai diminuir.

Lilly olha os braços murchos, a constelação de marcas vermelhas dos vários tubos intravenosos que lhe foram administrados, sinais da colheita implacável de sangue. Sua cabeça martela. Ela não consegue respirar plenamente, e o corpo ainda parece pesar uma tonelada.

— Quanto sangue você tirou de mim, aliás?

— Fomos muito cuidadosos, eu lhe garanto. Mantivemos você nutrida com glicose, eletrólitos, nutrientes, aminoácidos. Nunca houve nenhum...

— Quanto *exatamente*?

O químico baixa os olhos.

— Retiramos dois litros no decurso de... um mês.

Seu couro cabeludo se arrepia de pavor.

— Meu Deus do céu.

— Sei que parece muito, mas você foi monitorada atentamente.

— Deixe pra lá. Não importa. Nada disso tem mais importância alguma.

— Se me permite o atrevimento de discordar... com todo respeito... só *uma coisa* importa.

Ela o olha.

— E seria o quê?

Ele bate o dedo artrítico e deformado na pasta.

— A vacina.

Ela mantém o olhar fixo nos olhos dele.

— Como vou saber que *existe* uma vacina? Como vou saber se um dia *existirá* uma vacina?

Ele engole em seco.

— Nessa época de incerteza, ou escolhemos confiar ou estamos perdidos.

Ela solta um suspiro.

— Não estou perdida, sei exatamente onde estou.

Ele assente, depois os olhos ficam mais brandos, o maxilar se acomoda numa expressão de tristeza.

— Minha jovem, sei que fui responsável pela morte de inocentes Mas temos uma oportunidade... se conseguirmos sair daqui incólumes, podemos completar os ensaios. Não há garantia de que a vacina vá funcionar. Mas será que não vale a pena tentar? Estou pedindo que confie em mim. Não tenho o direito de lhe pedir isso. Mas lembre-se, eu cumpri minha parte no trato com as crianças. Estou lhe pedindo, Lilly. Confie em mim. Por favor.

Lilly pensa bem, a cabeça lateja. Ela nota um espelho de corpo inteiro do outro lado da sala, junto de um armário antigo, e vê seu reflexo, uma pálida boneca de trapos, metida numa camisola de hospital puída. Fica parada ali por um momento, olhos fixos no cadáver murcho... e depois nota o rosto. Ela ainda não tinha visto um reflexo de seu rosto desde o despertar. Agora ofega para a prova horripilante. O rosto que a encara tem bochechas encovadas, olheiras, a pele acinzentada e o opaco cabelo seboso tão crescido e embaraçado que metade pende à frente, metade cai débil pelas costas. Suas entranhas se contraem, e ela leva um tempo para conseguir responder.

— Você não pode ter retirado dois litros de sangue em um mês — diz ela numa voz baixa e ameaçadora. — Doei sangue o suficiente na vida para saber que é preciso se recuperar entre as doações.

O velho não diz nada. Olha para baixo e espera que ela resolva a equação.

Lilly olha para o químico.

— Doutor, olhe para mim. Há quanto tempo estou nesta sala?

— Isso não...

— SIM, ISSO IMPORTA! QUANTO. TEMPO. PORRA.

O velho respira fundo e solta o ar em um arquejar longo e estrepitoso.

— No fim deste mês, você estará comemorando seis meses aqui nesta ótima instituição.

Por um longuíssimo tempo, o velho se convence de que Lilly está prestes a atacá-lo — provavelmente daquela vez com consequências fatais —, e quem poderia culpá-la? Raymond Nalls jogou todas as suas cartas, apostou todas as fichas e chegou ao fim de seu papel naquele drama grandioso e apavorante. De cabeça baixa, os olhos voltados para o chão, ele aguarda que a mulher dê um fim a sua infelicidade. Será por estrangulamento? Ou ela vai matá-lo de pancada? Ela o jogará porta afora no motim do enxame?

Ele se lembra do antigo ditado de que a vida passa diante dos olhos no momento da morte, e se pergunta por que não está vendo quadros vivos agridoces de seus primórdios em Richmond, na fazenda do pai, ou o período que passou na Faculdade de Medicina da Universidade da Virgínia, apaixonando-se por Violet Simms no baile de debutantes e começando sua prole em Norfolk. Pergunta-se por que não vê imagens da praga, dos primeiros dias de sua jornada em busca de uma instalação, a luta para desenvolver um antídoto. Ele não deveria estar tendo vislumbres de sua ligação à milícia de Bryce enquanto sua caravana de médicos desordenados seguia para o sudoeste — alguns quilômetros árduos por dia — em busca do centro médico perfeito para começar os testes com humanos? Nalls nem mesmo se lembra de quando lhe ocorreu a revelação de como ele salvaria o mundo... ou como sua alma ficou perdida no processo. Mas agora está tudo ruindo diante de seus olhos.

Um momento constrangedor se passa enquanto a mulher ainda observa fixamente o espelho, analisando seu reflexo, dando a impressão de que pode desmoronar e chorar a qualquer momento. Nalls a examina por um bom tempo. Há algo naquela mulher que Nalls não consegue compreender. Há uma força abaixo da superfície de sua conduta despreocupada, desgrenhada e boêmia. Ela tem certa compostura que Nalls não consegue situar, mas ainda assim é poderosa. Talvez ela se contenha e não o mate, pelo menos por enquanto.

Nalls nota que a mulher desvia os olhos do espelho para a porta conforme o barulho crescente de famintos profanos reverbera no corredor, vibrando na própria fundação do andar. Depois a mulher se vira e olha pela janela na parede do outro lado, protegida por venezianas imitando madeira, batendo suavemente a cada rajada do vento. E de imediato Nalls entende o que ela está pensando.

— Posso fazer uma sugestão? — Ele pergunta em voz baixa, hesitante, testando as águas revoltas da cólera da mulher.

Ela olha para ele.

— Estou ouvindo.

Ele a conduz à janela e puxa para trás um lado da veneziana.

Pelo vidro sujo, é visível a silhueta da Atlanta pós-praga, estendendo-se ao longe, as catedrais de arranha-céus abandonados, os pináculos de torres queimadas, desgastadas e vazias como cascas de colmeias mortas. Nalls espera que Lilly perceba a margem da plataforma.

Ela olha bem abaixo e vê o labirinto de ruas agora inundado de mortos. Nos seis meses em que Lilly esteve em seu coma induzido, a população de errantes na cidade caída aumentou dez vezes. Agora a calçada está encoberta por hordas de uma parede à outra, espremida em cada centímetro quadrado da paisagem urbana. Eles tomam as calçadas, comprimem-se por vestíbulos e andam sem rumo pelas fachadas e abaixo dos abrigos dos pontos de ônibus. Mesmo dessa altura, o odor denso e gorduroso de carne podre vaga ao vento, sobe e reflui, como uma vasta entidade monolítica.

— O que eu devia estar vendo? — pergunta Lilly em voz baixa enfim.

— Muito possivelmente o único jeito de sair deste lugar. — O químico aponta a beira de uma plataforma de madeira suspensa por cabos de metal, balançando ao vento, batendo na lateral do prédio. Lilly a olha por um momento, virando a cabeça de lado, como se ainda não entendesse o propósito da coisa pendurada ali por cabos. Daquele ângulo, só é possível enxergar uma parte do objeto. Um balde de plástico sujo e um rolo de corda são bem visíveis, colocados no canto da plataforma, onde alguém os deixou anos antes.

O andaime de pintor.

Lilly engole em seco, depois se vira para Nalls.

— Lembra o que você fez com minhas roupas e armas?

Minutos depois, num armário amassado do outro lado da sala, Nalls encontra os pertences de Lilly — que se resumem a mochila, jeans rasgados, sutiã, uma jaqueta de brim, botas Doc Marten e a mesma faca tática que ela segurou no pescoço do velho seis meses antes, durante o impasse que tiveram — e os leva para ela em um saco plástico. Enquanto isso, ela encontra um rolo de fita adesiva e o kit de primeiros socorros. O barulho do lado de fora da porta agora é constante, as vibrações dos mortos tomam o corredor, fazendo com que partículas de poeira passem pelo dintel.

Ela precisa guardar uma garrafa de água — eles morrerão sem ela —, mas quando verifica o bebedouro do outro lado da sala, descobre que está vazio. Ela lança um olhar furioso para o velho, que está de pé agarrado à pasta, tímido e nervoso. Ela mantém a voz firme, fria e controlada.

— Qual é a situação do armamento?

Ele franze a testa.

— O que quer dizer? O pequeno arsenal de Bryce fica no primeiro andar. — Um baque do lado de fora da porta assusta o velho. Ele engole em seco. — Duvido muito que a gente consiga pegar qualquer uma daquelas armas.

— Não há nada neste quarto que sirva como arma?

— Não me lembro...

— Pense! — Ela mete o rolo de fita adesiva na mochila. — Pense, doutor!

Pense!

Ele olha ao redor. Outro baque do lado de fora da porta faz com que a poeira desça do alto do armário. Tenso, ele umedece os lábios.

— O tempo está acabando, doutor. Vamos. — Lilly vê o armário tremer, a porta chocalhar, a pressão forçando as dobradiças. Ela olha feio para Nalls. — Mais de vinte errantes podem virar um pequeno caminhão. — Ela meneia a cabeça para a porta barrada. — Agora deve haver centenas deles nesse corredor.

— Tudo bem... hmmm... talvez na primeira gaveta. — Ele aponta a mesa.

Ela corre até o canto atulhado. Suas pernas melhoram a cada minuto que passa, os braços recuperam parte das forças. A vertigem cedeu de algum jeito. Seu estômago se revira e contorce enquanto ela abre a gaveta.

— Achei — diz ela, depois de descobrir uma arma especial da polícia, calibre .38 cano curto, embaixo de uma pilha de formulários, elásticos e antigas canetas esferográficas. Ela a levanta, passa o polegar pelo tambor e confere as balas enfiadas ali. Fecha o tambor num estalo. — Não é exatamente um obus, mas é melhor que nada.

O velho baixa os olhos.

— Eu quase tinha me esquecido disso. Mantive a mão por... motivos pessoais.

— O que isso quer dizer? — Ela procura munição na gaveta.

A voz dele fica mais branda.

— Caso eu precisasse... dar um fim a minha própria jornada antes de... bom... você sabe o resto.

Ela encontra uma caixa pequena de balas calibre .38, tão velha que os caracteres impressos começaram a desbotar.

— Vamos torcer para que não chegue a esse ponto.

Coloca o revólver e a caixa de munição na mesa e se veste apressadamente enquanto as pancadas se intensificam no corredor e as dobradiças da porta rangem. O velho desvia os olhos recatadamente enquanto Lilly tira a camisola às pressas, revelando o corpo despido e desnutrido. Suas costelas se destacam pela pele, como estacas de barraca, as pernas e axilas exuberantes de pelos devido aos meses em seu limbo drogado. Ela não demonstra pudor ou constrangimento enquanto veste os jeans, puxando-os rapidamente e, ainda apressada, colocando o restante das roupas. Prende a bainha da calça nas botas com fita adesiva, em várias camadas, enquanto a porta ameaça se abrir a qualquer minuto. Enfia suas provisões na mochila e passa pelos ombros, apertando as fivelas de tal modo que nem um tornado poderia soltar a coisa. Levanta a gola da jaqueta e a envolve com fita adesiva, criando uma camada grossa de proteção para o território macio do pescoço.

Depois se ajoelha na frente do velho e passa a fita pela bainha de sua calça, nos tornozelos, dando tantas voltas que começa a parecer que ele usa polainas.

O químico pigarreia, segurando a pasta com mais força.

— Infelizmente, esta janela é de vidro blindado reforçado e duplo. — Sua voz está carregada de dúvida. Ele se assusta com outra pancada às costas, tão alta que é acompanhada pelo barulho de madeira lascada.

— Para quebrar, seria necessário aquele obus que você mencionou.

Ela termina de reforçar as mangas do jaleco ensanguentado.

— Talvez sim — diz ela, metendo o rolo de fita na mochila. — Talvez não. — Ela pega a arma, gira o tambor e puxa o cão para trás. — Para trás, doutor.

Nalls recua para perto da porta barrada. Agarrado à pasta, engolindo ar, os olhos tensos, ele vê Lilly arrancar a veneziana de suas amarras. A cortina cai no chão com um estrondo, revelando o vidro sujo. A luz difusa do céu cinzento penetra no ambiente. Agora a meros centímetros da porta, piscando, assustando-se com os baques abafados atrás de si, o velho se prepara enquanto Lilly aponta para o vidro à queima-roupa.

— Lá vai — murmura ela, virando a cara e disparando um tiro.

O estouro do .38 penetra o ar, praticamente matando Nalls de susto. O disparo arranca um naco do vidro, criando em volta do buraco um milhão de fraturas finas, como um halo. O vento assovia pela perfuração, mas a janela aguenta.

Atrás de Nalls, o armário se mexe, as dobradiças da porta estão cedendo.

— Porra... PORRA! — Lilly mete a arma no cinto e chuta a janela, uma, duas, três vezes. O vidro racha um pouco mais, porém ainda aguenta.

Do outro lado da sala, Nalls aponta um dedo paralisado para o chão.

— Talvez se você tentar o...

Atrás dele, agora as dobradiças estão por um fio, a porta se abre guinchando mais alguns centímetros, o armário escorrega pelo piso, o clamor e o fedor do enxame invadem o cômodo. Um braço se enfia para dentro, dedos mortos arranhando o ar. Antes mesmo que Nalls consiga se afastar, um segundo braço mergulha para dentro, estendendo-se para ele, os dedos cinzentos e frios enganchando-se atrás de seu jaleco de laboratório. Ele solta um grito.

Lilly vê a cena no exato momento em que também percebe o objeto que Nalls apontara segundos antes — no chão, perto da maca, o suporte de metal virado do soro —, então age por puro instinto. Em um salto doloroso, avança pela sala e pega o suporte. O aparato de metal é comprido, volumoso e desajeitado — com seu tripé numa ponta e o gancho para o saco na outra —, mas agora a adrenalina toma o corpo de Lilly, espicaçando-a a agir, impelindo-a a ir até onde o velho luta com seu jaleco conforme mais braços investem para dentro, uma cara lívida atrás de um deles mastigando com o fervor de um cão raivoso. Nalls solta um grunhido de agonia enquanto tira o jaleco, que é rasgado em uma ruptura grande e ondeante, ficando em farrapos nas garras mortas. O velho de algum modo consegue segurar a pasta enquanto cambaleia para trás, por um momento estupefato e insensível.

— FIQUE ATRÁS DE MIM!

O grito de Lilly faz com que o químico recupere os sentidos. Agora vestindo apenas a camiseta amarelada, os pelos grisalhos do peito brotando pela gola, ele agarra a pasta de couro nos braços murchos e obedece enquanto um contingente de mortos abre caminho para dentro da sala. Lilly empurra o velho para a janela. Ela se vira e vê algo imenso vindo em sua direção.

O primeiro mordedor a bambolear para o quarto é o mesmo homem parrudo que ela viu antes diante da porta, aquele com o colete esfarrapado de Kevlar e a cara lívida e venosa de um cadáver, os olhos leitosos e opacos como porcelana antiga. A coisa que um dia foi o sargento do Exército Beau Bryce agora se arrasta para Lilly numa velocidade alarmante, o braço que antes exibia a mão grande enfeitada com o anel de sinete agora um coto esfarrapado e sem sangue. A coisa solta um ruído molhado e feroz enquanto tenta alcançar Lilly com o coto e os dedos remanescentes.

Lilly empurra a extremidade pontuda do suporte de soro pela cavidade nasal da coisa.

Um fluido negro borbulha da ferida e escorre pela haste do suporte, e a imensa criatura fica flácida. Com o esforço, Lilly solta um grunhido enquanto o monstro arria na ponta da haste, ainda empalado no arpão improvisado. Lilly balança o peso morto para as outras criaturas que agora invadem a sala, batendo contra as mesas Luís XIV e espalhando documentos pelo chão. A coisa que antes era Beau Bryce derruba meia dúzia de criaturas menores, como uma bola de boliche.

Lilly arranca o suporte do crânio de Bryce, e uma fonte de matéria gordurosa vomita como espuma suja do mar. Ela grita:

— NALLS! PREPARE-SE!

Do outro lado da sala, perto do vidro blindado duplo e sujo, o químico velho capta o recado de imediato e se agacha, cobrindo a cabeça com a pasta. Lilly arremete para a janela, levantando o suporte de metal de quase 2 metros como se fosse uma lança. Ela o impele com a maior força possível no ponto fraco no meio do vidro, a ponta penetrando a cratera. A janela aguenta por milagre, enlouquecedora e obstinadamente. Atrás dela, o enxame abre caminho pela soleira e inunda a antiga sala administrativa com um miasma de barulho e fedor, virando móveis, esbarrando entre eles, atirando-se para os humanos do lado oposto do ambiente.

Lilly solta um grito primitivo de esforço enquanto alavanca o suporte com força no ponto fraco.

O vidro desmorona, uma rajada de vento sopra uma nuvem densa de grânulos mortais e afiados como diamante para dentro da sala, algumas partículas batendo na cara de Lilly antes que ela tenha a chance de se virar. Ela se livra dos cacos, balançando a cabeça, e agarra o velho pela parte de trás da camiseta.

— Vem!... Você primeiro!... Agora vamos!... Você consegue!... AGORA... AGORA-AGORA-AGORA!

O químico se levanta, livra-se de algumas lascas mais afiadas de vidro usando a pasta de couro e encaixa a alça na mão. Aí trepa desajeitadamente na janela, sob o vento e o barulho do precipício do quinto andar.

Lilly não perde tempo e vai atrás dele. Às suas costas, o enxame se aproxima. Apenas a centímetros de distância de suas garras, ela mal coloca a perna no peitoril quando um dos monstros engancha a mão em seu tornozelo esquerdo. Ela enrijece, depois dá um chute com a Doc Marten com a maior força que consegue. O bico reforçado com aço da bota pega em cheio a cara do dono da mão, e Lilly sente algo esmagando sob o calçado.

Ela se liberta e bamboleia pelo resto do caminho, janela afora.

Naquele momento, para a maioria das criaturas que se arrastam pela sala, os humanos podem muito bem ter desaparecido como mágica em uma nuvem de fumaça.

Subir no andaime acaba por se revelar uma tarefa muito mais fácil do que Lilly pensava — apesar de a plataforma estar pendurada na frente da sala vizinha ao sul, isso sem falar da questão do vento que sopra e a balança constantemente, de vez em quando fazendo-a bater no prédio. A base da geringonça se estende por pelo menos 5 metros, e tem cerca de 1 metro de profundidade, o ressalto do lado norte proporcionando um pulo tranquilo do peitoril da sala. Até o velho trepa para dentro da prateleira com o mínimo de estardalhaço, ainda agarrado à amada pasta de couro. Subindo a bordo da plataforma de madeira, Lilly fica admirada ao ver que Nalls nem mesmo está sem fôlego. Ela nunca perguntou sua idade, mas sabe que ele já entrou um tantinho nos 70. Para um homem de tal idade, a manobra é bem impressionante. É claro que àquela altura ela nunca teria adivinhado que chegar ao andaime a partir do peitoril da janela da sala seria o menor de seus problemas. Mas ela se dá conta rapidamente — ao descobrir o sistema de roldanas nas laterais da plataforma — que baixar os dois ao nível do chão pode muito bem representar sua ruína.

— Espere... por favor... me dê um minuto. — O químico levanta a mão livre, tremendo ao vento, as costas recurvadas contra o prédio, as pernas magricelas em sua calça surrada penduradas mais de 20 metros acima das ruas da cidade. Para Lilly, ele parece uma gárgula chegando ao fim da posse de seu cargo nos telhados do hospital. O barulho do enxame inundando a sala atrás deles vaga pela janela aberta. O vento sacode os tendões do andaime, batendo o equipamento na alvenaria e tragando o ruído ambiente de inumeráveis criaturas abaixo de ambos.

Lilly segura o cabo para se equilibrar, ajoelhada no piso.

— Tudo bem, tudo bem... vamos descansar por um minuto, mas só por um minuto.

Ela olha para baixo. A vertigem a domina. Sua visão fica turva, o estômago se revira. Ela vê o pântano de mortos inundando a grade das ruas, as células sanguíneas cancerosas escorrendo de todas as artérias da cidade. Vê nichos, estacionamentos e pátios tão densos de errantes que o calçamento fica encoberto, como se um pântano móvel de morte negra e roupas esfarrapadas ondulasse pelos espaços públicos. Daquela altura, os veículos abandonados e prédios desertos são todos cinzentos, descorados e sem vida, como dentes podres espalhados pela boca ensanguentada e escancarada de Atlanta.

De súbito, Lilly ouve uma série de pancadas atrás de si — muito próximas, talvez a centímetros —, o que a faz pular de susto, depois girar o corpo bem a tempo de ver, esmagado contra o vidro, um rosto pálido e conhecido por dentro da janela da sala mais próxima deles.

Quase por reflexo, Lilly saca o .38, encosta o cano no vidro e se prepara para disparar o gatilho, quando para e respira fundo, chocada. O cano continua encostado no vidro. Lilly solta o gatilho. Ela não consegue respirar. Só consegue olhar fixamente o semblante familiar atrás da vidraça e que, naquele momento, registra o cano da arma com uma expressão que Lilly não testemunhou no rosto de nenhum outro errante. Deve ser imaginação, mas parece que a morta atrás do vidro está reconhecendo a arma não só como um instrumento de perigo mortal, mas também talvez, só talvez, um meio de libertação. A cara da morta fica frouxa enquanto ela lentamente vira para um lado numa estranha representação teatral de quem está enfeitiçada, extasiada, hipnotizada pelo minúsculo vórtice preto dentro do cano do revólver.

Em sua juventude, Barbara Stern foi de uma beleza fora do comum, tinha corpo de nadadora e uma cabeleira brilhante e solta de fios louros. Lilly se lembra de ver fotos da lua de mel de Barbara junto do marido, David, e de pensar que sua encarnação mais jovem — cujo nome de solteira era Erickson — era a sósia de Cate Blanchett. Mas os anos alargaram os quadris da mulher e transformaram suas mechas cor de linho numa cabeleira crespa e abundante de cinza-chumbo. Ela começou a preferir vestidos largos e chinelos, e a adquirir a aparência de quem faria o papel da mãe terra arquetípica; apesar de ela e David não terem gerado filho nenhum. Com o advento da praga, o rosto da mulher ficou ainda mais flácido e desenvolveu rugas fundas, no entanto ela ainda conservava aquele calor simples e generoso que fez dela uma guardiã firme das crianças de Woodbury. Agora aquele rosto antes generoso olha vagamente o cano da arma de Lilly com um fascínio catatônico e simiesco. A pele antes macia afundou em si mesma e ficou pálida como massa de pão, esticada e seca em torno dos ângulos de seu crânio, como uma máscara de Halloween.

A tristeza invade Lilly forçosamente, vulcânica, sísmica, praticamente tirando seu fôlego. Ela estremece de tristeza, o cano oscilando um pouco enquanto ela treme de pesar, olhando aquele monstro lúgubre do outro lado do vidro. Por um momento, parece que a morta olha para além da mira frontal da arma e diretamente para Lilly. Lilly sabe que aquilo é impossível. Ela sabe que é otimismo da parte dela, ainda assim... *ainda assim* algo por trás daqueles olhos cobertos por catarata e fixos nela contorce seu coração. As lágrimas surgem, escorrem pelo rosto e secam ao vento. O cano da arma estremece. Sua voz mal é audível, até mesmo aos próprios ouvidos.

— O q-que aconteceu conosco? C-como chegamos a este ponto?

Atrás de Lilly, a voz do velho é muito baixa com o vento e o tinido dos cabos de metal.

— Ela tentou exatamente o que você conseguiu.

— O quê? — Lilly olha para trás e joga as palavras com a impaciência irritada de alguém que enxota uma mosca. — De que merda você está falando?

O velho baixa os olhos.

— Ela nos pediu para ficar no lugar das crianças. — Ele dá um pigarro. — Estava sendo testada quando você chegou. — Ele engole em seco. — Mais tarde, ela passou a cuidar de você... enquanto você estava... indisposta.

Lilly aperta o cano da arma no vidro alguns centímetros acima da ponte do nariz da criatura.

— Me desculpe, minha amiga... eu lamento muito mesmo. — O gatilho de repente parece estar atolado em cimento. Lilly não consegue se obrigar a matar a antiga amiga. — Eu lamento tanto... — Lilly baixa os olhos. — ... *vaya con dios, mi amiga...*

Sem olhar, Lilly dispara um único tiro que emite um pequeno estalo de trovão, abrindo no vidro um buraco do tamanho de uma moeda.

O impacto da bala faz com que aquela matrona, que costumava ser uma esposa amorosa e cheia de vida, voe para trás numa névoa de matéria cor-de-rosa. A criatura se dobra no chão, a gravidade a clama, a imobilidade da morte volta com a velocidade de um circuito que se fecha.

Enxugando o rosto, Lilly vira-se para o velho e começa a dizer alguma coisa quando o estalo alto e metálico do cabo — ressonando como a ruptura de um fio de alta tensão — faz o universo girar em seu próprio eixo. Lilly arqueja quando o andaime vira de repente, fazendo o velho deslizar e Lilly procurar onde se segurar no piso de madeira antigo, roído e maltratado pelas intempéries.

DEZOITO

Por algum milagre da física, uma centelha inata de memória muscular de seu breve período como ginasta no primeiro ano da Georgia Tech, Lilly consegue segurar o cinto do velho antes que o químico mergulhe 15 metros para a morte, e, graças a Deus, o velhote é tão emaciado que deve pesar menos de 50 quilos, mesmo se estiver encharcado. Lilly tem sorte pela segunda vez quando o cabo do lado contrário da plataforma aguenta e o andaime fica pendurado entre o quarto e o quinto andar, suspenso no limbo, balançando-se loucamente ao vento, com Lilly agarrada à beira do piso.

Lilly ofega e se contrai dolorosamente, dentes cerrados, o braço esquerdo enrolado no cabo enquanto o aparato bate e desliza pela lateral do prédio, um desajeitado pêndulo gigantesco. Sua mão esquerda aperta loucamente um dos suportes. A direita, já gordurosa de suor, aperta o cinto de Nalls com a força de um torno. O velho fica pendurado ali, sacudindo as impotentes pernas finas, a respiração ofegante enquanto ele tenta produzir algum som, tenta gritar, tenta se impelir para cima sem nenhuma alavancagem. Ele conseguiu segurar a bendita pasta com uma das mãos. Bem abaixo, todas as caras mortas na vizinhança geral viram-se para cima, atraídas para o tumulto com a reação robotizada de antenas de satélite. A pasta escorrega da mão do velho. Lilly ouve o químico gritar, e vê o objeto de couro cair três andares e meio, batendo no toldo que atravessa a entrada leste do hospital.

A pasta quica e dá uma cambalhota para além do toldo, caindo na calçada tomada de lixo. O impacto não gera reação alguma nos batalhões de mortos que zanzam por aquela calçada rachada e cercada de mato.

— Segure-se! Segure-se, Nalls! — O grito de Lilly sai agudo e rouco, mal se discernindo acima do vento e do rangido dos cabos de suspensão. — Pare de se sacudir!... Vamos pegar de volta!... Nalls, que merda, PARE DE SE SACUDIR!

Naquele momento, Lilly faz uma avaliação numa fração de segundo. Calcula que a distância até o toldo abaixo de ambos — pouco mais de 12 metros da altura a partir dos pés pendurados — não é o bastante para matar ninguém, em particular se conseguir evitar a queda no calçamento duro. Ela não sabe o que tem por dentro do toldo, ou se o tecido antigo vai amortecer a queda, mas não tem outra opção e sente escorregar a mão gordurosa e suada na calça do homem, lenta, mas muito inevitavelmente — é só uma questão de milissegundos antes que ela o deixe cair; então ela cronometra seu movimento com o balanço do enorme equipamento enquanto este pendula para cima e depois volta.

Lilly larga o velho assim que o aparato se balança para o alto do toldo.

Nalls mergulha, debatendo-se e convulsionando, o grito rouco tragado pelo vento. Um nanossegundo depois, Lilly se solta e mergulha pelo espaço. Cai por cima do velho, o toldo desmoronando com o peso conjunto. As dobras da lona maltratada engolem a ambos quando eles caem por uma treliça infestada de cupins em um monte de lixo. Pousando de lado, Lilly ofega para levar ar aos pulmões, o impacto provocando uma estaca de agonia no tórax.

Os dois precisam de alguns segundos para se reorientar no chão.

Lilly se senta e experimenta uma pontada de dor na lateral do corpo. Não consegue respirar direito, e sua visão se confunde de novo. Ela vê o contorno indistinto do velho ao seu lado, recurvado, aparentemente em agonia pelo impacto do corpo de Lilly. O fedor maciço das hordas — agravado e auxiliado pelo metano que irradia da lixeira de três anos — pende sobre o toldo desmoronando, feito uma mortalha.

Alguns errantes vizinhos foram esmagados no desmoronamento, os corpos contorcidos prostrados em meio ao monte de lixo, crânios afundados e vazando fluidos. Lilly pisca e olha em volta. Imagens borradas na periferia se aproximam de todos os lados.

E então ela vê a pasta na calçada, cerca de 3 metros ao norte da entrada do hospital.

Lilly consegue se levantar e andar pelo lixo até a pasta de couro. Vê dois errantes caminhando em sua direção, aproximando-se do local onde a pasta caiu. A turba atrás deles começou a se reunir e a seguir para eles. Lilly saca o .38, esquecendo-se de que só tem quatro balas no tambor. Dispara um tiro no errante próximo, tirando um naco do crânio, jogando-o no calçamento. Erra o segundo tiro. O terceiro tira um tufo do couro cabeludo da coisa, a criatura se dobrando na calçada num charco de sangue apodrecido. Rapidamente ela pega a pasta.

— Lilly, cuidado!

Ela ouve o grito fraco do velho exatamente no momento em que vê o borrão de outro mordedor pelo canto do olho, uma mulher alta e cadavérica com cabelo cinza espetado e um jaleco profanado de hospital, avançando para Lilly com os dentes expostos em movimento, mastigando o ar. Lilly levanta o revólver no último segundo e abre um canal na testa da criatura.

Lilly leva menos de um minuto para voltar ao monte de lixo, agarrar o velho e arrastá-lo para as portas de vidro do hospital, cobertas por tábuas. Nessa hora percebe que a entrada tapada é impenetrável; eles não vão conseguir voltar para dentro do prédio no futuro próximo (e, mesmo que conseguissem, o térreo está completamente invadido e é inóspito), o fedor da morte e o zumbido de milhares de errantes os cercaram.

Com uma olhada rápida para trás, Lilly vê que eles muito provavelmente chegaram ao fim de sua jornada, e é provável que ninguém vá concluir o projeto encerrado naquela pasta surrada, imitando couro.

Seja pela natureza humana ou simplesmente devido à estupidez de alguns integrantes mais obstinados de nossa espécie, a recusa a desistir

— a aversão a deixar para lá — pode muito bem estar codificada em nosso DNA. É evidente na vontade inabalável de uma mãe na proteção dos filhos. Está presente no instinto humano de sobreviver em qualquer situação — do homem na mata encontrando o caminho para casa ao espermatozoide alcançando o óvulo. E está profundamente arraigada em Lilly Caul. Mesmo agora. Naquele canto destruído. Diante daquela entrada decrépita. À sombra daquele centro médico caído. Ela sente esta indisposição a se render ardendo bem no fundo enquanto estende a mão para a lateral da mochila, procurando a caixa de munição, atrapalhando-se para tirar a caixa de um bolso.

Suas mãos tremem quando ela tenta abrir o tambor e colocar mais meia dúzia de balas nas câmaras. Atrás dela, o velho balbucia baixinho que é o fim e todo seu trabalho foi inútil, agora o projeto morrerá com ele e Deus tenha piedade de todos eles. Lilly deixa cair uma bala, xinga a si mesma, treme, levanta a cabeça e vê a maré de errantes — mais de mil deles — convergindo para a entrada.

Eles vêm de todo lado, ao mesmo tempo, um dilúvio, uma turba de proporções bíblicas atraída pelos últimos humanos conhecidos na área, como raspas de metal reagindo a um ímã. Saem de soleiras desoladas, becos, passarelas subterrâneas e escadarias. Saem das ruínas de parques públicos e edifícios-garagem abandonados. A cidade se torna um imenso carro de palhaço, vomitando fileiras intermináveis de mortos em todas as fases de decomposição e horrenda desintegração. Grandes, pequenos, machos, fêmeas, jovens, velhos, de todas as cores, raças, uniformes e estilos de vida, eles se aproximam, revelando detalhes cada vez mais medonhos, entranhas penduradas em alguns, a carne de outros pendendo de feridas antigas, membros ausentes e maxilares parciais, tiras de pele penduradas de alguns, como barbelas de borracha, o mar de olhos tal uma constelação cruel de moedas reluzentes, fixas na presa encostada à entrada coberta por madeira.

Trêmula, Lilly coloca balas no tambor do .38, como se meia dúzia de projéteis de um pequeno revólver pudesse de fato estancar a torrente. O odor é incompreensível, uma mortalha negra de degradação sufocando o ar com a aproximação da vanguarda da turba. Eles se arrastam pelo lixo, cambaleando como bêbados por cima de obstáculos enquanto estendem as mãos às cegas para os dois humanos espremidos no nicho.

Lilly derruba o primeiro mordedor quando ele ataca, e um segundo que vinha logo no encalço do primeiro, o eco dos estampidos do revólver reverberando pelo ventre das nuvens, banhando a segunda fileira de criaturas em fluidos e tecidos cor-de-rosa. Àquela altura, o velho caiu de joelhos ao lado dela e agora chora e reza. Seu braço esquerdo está meio torcido, tem mais de uma fratura, o cotovelo ossudo inchado. Lilly ouve seu lamento baixo e súplicas desarticuladas enquanto dispara mais dois tiros, atingindo o terceiro atacante e errando o quarto.

Outros avançam atrás da linha de frente desabada.

Lilly tenta disparar mais um tiro quando é atacada por uma mulher alta de roupão sujo, chinelo e dentes verdes musgo expostos. Lilly deixa cair a arma e agarra a coisa com as mãos, sendo jogada para trás com o impacto, o monstro caindo por cima dela, os dentes estalando a centímetros de seu pescoço. Lilly grita palavrões e mete os polegares nas cavidades oculares da coisa, penetrando as pupilas gelatinosas até a carne mole do lobo frontal.

A mulher desaba por cima de Lilly, que empurra a coisa morta e tenta se levantar. Outras duas criaturas atacam — uma dupla de homens mais jovens, ambos vestindo macacão de mecânico esfarrapado —, e Lilly chuta e arranha, pegando a faca tática que havia metido no forro da bota. Consegue passar a mão pelo cabo, e está prestes a esfaquear quando o berro do .38 a faz pular. Um dos outrora mecânicos é açoitado para trás, a bala perfurando seu cérebro e saindo num jato de fluido cefalorraquidiano gorduroso. O segundo disparo derruba outro.

Lilly se vira e vê o velho químico agachado e encostado na madeira que cobre as portas duplas, segurando o .38 fumarento entre as mãos, o rosto de rugas fundas molhado de lágrimas, os lábios tremendo. Ele fala algo numa voz falha que parece, "Acabou, minha amiga... sinto muito... acabou". Coloca o cano na própria têmpora e aperta o gatilho, o estalo impotente indica o tambor vazio ao mesmo tempo que vários acontecimentos — todos eles muito inesperados — se desenrolam quase simultaneamente.

A horda fica imóvel. Lilly levanta a cabeça. Aquela cerca de meia dúzia de criaturas mais próxima para em seu furor, a fim de virar as cabeças, virtualmente guiadas por um sensor, em direção ao novo som que desce à região.

No início, algum compartimento tangencial do cérebro de Lilly registra o barulho de um helicóptero, o que é um absurdo porque o combustível para helicópteros naquela parte do mundo já secou faz muito tempo, e qualquer aeronave operacional há muito foi extinta, tal como ocorreu com o Wi-Fi e o pássaro dodô. Lilly se assusta quando ouve um estrondo vindo da rua. Lança um olhar para trás, para o velho, que está sentado e aturdido, o cano ainda colado à têmpora. Por sua expressão, está claro que também se sente totalmente perplexo com o surgimento do barulho de pneus cantando no calçamento, um ronco de motor chegando cada vez mais perto, até que finalmente o primeiro corpo de errante é catapultado cerca de 30 metros para oeste.

Como num sonho em que o movimento é suspenso e o tempo se curva e se deforma, um número cada vez maior de corpos maltrapilhos é erguido das multidões que tomam a rua. Alguns disparam diretamente para o firmamento, como se lançados de um canhão, outros caem de cabeça num arco amplo, quebrando braços e pernas mofados em pleno ar, deixando trilhas de névoa rosada, vindo a pousar em outra parte da turba com um baque aquoso, comprimindo a horda que só tem espaço para ficar de pé.

Lilly se levanta. Afasta-se do tumulto até ficar ao lado do velho, que também se põe de pé. Eles ficam com as costas grudadas às portas cobertas, boquiabertos para o rolo compressor que se aproxima.

Os monstros que os cercam começam a se virar, um por um, lentamente, para babar e encarar obtusamente, com seus olhos de tubarão, o milagre que se aproxima. Do ribombar crescente de pneus nas pedras do calçamento e nos obstáculos ao ronco intensificado do motor, logo fica claro que a catapulta é um veículo e vai naquela direção, abrindo um talho pela massa de errantes, diretamente até Lilly e Nalls.

Por fim, em uma nuvem de monóxido de carbono e borrifos arteriais profusos como um hidrante cuspindo no ar, explode o enxame mais próximo da entrada. Partes corporais e um redemoinho de sangue e tecidos estouram para cima e além, numa bomba de carne em decomposição. As últimas poucas vítimas são trituradas abaixo do imenso capô reforçado de um Humvee empoeirado, amassado e muito viajado enquanto ele troveja pela soleira. Lilly e Nalls se retraem e saem do caminho rapidamente quando o imenso veículo militar guincha e para bem diante deles. Lilly se espana, recupera o fôlego, engole o pânico que tem gosto de cobre, e olha fixamente o para-brisa rachado e sujo no lado do motorista do Humvee. A janela lateral se abre em engrenagens rangentes. O motorista coloca a cabeça para fora, o rosto pálido e ossudo.

— É melhor entrar antes que eles se reorganizem.

Por um momento, Lilly encara o motorista, a última pessoa na terra que ela esperava encontrar.

Depois sai do torpor num estalo e conduz apressadamente o velho para a cabine.

— Estamos andando em círculos — alerta Lilly, espremida entre o motorista e o velho, na cabine maciça, enquanto o veículo costura pelas ruas labirínticas. Ela pressiona um raspador de gelo encontrado embaixo do banco no braço fraturado do velho e enrola o que resta da fita adesiva ali, formando uma tala improvisada. Nalls solta um suspiro angustiado, estremecendo a cada pontada de dor.

À frente deles, a grade reforçada com ferro sai arando os aglomerados de mortos lerdos, jogando de lado bolsões estagnados de mordedores, fazendo o chassi resistente a bombas estremecer e sofrer baques a intervalos irregulares. Os limpadores estão ligados, varrendo sangue em vez de chuva do para-brisa.

— Experimente a Glenwood Avenue — sugere Lilly, virando-se para olhar pela janela lateral. — Talvez a gente consiga sair da cidade a oeste, evitando a I-20.

Recurvado sobre o volante, com a respiração laboriosa e ofegante, Cooper Steeves luta para se manter alerta apesar do estado deteriorado. A aba do chapéu fedora está ensopada de suor. Múltiplas perfurações à bala se revelam por dentro de sua jaqueta, a camisa exibindo um desenho de Rorschach de manchas escuras de sangue. Seu rosto está tão branco que parece quase cinzento à luz moribunda da tarde. Ele agarra o volante com um esforço de deixar brancos os nós dos dedos.

— Conheço um atalho — anuncia ele, numa voz estrangulada.

— Pelo Grant Park, t-talvez, talvez se a entrada Cherokee estiver transitável.

Lilly assente, concluindo a tala emergencial e pousando gentilmente o braço do velho no colo deste. Ela lança um olhar pela janela lateral para a paisagem que passa.

A desolação no sul de Atlanta é dolorosa. Nem um só quarteirão está livre dos mortos. O ar tem um fedor químico de enxofre, decomposição e amônia — *como deve ser o cheiro do inferno*, reflete Lilly em silêncio. A maioria dos edifícios altos — que antigamente formavam uma silhueta grandiosa de arquitetura moderna — agora parece devastada por raios, rachada por geleiras e forrada de musgo e mofo. A casca queimada dos andares vazios é açoitada pelo vento e está descorada devido à ação do sol, tomada por inúmeras silhuetas esfarrapadas e escuras. Alguns minutos atrás, eles passaram pelo Turner Field, e a destruição lembrou Lilly dos pórticos arruinados do Império Romano, a ruína moderna de um Coliseu que muito provavelmente nunca mais abrigará nenhum evento além da morte aleatória e ambulante.

— Foi Bryce, se estiver se perguntando. — A voz pouco audível sob o canto do motor e o silvo do vento chama a atenção de Lilly para o motorista.

— Bryce atirou em você?

Um leve movimento afirmativo de cabeça de Steeves.

— Pelo que posso dizer, começou quando fomos atacados por um grupo de fora, não sei o que eles procuravam. Recursos, armas. Tanto faz. Mas, quando tudo se desintegrou, tentei interceder e s-salvar parte do pessoal de Moreland. Haddie Kenworth, Joel... o jovem das tatuagens. — Ele se cala, a cabeça tombando, as pálpebras baixando a meio mastro. Lilly segura o volante, o que o faz despertar. Ele engole em seco e pisca. — Perdoe-me, desculpe por isso. Estou bem.

— E depois, o que aconteceu, Cooper?

— Depois que o prédio foi dominado, dei com a chave de um carro na sala de controle. Estava no bolso de Daniels... o pobre filho da puta. Eles o usaram, a propósito. Depois de você... ter cuidado dele. Ele se transformou, e eles o usaram por m-meses para coletar sangue infectado.

— Continue.

— Peguei a chave e procurei o caminho para a frota no subsolo. Demorei um tempo para achar o carro correspondente à chave. Quase consegui. Estava entrando no Humvee quando ele me pegou. — Steeves interrompe um acesso de tosse. Ele expele leves borrifos de espuma salpicada de sangue, que espirram na coluna de direção.

Lilly observa.

— Bryce?

Steeves assente uma vez.

— Atirou nas minhas costas três vezes antes que eu conseguisse dar a partida no veículo. Quase não saio dali vivo. Não sou médico, mas acho que uma das balas acertou meu pulmão.

Lilly umedece os lábios e escolhe bem suas palavras.

— Cooper, vamos levar você...

— Não. — Ele agita a mão ensanguentada, não exatamente dispensando a sugestão, mas aliviando-a de tais amabilidades. — Não vou me beneficiar de cuidados médicos. É tarde demais para isso. Já me resignei.

Lilly olha para ele.

— Cooper, eu preciso te perguntar. Como foi que você ficou do lado dessa gente... depois do que eles fizeram nas cidades? Assassinando indiscriminadamente quase três dezenas de pessoas? Como você pôde confiar...

— Para ser justo — o velho se intromete do outro lado da cabine, a voz trêmula e sem fôlego de agonia —, jamais causamos nenhum mal a ninguém, a não ser quando revidavam.

— Está falando sério? — Lilly olha feio para ele. — Quem não revidaria? Seu pessoal invade a cidade e pega as pessoas contra a vontade delas, leva seus entes queridos na escuridão da noite, leva tudo que importa. "Só vamos pegar sua mulher emprestada por um minutinho, seus filhos... não há nada com que se preocupar". Ninguém sabe de seus propósitos elevados, sua causa nobre. A sua causa nobre *que se foda*. Até onde a gente sabia, vocês basicamente estavam lá para nos estuprar e nos matar.

O velho olha fixamente o próprio colo, passando a mão no braço e falando num tom bem baixo.

— No início foram feitos esforços para informar as pessoas de nossas intenções, mas infelizmente...

— Infelizmente?! — Lilly cerra os dentes, esforçando-se muito para controlar a fúria. — Infelizmente *o quê*?!

Nalls balança a cabeça.

— Hoje em dia, as pessoas se precipitam em a-atirar nos desconhecidos... não importam as motivações dos recém-chegados. Nós simplesmente não tínhamos oportunidades para nos explicar antes que os problemas... aumentassem. Mas nunca disparamos primeiro.

— Isso é ridículo — intromete-se Steeves, a voz enfraquecida ainda tensa de ultraje. — Quando eles apareceram em Moreland, tive de implorar a Daniels para me dizer por que... por que vocês assumiam esses riscos, matando qualquer um que estivesse no caminho. Tive de bajular e arrancar as respostas. E isso com o cano de uma arma na minha cara!

O velho baixa os olhos, sua voz diminui:

— Não vou me desculpar por nossos métodos. Eles se tornaram... necessários. Não vou negar que foram severos, mas eram necessários.

Lilly encara o químico.

— Como pode saber como tudo aconteceu? Você nem estava lá!

— No início, eu ia — revela o velho, com mais um calafrio de dor e pesar. — Mas não sou exatamente o oficial da justiça que costumava ser. — Ele solta outro suspiro de agonia. — O fato é que... nenhuma dor de consciência vai trazer nenhuma dessas pessoas de volta. Agora é história... já faz parte do passado. Agora a única coisa que importa é o que está nesta pasta... e o que tem aqui em cima. — Ele aponta um dedo trêmulo para a própria testa. — Porque a única coisa que verdadeiramente importa agora é o futuro... se o teremos ou não.

Eles seguem em silêncio por um bom tempo, remoendo a afirmação.

Steeves se concentra na rua atulhada adiante, serpenteando por uma série de veículos virados, desviando-se das carcaças enferrujadas e dizendo a si que vai entregar a direção se começar a perder a consciência.

Se ele perder a consciência, muito provavelmente será a última vez que desmaiará antes de lhe acontecer o inevitável. Ele desmaiou várias vezes desde a escaramuça com Bryce. Enquanto tentava percorrer as ruas tomadas de destroços do campus do centro médico, procurando uma rota de fuga desimpedida, ele sentiu a fibrilação atrial de uma antiga cirurgia cardíaca. Ele sabe o bastante sobre perda de sangue e lesões catastróficas para entender que alguns mililitros de água oxigenada e algumas tiras de lençol enroladas nessas porcarias de feridas não vão evitar nada. Ele sabe muito bem que a hemorragia interna está se agravando e aos poucos, porém seguramente, ele está entrando em choque hipovolêmico.

Ele estremece na direção, piscando e mordendo a face interna da bochecha para ficar desperto. Suas extremidades estão entorpecidas, quase congeladas pela paralisia invasora. Sente um tinido nos ouvidos, e seu coração dispara numa pulsação fraca e sem ritmo. Os dedos formigam como se estivessem dormentes. Ele está prestes a desistir, parar o veículo e deixar a morte chegar silenciosamente, quando fala:

— Caul, preciso ser sincero. Na realidade eu jamais gostei de você.

Lilly suspira um grunhido irritado. O grunhido se transforma em uma risadinha seca e concisa, e a irritação torna-se diversão. E então ela ri alto. A gargalhada é sombria e cínica, e nenhum dos dois se junta a ela, nem mesmo parecem entender a piada. Lilly enxuga os olhos e simplesmente diz:

— Registrado. — O riso diminui. — Para sua informação, o sentimento é recíproco.

Steeves sente a cabeça tombar para a frente; o crânio parece pesar uma tonelada.

— Sempre achei você perigosa. — Ele consegue acrescentar.

— É bom saber disso — diz Lilly Caul, dando de ombros.

— Sabe por que eu te achava perigosa?

— Porque sempre me recusei a aceitar qualquer uma de suas merdas presunçosas?

Ele nega com a cabeça.

— Não, o motivo não é esse. Não é nada disso.

— Bem, não me deixe no suspense.

Ele se retrai ao sentir uma pontada no peito, o coração dando uma parada brusca. O frio se espalha pela barriga, por seus tendões. O suor frio deixa as mãos escorregadias ao volante, a visão embaça. O Humvee se desgoverna.

Lilly olha para ele.

— Cooper? Você está bem? Ainda está conosco?

Steeves pisca e dedica cada lasca de energia que lhe resta a falar.

— Eu sempre achei v-você perigosa... porque você dá esperança às pessoas.

Lilly o encara, pensando.

— Cooper?

Seus olhos quase se fecham. A voz é baixa e suave, como numa oração.

— E você n-nunca desiste... *nunca.*

* * *

Lilly registra as palavras ao mesmo tempo que Cooper Steeves enfim sucumbe à imensa perda de sangue e à falência dos órgãos. Ele arria ao volante, a cabeça tombando, vertendo filetes de espuma ensanguentada pela boca. Por milagre, por uma peculiaridade qualquer de sua posição, porque o peso morto de Steeves está fazendo pressão no volante, ou por causa da alavancagem da bota do moribundo no acelerador, o Humvee ainda avança por uma transversal a quase 45 quilômetros por hora, sem se abalar, praticamente se dirigindo sozinho. Lilly está estendendo a mão para o volante quando ouve a voz estridente do velho no interior da cabine.

— LILLY, CUIDADO!

Ela consegue puxar o volante bem a tempo de evitar uma batida na barreira de concreto de um ponto de ônibus. O toldo raspa o teto do Humvee, produzindo um arranhar abafado e jogando cacos de vidro no para-brisa. O corpo flácido de Steeves arria contra Lilly enquanto ela tenta alcançar o pedal do freio com a perna esquerda.

Eles descambam pelo outro lado da rua e batem numa fileira de latas de lixo transbordando de dejetos de três anos.

Papel, lixo, ossos petrificados e crostas de comida velha explodem pelo capô do Humvee. As lixeiras de metal se balançam como pinos de boliche, fazendo uma barulheira medonha que ecoa pelo labirinto de ruas estreitas e reverbera nos pináculos de edifícios altos e vazios. Lilly enfim tateia a beira do pedal do freio com o pé esquerdo e pisa fundo, cantando pneus e fazendo o imenso veículo derrapar de lado momentaneamente.

O Humvee para depois de bater em um hidrante quebrado à sombra de um prédio de apartamentos de tijolos aparentes. O impacto lança Lilly e o velho no painel, deixando-os inconscientes por um momento. Eles arquejam quase em uníssono, batendo de volta nos bancos; o ar lhes foi arrancado. Eles ainda não veem as figuras maltrapilhas que saem das entradas de becos e surgem das sombras dos vestíbulos dos dois lados da rua atrás do veículo.

DEZENOVE

Lilly ignora a dor, recupera o fôlego e faz uma avaliação rápida da situação. Nota que a grade reforçada do Humvee afundou de um lado, no ponto do impacto. O motor morreu, e o vapor sobe do capô amassado, a maior parte do radiador danificada. O painel se acendeu com luzes de alerta. Mas o indicador que chama sua atenção é o de combustível. O ponteiro está abaixo da reserva. Ela se vira e avalia rapidamente as condições do velho, perguntando a ele, "Consegue andar?"

Ele geme ao deslocar o corpo no banco. Olha o grande retrovisor lateral. Engole a dor e fala.

— Quer dizer *correr*.

— O quê?

Ele aponta para o retrovisor.

— Nosso barulho atraiu um enxame.

— Merda... eu sabia. — Lilly procura nos bolsos e sente algumas balas soltas da caixa de munição que ela rasgou na frente do hospital. Só lhe restam algumas... três ou quatro... e nada no tambor. Ela olha para o velho. — O .38 ainda está com você, não é?

Ele concorda com a cabeça e o retira do cinto, junto às costas.

— Será de grande ajuda para nós sem munição. — Tenso, ele olha pelo retrovisor lateral. — Precisamos tomar algumas decisões executivas, eles estão se aproximando.

Lilly parece prestes a sair da cabine quando ouve o resmungo suave de Cooper Steeves, muito provavelmente as últimas palavras que dirá na vida.

— ... *nunca desiste... nunca... nunca... nunca...*

Ela olha boquiaberta para o rosto da cor do marfim enquanto ele vai ficando totalmente imóvel, como uma estatueta de porcelana. Lilly alcança a faca na bota.

Àquela altura, o gesto é quase involuntário... como colocar a pontuação ao final de uma frase longa. Ela saca a faca e a ergue. Para. Sente o apelo de algo no rosto do homem em repouso. Cooper Steeves — autoproclamado aventureiro, sabe-tudo insuportável — voltou à personalidade padrão. No sono tranquilo e infinito da morte, ele está reduzido à face de um inocente, um garotinho adormecido e ingênuo. Lilly não suporta estragar a ilusão com a ponta da faca tática.

— Lilly, por favor. — O velho arranha a porta do carona, frenético para sair. — Se vai fazer isso, faça agora ou teremos de fazer *conosco* também!

Ela vira o rosto e enterra a faca no crânio do homem, acima da orelha — uma estocada dura e súbita —, abrupta como um dentista fazendo uma extração.

A lâmina se enterra fundo, esguichando os fluidos encefálicos do homem pelo cabo. Lilly puxa a faca, decidida. Cooper Steeves volta a arriar no banco, o sangue do ferimento escorrendo pelo rosto branco e drenado em filetes vermelho-escuros. O sangue parece uma máscara.

Lilly limpa a lâmina na camisa de Cooper, devolve a faca a seu lugar na bota, pega a mochila e rapidamente olha para trás.

A cerca de 15 metros da traseira do Humvee, um bando de várias dezenas de criaturas se aproxima sob o sol desbotado. Dois dos mais velhos — ambos do sexo masculino — estão completamente nus, os peitorais, a barriga e a genitália pendendo como bolsas de marsupiais, a carne lívida trazendo as marcas medonhas da sutura de autópsias. Os outros anunciam vários estágios, grandes e pequenos, eviscerados ou intactos. Todos os rostos têm vincos profundos, a carranca característica dos mortos famintos, as bocas agitadas, os olhos reumosos abertos e fixos. O zumbido elétrico de um furor de alimentação crepita de um rosto para outro.

Lilly empurra o velho pela porta aberta do carona, em seguida ela própria sai.

Um instante depois, os mortos caem sobre o Humvee e os restos mortais de Steeves, e o interior da cabine transformam-se num abatedouro barulhento enquanto os que têm sorte enterram os dentes no corpo ainda quente.

Referir-se como "correr" ao andar claudicante, meio capotado, em parte trote, em parte arrastar de pés que o Dr. Raymond Nalls emprega para fugir do enxame é um desvario e um exagero. Só o que ele consegue, por qualquer período mais longo de tempo, é essa locomoção desajeitada, e Lilly pensa seriamente em jogar o velhote emaciado no ombro e carregá-lo, quando eles alcançam o final da Waldo Street. Eles se aproximam do cruzamento da Waldo com a Glenwood, e Lilly decide seguir pela Glenwood, para oeste.

Péssima decisão. Uma muralha de cadáveres eretos bloqueia o caminho — pelo menos cem errantes —, abrindo-se pela rua larga com multidões de olhos de predador, luminosos como refletores de estrada prateados no crepúsculo. O barulho é inacreditável, o fedor azedo pende como uma névoa. Lilly para repentinamente, o velho quase colide com ela.

Sem dizer nada, sem produzir som algum, ela agarra Nalls pela nuca da camiseta e o puxa para o cruzamento — voltando pelo caminho de onde acabaram de vir — com tanto vigor que o químico quase é arrancado do chão. Se Lilly ao menos conseguisse encontrar um bom prédio no qual se esconder — algum lugar que ainda esteja relativamente isolado do mundo —, talvez eles tivessem uma chance. Mas cada construção arruinada por onde passam está dominada ou intransitável.

Eles contornam para o norte, na direção de Cabbagetown, para os bairros residenciais.

Pegam a Wylie, uma rua de acesso aparentemente deserta que atravessa as ruínas do Pátio de Trens Hulsey. Quilômetro após quilômetro de vagões abandonados agora tomam os trilhos, muitos virados de lado, a maioria saqueada, todos tomados por trepadeiras e hera oportunistas, grossas como mortalhas. Abaixo dos trilhos, os cavaletes pingam barba-de-velho e restos humanos espalham-se pela margem, como se um antigo campo de batalha tivesse ficado ao sabor dos elementos. Nuvens de insetos vagam e dançam feito partículas de poeira nos raios do sol moribundo. Lilly e Nalls caminham no maior silêncio possível às sombras dos cavaletes, junto dos trilhos fossilizados, com o cuidado de fazer o mínimo ruído.

Nalls reduz o passo a um arrastar manco, a respiração tão laboriosa e enfermiça que ele parece um animal prestes a morrer. Lilly anda à frente do químico, de vez quando olhando para trás para saber se ele não desmaiou. Agora ela carrega a pasta, guardada em segurança dentro de sua mochila. Restam duas balas. Duas balas calibre .38 para protegê-los de um milhão de canibais. Ela carrega a esperança do mundo — literalmente — nos ombros. Ainda acredita que eles conseguirão. Ou pelo menos é o que diz a si. Ela fica dizendo a si mesma que eles *precisam* conseguir.

Eles ouvem uma nova onda de vocalizações ao vento, uma nova leva do fedor da morte eriçando os pelinhos da nuca. Sombras mais escuras atravessam os labirintos das ruas secundárias. Lilly vê outro cruzamento à frente: a Cherokee Avenue.

Àquela altura, o sol derreteu no horizonte e a escuridão se fechou, como um predador farejando seus calcanhares. Os becos são mergulhados nas trevas mais densas. Os prédios transformam-se em silhuetas. Os sons começam a viajar de um jeito diferente pelo ar. Lilly ouve os próprios passos feito tiros de pistola. Sente o cheiro da chuva no vento, misturando-se ao odor crescente dos mortos. Escuta um trovão distante — uma tempestade se aproxima da região —, a pressão do ar muda ao seu redor.

Eles chegam à Cherokee Avenue, viram para o norte e dão de cara com outro megaenxame.

Lilly agarra o velho pela nuca e tenta afastá-lo do exército de mortos que se aproxima, cerca de mil, andando ombro a ombro pela Cherokee, um mar de rostos mortos e pastosos, e olhos vidrados, dirigindo-se para eles. Lilly percebe que está fora de cogitação refazer seus passos. A outra horda os encurrala. Ela percebe que nesse exato momento o velho de repente cai de joelhos.

— Mas que merda você está *fazendo*?! — Ela tenta erguê-lo. — Levanta!

— Acabou, Lilly. — Ele olha com uma calma sinistra a multidão que se aproxima. — É hora de se curvar às mãos do destino.

— Cale a porra dessa boca! — Ela usa ambas as mãos para levantá-lo com tal violência que ele ofega. — Vamos. Acabamos de passar por um lugar, talvez a gente possa entrar... Vem, que merda, levanta a bunda daí. *Vamos*!

Eles chegam ao prédio de tijolos aparentes em centro de terreno um segundo antes dos errantes. Lilly puxa o velho pelo espaço estreito na lateral do prédio — uma passagem que nem pode ser chamada de beco — com uma área de carga no final, ladeado por uma série de janelas baixas apressadamente cobertas por tábuas carcomidas. A última janela tem uma tábua pendurada por um fio, um buraco na vidraça original. Lilly corre até lá, ainda arrastando o velho, os sapatos raspando o chão às costas. Ela ouve o maremoto de passos que se arrastam e se aproximam por trás. Sente o cheiro de podridão rolando com a força de uma frente de tempestade. Ela dá uma breve parada abaixo da janela. Olha para trás. As sombras estão se desenrolando para eles, o ar crepitando de decomposição, enxofre e violência latente. Ela estende a mão para cima e empurra o vidro quebrado, ouve o barulho abafado dos cacos batendo no chão. Depois ajuda o velho a subir e a entrar no escuro. Ela o segue.

* * *

No início, eles não passam muito tempo investigando o interior escuro do prédio, nem identificando seu propósito original. Lilly está ocupada demais fortificando janelas e portas para garantir que fiquem a sós, e procurando quaisquer restos ou provisões úteis. Nalls está ocupado com seu cansaço e o braço quebrado. Senta-se em um baú e recupera o fôlego enquanto Lilly revira móveis, empurrando uma estante pesada para a janela quebrada. O crepúsculo penetra pelas frestas da barricada e entra no espaço imenso, iluminando paredes inacabadas e o pé-direito alto. O lugar é o lar de teias de aranha empoeiradas, painéis de madeira mofados, armários e latões de todos os formatos e tamanhos.

— Vem cá, me ajude com isto. — Ela ordena ao velho em um sussurro forte, consciente demais do barulho que se reúne do lado de fora no beco.

Nalls invoca uma onda fraca de energia e se junta a ela, empurrando um lado de um segundo armário imenso de metal pelo piso frio empoeirado. O guincho dos pés do móvel no piso é torturante e perigoso. Lilly sente que o barulho atrai mais mortos ao prédio. Ela os ouve lá fora, reunindo-se no beco, roçando nas janelas tapadas. O cheiro invade: mil carcaças de animais apodrecidos, marinando em escuma de algas e gás de pântano. Isso faz Lilly tossir, e ela cobre a boca com a mão enquanto procura uma fonte de luz no espaço mal iluminado.

Vê uma bancada de trabalho na parede oposta, algumas gavetas, uma pilha de trapos e documentos manchados de gordura. Ela se pergunta se aquele lugar um dia foi uma revenda de automóveis, ou talvez os fundos de alguma oficina. Escurece rapidamente. Lilly nota duas enormes portas no estilo garagem do outro lado da área de trabalho, agora travadas e reforçadas apressadamente com madeira, uma delas com uma cortina esfarrapada. Ela percebe cabos, roldanas e passadiços nas vigas do teto antigo. Mas onde eles estão?

Numa das gavetas, encontra uma lanterna que, por milagre, ainda funciona; embora esteja fraca.

— Procure água, vamos precisar de água, isso eu posso garantir. — Ela lança o facho amarelo pelos suportes e pelo aglomerado das paredes inacabadas. — E vamos precisar dela logo.

O velho olha em volta.

— Onde procuro, em nome de Deus? — murmura ele, correndo os olhos pela sala, encostado em um baú. Ele ainda está ofegante devido à jornada pela cidade, e seu rosto está pálido de exaustão e dor.

Lilly testa um interruptor de luz. Conforme esperava, não acontece nada. O lugar parece tão morto quanto a turba no beco. Lilly tapa a boca, o fedor invade. Mais criaturas se reuniram do lado de fora, atraídas pelo barulho. Deve haver centenas delas — talvez milhares — roçando nas janelas cobertas. A fundação range e estremece diante da quantidade de errantes. Lilly respira fundo algumas vezes e vasculha outras gavetas.

Atrás dela, o velho solta um gemido e se deita em cima do baú.

Em uma gaveta, Lilly encontra documentos inexplicáveis de meados dos anos 1990, cerca de mil metros de veludilho entregues em 22 de setembro de 2003, faturas de filtros para iluminação, móveis, cabos grossos, disjuntores, lâmpadas de xenônio, chapas de compensado, corda, óleo para máquina e pólvora. *Pólvora?* Lilly olha mais atentamente uma das portas sanfonadas de garagem. A estrutura está pregada ali, algumas folhas de compensado entrecruzadas de qualquer jeito na saída — provas de tentativas apressadas de tapar a porta.

Há um rangido do outro lado da porta de garagem, o grunhido aquoso e revelador de um errante. Talvez mais de um. Arrastando os pés, soltando ruídos guturais. Evidentemente o prédio está tão infestado quanto incompreensível em seu propósito. Lilly não percebe que o velho começou a roncar atrás dela. Ela corre até a porta fortificada e olha por uma fresta mínima entre o trilho lateral e a madeira.

Sob os últimos raios do crepúsculo, mal se distingue um espaço maior do outro lado da porta. Cerca de meia dúzia de figuras escuras zanzam por uma plataforma elevada, vizinha a uma porta vertical, e, pelas margens do espaço, uma série de cadeiras arrumadas no estilo sala de aula. Lilly enfim reconhece para que serve o lugar.

— Estamos nos bastidores — declara. Sua voz é baixa, uma mistura de assombro e nostalgia da época em que as pessoas de fato tinham uma vida refinada o bastante para comparecer ao teatro. Ela fica

boquiaberta para os atores mortos que vagam sem rumo de um lado a outro de um palco abandonado, peões de pernas rígidas em um tabuleiro de xadrez que perdeu todo o significado. Será que eram atores? Será que era o pessoal do teatro que ficou preso e se transformou? Um punho inesperado de tristeza aperta as entranhas de Lilly quando ela nota um letreiro escuro e coberto de poeira, feito de lâmpadas pequenas, no alto de uma saída na parede oposta do teatro: THE PENDRAGON SHAKESPEARE THEATER. Seus olhos lacrimejam. — Os bastidores de uma merda de teatro shakespeariano. — Ela se vira para o velho.
— Como, aliás...

Ela se cala. Fica imóvel. Vê que Nalls caiu num sono agitado em cima de um grande baú perto da janela. Enroscado em posição fetal, ele ronca baixo, os globos oculares tremelicando por baixo das pálpebras.

Lilly solta um suspiro de alívio. Por um momento, pensou que o tivesse perdido. Agora percebe que precisa do velhote para algo mais que sua vacina. Ela precisa de um companheiro. Agora precisa de companhia humana.

— "Dormir, talvez sonhar" — murmura ela, pensando em *Hamlet*, pensando em *Rei Lear* ao observar o velho adormecido.

Algo chama sua atenção à direita, um objeto escuro na bancada de trabalho, ao lado da mochila de Lilly: *a pasta*. Ela vai até ali. Fervendo de curiosidade, pega, abre seu fecho e dá uma olhada no conteúdo. Olha fixamente. Franze a testa. A magnitude do que vê não é registrada de imediato.

Ela folheia o conteúdo da pasta, balançando a cabeça, a testa franzida de confusão. O que esperava encontrar eram equações químicas, anotações científicas, mas não *aquilo*. Ela examina os diagramas e ilustrações feitos a mão, os rabiscos estranhos e pequenos, as notas de rodapé a rodapés e os fluxos de pensamento bizantino.

— Mas que merda é essa? — Algumas folhas se soltam, flutuando para o chão. Ela olha. — Que. *Merda*. É. Essa.

Ela se ajoelha e olha mais atentamente. Alguns itens são páginas surradas, arrancadas de cadernos de espiral, cada centímetro quadrado tomado de esboços mínimos, febris e obsessivos que, de início, parecem normais, embora meio caóticos — muitas setas, balões e círculos concêntricos —, todos girando em torno de variações intermináveis do mesmo tema: uma figura feminina e angelical de cabelo castanho avermelhado, rabo de cavalo, jeans rasgados e um halo. Retratada principalmente em desenhos primitivos e infantis, aquela mulher de desenho animado e aparência sinistramente familiar é rotulada em algumas páginas como "doadora zero", enquanto em outros pontos é chamada de "a garota panaceia" ou "a deusa da praga".

Uma corrente fria de terror atravessa a barriga de Lilly quando ela nota que muitas imagens da deusa de rabo de cavalo têm a legenda "L.C." ou "Lilly C.". Em alguns desenhos mais elaborados, há uma segunda figura de cara suja e olhos amarelos (presumivelmente um errante) ao lado da mulher de rabo de cavalo. As duas figuras estão ligadas por um cordão umbilical de setas rotuladas com frases sinistras como "o processo de enxerto final" ou "a penúltima hibridização". Lilly fica rígida. Sua garganta seca. Lentamente, ela se levanta, olhando de cima a loucura e murmurando, "Ah, não... não, não, não, não, não, não, não..."

— Ah, sim, receio que sim.

A voz atrás dela é quase fantasmagórica no tinido dos ouvidos. Ela gira a tempo de ver a tábua de compensado vindo em sua direção.

A tábua acerta sua testa em cheio, criando foguetes de luz branca por seus olhos e uma dor aguda penetrante pelo crânio quando ela cambaleia para trás, tropeçando nos próprios pés.

Lilly cai batendo a lombar, a dor dispara pelas luxações e hematomas das articulações maltratadas. O velho está de pé acima dela, a tábua como um taco de beisebol nas mãos paralisadas e no braço com a tala. Ele tem uma expressão muito estranha, um misto de desafio, ironia e uma loucura que não é pouca.

— Dizem que um cochilo, mesmo que por alguns minutos, pode rejuvenescer uma pessoa de idade avançada.

Tonta e sem fôlego, por instinto Lilly levanta as mãos para bloquear o golpe seguinte, mas o velho coloca uma força surpreendente nos braços, em particular para uma pessoa de sua idade. Talvez anos antes, no campo de golfe, ele conseguisse magníficas tacadas de 300 metros. Ou talvez ele simplesmente estivesse bancando o morto o tempo todo, escondendo as reservas de energia. Qualquer que seja a origem, o golpe seguinte acerta o rosto de Lilly com a força de um aríete e apaga a luz atrás de seus olhos.

A última coisa que ela vê antes de afundar mais uma vez no pântano da inconsciência é o sorriso amarelado e manchado de tabaco do velho, a voz sumindo aos seus ouvidos.

— Boa noite, minha doce princesa.

VINTE

Nalls fica parado ali por um momento, avalia, reflete, respira de forma superficial, asmática e ofegante. Seu braço formiga, mas ele ignora. Deixa cair a tábua e olha a jovem de rabo de cavalo deitada em meio às folhas espalhadas de sua pasta, o conteúdo de seu talento. Ele sente um leve estremecimento de vergonha por ter mentido a ela a respeito dos estágios avançados dos ensaios, mas não teve alternativa. Caso contrário, ela não o teria levado, não o teria protegido nem o mantido a salvo do enxame. É imperativo que ele possa realizar aquela última experiência — sua combinação de obra magna com canto do cisne — antes que o rumo dos acontecimentos impossibilite tal pesquisa fundamental.

Ele tem muito pouco tempo. Nalls se vira e atravessa às pressas a sala até a bancada. Revira as gavetas, procurando por um aparato adequado para amarrar a mulher. Deve ser mais forte que uma simples corda, deve ser completamente infalível, ou ela certamente conseguirá escapar com suas artimanhas. Ele também sabe que seu vigor é fugaz e temporário, fruto mais da adrenalina e dos acontecimentos memoráveis que da saúde. A doença o dominará em breve. Quando, ele não sabe. Aquele é um dos enigmas frustrantes do ambiente microbiano que opera ali. Os períodos de incubação variam muito. Ele vasculha as gavetas laterais e não encontra nada além de antigos blocos tamanho ofício, roteiros, material de escritório e envelopes pardos transbordando de objetos sem importância. Sua cabeça lateja da febre, a visão perde o foco por um momento.

Ele para, os joelhos bambeando, dominado pela vertigem, e apoia a mão esquerda na bancada para não cair. Seu estômago se revira. Ele é tomado de arrepios. Treme. Está ardendo, mas contanto que consiga se mexer e pensar, vai poder preparar os últimos parâmetros da experiência.

Naquele momento, um objeto metálico chama sua atenção do outro lado da sala, brilhando fracamente sob o facho amarelo e lúgubre que corta a poeira. Aquela lanterna deitada na bancada agora é a única fonte de iluminação no ambiente, e as pilhas estão se esgotando rapidamente. Ele atravessa o cômodo velozmente.

O palco vizinho tem um sistema complexo de cortinas, bem como outros imensos drapeados auxiliares, e todas são controladas por um sistema convoluto de roldanas e contrapesos no alto das vigas. Nalls dá uma olhada mais atenta em um dos cabos pendurados na frente do painel de iluminação. A julgar pela posição do velho banco de metal diante deste, antigamente o contrarregra devia se empoleirar ali durante as apresentações, e espiar das alas dos bastidores para saber quando deslocar o cenário, levantar e baixar cortinas e fazer alterações oportunas na iluminação.

Nalls remove parte do instrumento — um grampo de metal usado para prender os cabos e cordas para garantir mais alavancagem — e o coloca no bolso. Lembra-se de ter visto um alpinista na televisão usando um dispositivo desses para subir um aclive. O químico tem um uso perfeito para ele. Nalls olha para cima. O próximo desafio será a extração do cabo de aço maior. Ele olha a sala e vê um alicate no painel de luz e o pega. Agora usa os dentes internos afiados — feitos para retirar a capa de fios elétricos — para decepar o cabo. Em questão de minutos, o cabo estala e Nalls puxa o restante deste do sistema de roldanas.

Ele volta ao local onde a mulher ainda está prostrada e inconsciente, de braços e pernas abertos, o rosto já inchado e trazendo a marca da tábua na têmpora esquerda. Nalls pega no bolso de trás da calça o estojo de couro do tamanho de um lápis. Felizmente, vê que o estojo não foi quebrado. Acredita que Lilly estava — e continua — completamente alheia ao fato de que ele retirou drogas experimentais do hospital.

Agora ele abre cuidadosamente o estojo e coloca os frascos rotulados de X-1, X-2 e X-3 no chão, diante da mulher. Nalls se retrai com o início de um acesso de tosse, aí tosse e ofega por um momento, o crânio martelando. Ele apalpa a testa. A febre virou uma fornalha. Ele tem certeza de que sua temperatura vai chegar ao teto, e imagina que já alcançou o ponto crítico de 41 graus. Se ficar mais alta, será o início das convulsões e da falência dos órgãos, mas ele tem muito a fazer antes que isso aconteça.

Ele atarraxa a agulha hipodérmica no êmbolo e enterra a ponta na pele macia abaixo do cotovelo do braço saudável, injetando o composto na própria artéria. Respira fundo quando o frio se espalha dentro de si, um frio cáustico, o sorvedouro enregelante de nitrogênio líquido ou talvez do círculo inferior do inferno.

Ele joga a cabeça para trás, uma reação de falso orgasmo devido à disseminação do composto — um evento sem precedentes na história da medicina (se é que ele pode ter a ousadia de dizer isso). A invasão química corre por todas as veias, todas as células. Ele solta um longo suspiro de vitória; a exalação de Alexander Graham Bell telefonando para Watson, dos irmãos Wright levantando do chão, de Jonas Salk matando seu primeiro vírus da pólio. É o suspiro do gênio.

Ele estremece nas últimas fases da doença, seus órgãos sensoriais já começam a falhar.

O tempo é fundamental. O *timing* é tudo. Rapidamente, ele passa a trabalhar na mulher.

Infelizmente, a preparação de seu corpo para a experiência é um pouco demorada.

O tapa a acorda. Talvez *acordar* seja a palavra errada. Algo estala em seu rosto. Uma bolha? Uma ratoeira se fechando? Ela pisca e no início não sabe onde está. Mal consegue divisar imagens indistintas em movimento bem na sua frente. Tenta focalizar e entender o que lhe aconteceu. Ela desmaiou? Ela pulou?

Lilly tenta se mexer e percebe que as mãos estão amarradas às costas. Ela pisca sem parar, e nota que está sentada no imundo chão de tábuas, encostada à parede de uma sala mal iluminada, o velho sentado a centímetros dela, perto o suficiente para que ela sinta seu hálito azedo e malcheiroso.

— Permita-me começar pedindo minhas mais sinceras desculpas por bater em você daquele jeito.

Tendo a voz rangente para orientar seu olhar, Lilly Caul finalmente vê que Raymond Nalls está sentado de pernas cruzadas no chão, com um índio, bem à frente. O velho brilha de suor, o cabelo branco desgrenhado parece uma penumbra de fumaça em volta do crânio. Os olhos ardem de emoção, o branco dos olhos injetados fervendo de febre. A voz enferrujada é surpreendentemente firme.

— Como creio ter deixado claro, detesto qualquer tipo de violência, mesmo no ambiente desafortunado em que nos encontramos.

Lilly tenta se mexer, mas a cabeça martela com impiedade, provavelmente abrigando uma concussão pelo impacto da tábua, e a corda está enterrada em seus pulsos. Ela sente uma pressão na lombar e ouve um clangor metálico toda vez que puxa as amarras. Algo corta suas costelas. Ela baixa os olhos e vê que está amarrada à parede exposta com um cabo de aço para cortina.

— Que m-merda...?

— Espere um minuto, você já vai entender — insiste o velho, prestativo.

Lilly é tomada de calafrios ao baixar os olhos e lentamente acompanhar o cabo torcido por sua cintura, percebendo que ele se cruza nas costas e nos ombros, como um arnês, as amarrações se reunindo através de um dispositivo de metal que parece um grampo, tudo repuxado com a tensão de uma corda de piano.

Do lado de fora das janelas, um trovão distante chocalha a noite.

A centelha do raio reluz na sala por um momento, como a luz prateada do dia, clareando a área dos bastidores do Pendragon Theater: as portas do palco lacradas, as vigas com teias de aranha, os cabos e roldanas pendurados, os cenários enormes — nuvens, árvores, castelos, torres e caras gigantescas e caricaturais olhando enviesado em duas dimensões —, encostados e amontoados em pranchas expostas da parede. Lilly vê as anotações e desenhos insanos espalhados pelo chão e se lembra de ter levado uma bordoada um segundo depois de ver a abominação da loucura dentro daquela pasta. Ela percebe que o velho tem uma armadura semelhante de cabos em volta da barriga, cruzando os ombros, apertada e fixa com um segundo dispositivo que parece um grampo. A boca de Lilly está seca de pânico. Ela começa a puxar com toda a força, sentindo o suor frio brotar na pele. Ela puxa, se contorce e joga a cabeça com raiva.

— P-puta que p-pariu!... o que você está fazendo?... O QUE VOCÊ ESTÁ FAZENDO?!

A gritaria abala o velho, que a segura pelos ombros, como quem oferece consolo.

— Calma... calminha aí. Vamos enfrentar isso juntos. Mas de nada adianta lutar. Acredite em mim. Apenas faz o dispositivo apertar mais.

Lilly solta um grito de fúria. O grito rude e puro faz o químico estremecer e tapar as orelhas. Lilly luta como louca contra as amarras, em vão. Ela começa a lacrimejar. A última coisa que deseja é chorar, mas não consegue impedir que lágrimas e muco escorram pelo rosto. O velho baixa as mãos e observa, com a expressão de uma pessoa num velório ou no ato do shivá, esperando que um ente querido desabafe sua tristeza.

Nos poucos segundos seguintes, Lilly faz várias observações e deduções — mesmo enquanto contém as lágrimas — que podem muito bem ser de suma importância para sua sobrevivência. O relâmpago volta, bruxuleando na sala, e ela enxerga riscos atravessando seu campo de visão. Sente-se estranha, leve, como se tivesse bebido três litros de álcool e os efeitos estivessem a segundos de acontecer, aí ela se lembra dos primeiros estágios de um pico de Nightshade. Pelo menos o martelo na cabeça sossegou, a dor nas articulações arrefeceu um pouco. Mas nem uma só dessas percepções parece tão fundamental como a leve sensação de que o pulso direito, escorregadio pelo suor, desliza muito ligeiramente dentro dos rolos de corda que amarram suas mãos às costas. No início, ela teme ter apenas imaginado aquilo. Enquanto olha fixamente o velho, recusando-se num desafio a virar o rosto, ela tenta discretamente, e pela segunda vez, deslizar a corda mais um pouco para a mão, mas as amarras continuam firmes. Suas mãos não têm mais nenhuma sensibilidade, a circulação sanguínea foi interrompida. Lilly se lembra de ter estudado a vida de Houdini no colégio e de ter lido sobre sua técnica de escapismo por meio de um sistema disciplinado de tensão e relaxamento, tensão e relaxamento, e assim começa a fazer exatamente isso com a amarra no pulso.

Um instante depois, suas lágrimas secam no rosto. Ela engole a saliva cuprosa por ter mordido a língua e organiza os pensamentos. Leva mais um instante para falar.

— Por favor, *por favor*... me diga o que está fazendo. Você me deve isso.

O velho solta um suspiro.

— Na realidade, estou supervisionando o penúltimo estágio dos ensaios humanos que comecei um ano atrás.

Ela o encara fixamente.

— Não existem ensaios humanos, nós dois sabemos disso.

— Lilly...

— Pode parar com a encenação, seu disfarce acabou. Você está doente. Mentalmente doente. Profundamente perturbado. Não precisa completar ensaio algum, precisa de remédios e de uma longa estada no hospício.

Ele vira a cabeça de lado para ela, como se a avaliasse.

— Posso lhe mostrar uma coisa sem despertar outra explosão?

Ela dá de ombros.

Ele pega a bainha de sua camiseta ensebada, puxa para cima e mostra o ventre. Lilly olha. No início, sem saber o que deveria ver, ela nota a barriga do homem. Fica pendurada sobre seu cinto como uma fatia imensa de pão cru, peluda e marcada de estrias. Nalls fala em sua voz fraca e falha:

— Como pode ver, meu tempo é limitado.

— O quê? — Lilly está confusa. — O que eu devia procurar...?

Ela para. Vê as marcas. Abaixo da axila esquerda, a 3 centímetros do mamilo, fracamente visíveis no facho moribundo da lanterna, a qual ainda está na bancada, do outro lado da sala.

— Infelizmente... é a letra escarlate desta época — comenta Nalls, com tristeza. — A passagem de ida e volta, a viagem de volta que ninguém quer fazer.

Lilly articula, mas não consegue invocar palavra alguma. Sente o cabo a envolvendo. Parece quente, como se a febre do velho fosse transmitida pelo metal e a estivesse penetrando.

— Quando foi que...?

Ele despreza a dúvida com um gesto.

— Aconteceu no corredor, não muito antes de você despertar.

Ela olha fixamente as marcas de mordida. Suturas mínimas formam um pequeno X de cada lado do corte. Ela não consegue encher os pulmões de ar.

— E como foi que você...? — diz ela.

— Eu mesmo dei os pontos, alguns foram fundos o suficiente para pegar uma artéria.

Lilly fica tonta, instável, nauseada, como se estivesse flutuando. A luz fraca que vem da bancada é dourada e quente em sua visão. Ela não consegue raciocinar direito. Luta contra as amarras por um momento, quase involuntariamente. O cabo chocalha na parede.

— Não faça isso. — Ela muda de tom com ele, fala com tranquilidade, em voz baixa, como se ele fosse uma criança. — Não aja assim. Sem sentido. Sem coração.

— Aaaah. Para citar o bardo... — Ele baixa a camiseta e tosse novamente entre as palavras. — "Aí está o obstáculo. Os sonhos que no sono da morte hão de vir." — Ele sorri para ela de novo, e, pela primeira vez, Lilly vê a extensão da loucura crepitando por trás de seus olhos. — Faz um sentido enorme, Lilly. Acredite em mim. Você pintará seu nome com sangue na lista de chamada da história. Sua essência é a essência da Mente Superior, do Cristianismo, o caminho para a vacina.

Ela nota uma seringa no chão, não muito longe de onde estão sentados.

— Você me deu outra dose daquela droga, Nightshade, não deu? Foi o que me manteve dócil para o grande final?

O velho respira fundo, como se suportasse uma onda de dor. Ignora as perguntas.

— Não tivemos tempo para determinar os marcadores genéticos em suas células... mas às vezes a ciência é menos ciência que arte. Deve-se empregar a intuição. Acredito que seu sangue fornecerá o ingrediente que falta para um antídoto.

A cabeça de Lilly começa a girar, seu estômago apertado de náusea, a visão raiada de fogos de artifício óticos. Ao mesmo tempo, porém, seu cérebro registra mais um deslizar ínfimo de seu pulso direito.

— Não entendo.

— Sim, Lilly, acredito que entenda. Acredito que você entenda perfeitamente.

— Escute. Eu lamento que você vá morrer, mas tudo isso é fruto de sua enfermidade, sua doença mental. Eu vou impedir você. Eu vou matá-lo. Prometo que vou acabar com você se levar isto adiante.

— Ao contrário, você se juntará a mim. — O sorriso do homem faz a nuca de Lilly eriçar. — Eu me transformarei, e nós nos tornaremos um só em uma fonte batismal, e a conjugação de nosso material genético produzirá a cura.

Ela sente a fúria crescer por dentro, mas é amortecida pela droga, ou composto, ou o que quer que o louco sentado à frente dela lhe tivesse administrado.

— Você é um velho maluco que perdeu o juízo.

— Seja como for...

— SEU MALUCO DE MERDA, ME SOLTE! — Ela luta, se contorce e puxa os cabos, fazendo uma barulhada que se mistura a outro trovão. A corda em volta dos pulsos gordurosos aperta mais, firme. À luz oscilante do raio, ela grita para o velho químico. — ME SOLTE, MERDA!... ME SOLTE!... ME SOLTE, SEU MERDA! ME SOLTE! ME SOLTE!!

O raio estala, se afastando. O barulho da chuva, que agora cai aos baldes do lado de fora, traga o ruído do enxame. Na escuridão, a cara do velho é reduzida a uma silhueta.

— Junte-se a mim, Lilly.

As lágrimas retornam, mas daquela vez ela ri como uma idiota enquanto chora; um riso desesperado e frenético. As pilhas da lanterna estão quase esgotadas. Ela balança a cabeça, como se tentasse se livrar de uma nuvem de mosquitos, na esperança de conseguir se livrar dos efeitos da droga pela mera vontade, fazendo uso de sua raiva sóbria. Recupera o fôlego e enfim consegue falar:

— Por favor, me faça a gentileza de ser sincero... se vou morrer, por favor, seja sincero comigo.

O velho lhe lança um olhar, uma leve expressão de ressentimento.

— Eu *estou* sendo sincero.

— Nunca houve descoberta alguma, não é? Você estava perseguindo o próprio rabo, delirante, brincando de faz de conta.

Ele franze os lábios. A tempestade pulsa do lado de fora à medida que se aproxima. O raio estala, mais uma vez iluminando a cara branca e intensamente enrugada de um velho moribundo.

— Vou confessar que encontramos muitos becos sem saída. Mas sempre acreditei no advento de um doador universal e numa combinação muito especial de material genético introduzida nas células reanimadas daqueles que foram transformados recentemente.

— Mas o caso é que você está louco... e isso é um grande obstáculo a qualquer progresso ou realização, se você pensar bem. Você sabe disso, não sabe?

— Copérnico... Colombo... Louis Pasteur... *eles* não foram considerados loucos?

— Tudo bem... sabe do que mais? — Outra vez Lilly sente o nó da corda no pulso direito ceder um pouco. Agora trabalha com mais afinco. Tenta fazer com que ele continue falando. — Pode parar com as ilusões de grandeza. Está caindo em ouvidos moucos. O que quero saber é, por que você acha que isso vai levar a algo além de duas pessoas morrendo, se reanimando e depois ficando sentadas aqui, roendo uma à outra pela eternidade?

O velho assente.

— Admito que é um método primitivo de conjugar duas amostras. Nós tentamos algumas... *conjunções*... enquanto você estava sob... e foi tudo em vão. — Ele tosse, ofega, puxa a respiração entrecortada. Seus olhos se esbugalham de dor, e, ainda assim, ele continua falando, continua a justificar seus atos. — Mas acredito verdadeiramente que no m-momento em que seu DNA atingir m-meu sistema *infectado*, nós iremos...

Ele para de repente, interrompido por outro acesso de tosse, um latido congestionado e fundo. A tosse cresce a outra crise convulsiva.

Lilly vê o sangue se derramar da boca do velho em filetes delicados, caindo na gola da camiseta. Do outro lado da sala, o facho da lanterna agora já perdeu tanta energia, é tão fraco, que a área dos bastidores mergulha nas sombras. À meia-luz, Lilly vê o velho ofegante, os olhos caídos, cercados de vermelho.

O barulho da tempestade aumenta. Parece que está bem acima deles, a chuva bombardeando o telhado do teatro com a força de uma metralhadora Gatling. A pancada do trovão transforma-se em uma brilhante exibição de raios, a sala explodindo em luz diurna artificial por segundos fugazes enquanto Nalls tosse sem parar. Logo ele está sufocando. Seu rosto franze de agonia, depois muda de cor e fica imóvel. Ele tenta respirar, mas só consegue arquejar em um estertor crepitante.

Um instante depois, o velho expira na luz bruxuleante, como um personagem fazendo sua saída de um filme mudo. Em vislumbres rápidos e emoldurados pela lanterna, ele tosse sangue, as mãos vão ao pescoço, e ele tem uma hemorragia, convulsiona, asfixiado nos próprios fluidos corporais.

Por fim, sua cabeça tomba para a frente, o rosto virado para baixo fica inexpressivo como pedra. Parece o paciente emaciado de algum asilo que dormiu na frente da televisão. Ele se contorce por um momento, uma atividade nervosa residual... depois, nada além da imobilidade.

Do outro lado da sala, a lanterna agora está desbotada a um pontinho de luz âmbar por dentro da lente, como um olho de lagarto, e depois até *aquilo* se apaga, mergulhando Lilly e todo o restante na mais completa escuridão.

VINTE E UM

O período de incubação entre a hora da morte e o momento da ressurreição autônoma varia muito de um sujeito para outro. Lilly se lembra de ter ouvido histórias de pessoas recém-falecidas que levaram horas para se reanimar. Mas, a cada caso documentado, surgia um período médio de transição. Atualmente, as melhores estimativas colocam a taxa de transformação em cerca de dez minutos. Naquele momento, porém, Lilly imagina que tem bem menos que isso para, de algum modo, se "Houdinizar" das amarras do pulso, cuidar do velho e conseguir escapar dos cabos que a prendem ao esquecimento. E o pior — a parte que é tão dominadora que agora ameaça deixá-la paralisada pela inação — é o fato de que tudo terá de acontecer na escuridão mais completa.

Ela passa os olhos rapidamente na área vizinha. O escuro é tão opaco, tão denso, tão impenetrável, que parece ter um peso palpável, como uma espécie de líquido tinto e grosso, ou alguma poça de maré que de repente inundou os bastidores e agora prende Lilly e o químico morto em sua servidão sombria. É a escuridão que erradica tamanho, forma, tempo e contexto. Lilly e o cadáver ao qual está ligada podem muito bem ser microscópicos. Ou podem ter o tamanho de corpos celestes, um planeta preso ao campo gravitacional do outro. A escuridão que os engolfou é aquela do profundo espaço sideral. É a escuridão do armário de uma criança na madrugada. É a escuridão dentro de um caixão muito depois do enterro, depois que os enlutados partiram e a grama cresceu sobre o local. É absoluta e desprovida de matéria. É impossível e inevitável.

De súbito, outro trovão e raio explodem do lado de fora.

A prateada luz do dia — forte como um flash de câmera — ilumina a cena mortal por um só instante, e Lilly pisca, tentando apreender tudo. Em um quadro vivo muito iluminado, ela vê o cadáver preso a ela pelos cabos enferrujados, a figura idosa arriada à frente, a cabeça caída no peito, rosto para baixo, os ombros imóveis como uma estátua. Nos nanossegundos restantes do clarão prateado, Lilly absorve o máximo possível da cena: o grampo de metal prendendo o cabo em volta de cada um deles, os frascos quebrados de drogas espalhados pelo chão e até o canto mais distante da sala.

Então a luz se apaga, e a escuridão volta como uma enchente.

Lilly pisca de novo, uma estranha imagem impressa na retina, brilhando no fundo dos olhos. Hipersensível à mais leve iluminação, com a percepção fortalecida pelas drogas espalhadas em seu organismo, ela ainda consegue enxergar — mesmo na completa escuridão — o negativo fotográfico leitoso do espaço ao redor, o corpo do velho, as amarras. Começa a soltar uma gargalhada inadequada, a mente girando em pânico e ao mesmo tempo fascínio. Está tonta de adrenalina e, ainda assim, deliciada com essa descoberta: um jeito de estender a luz do relâmpago.

O negativo brilhante por seu campo de visão finalmente se apaga.

No escuro, seu cérebro se divide em dois. Metade flutua em um amortecedor de fastio narcótico, a outra trabalha como um motor para escapar daquela inextrincável armadilha. Ela aumenta a pressão da mão direita na corda, torcendo com a maior força que consegue contra os nós da amarra sebosa e escorregadia de suor que une seus pulsos. Sente a transpiração pingando da ponta dos dedos. A corda escorregou mais alguns centímetros, porém ainda a mantém amarrada, prendendo os pulsos com tanta força que as omoplatas doem. Lilly sente a presença do químico morto a centímetros de si.

Quanto tempo já faz? Cinco minutos? Dez? Se ele levar o tempo médio de incubação para se transformar, restam a ela apenas minutos, talvez mais, se ele estiver do lado alto da curva do sino, mas *pode* acontecer antes.

Ela luta, se contorce e leva o pulso para a frente e para trás da amarra, o suor pegajoso e morno agora escorrendo pela testa, pingando do nariz. Ela sente a transpiração escorrer pelo braço e pingar do cotovelo. A dor se intensifica, agora uma ardência no pulso, e Lilly percebe que o que escorre dali não é suor, mas sangue. Ela sente o velho, ainda silencioso e imóvel à frente. Sente o leve cheiro almiscarado de seu odor corporal, como se o fantasma do velho ainda vivo se prendesse a ele. Ele é uma bomba-relógio. Ela ri. Intimamente, naquela outra parte do cérebro, tem vontade de gritar. Luta para se soltar.

Lá fora soa um trovão, e a chuva desfralda por completo e ribomba no telhado.

Em algum compartimento bem enterrado do cérebro de Lilly, ela se lembra da antiga máxima infantil de que, durante uma tempestade, bastava contar a partir do momento em que o trovão acaba até o primeiro clarão do relâmpago para calcular a distância entre você e o raio. Ela jamais acreditou naquele conto do vigário, ou pelo menos imaginou que fosse decididamente impreciso, mas parte dela se reconforta com isso. Ela se recorda de ficar deitada na cama quando criança, contando freneticamente, consolando-se com o fato de que o raio em geral tinha caído a quilômetros de distância.

Ela sente o pulso escorregar mais alguns centímetros, lubrificado pelo sangue. Agora não falta muito. Ela puxa e luta até que a dor dispara pelos tendões e explode na articulação do ombro. A dor é enorme, uma faca enfiada nas costas, e ela solta um grito.

Mais um trovão retumba no alto, chocalhando a estrutura e reverberando pelo firmamento.

Lilly sussurra com o esforço, torcendo e puxando as amarras freneticamente, a mão escorregando mais um centímetro, espicaçando-a enquanto ela conta no eco após o trovão: *um... dois... três... quatro... cinco... seis... CLARÃO!* O raio explode do lado de fora das janelas e acima das traves, enchendo o teatro com uma nova onda de luz da cor do magnésio.

O velho não se mexeu nem um centímetro, o corpo inerte ainda sentado no chão de pernas cruzadas, os ombros ainda arriados, os olhos ainda bem fechados, a cabeça abaixada, o rosto inexpressivo como o de um manequim. Lilly solta um suspiro de alívio enquanto o clarão do relâmpago se apaga. Mas é um alívio apenas momentâneo. Na imagem impressa por trás de seus olhos, ela toma nota mentalmente: a posição do grampo de pressão, o arame puído e afiado na extremidade de um dos cabos, a distância entre ela e o rosto do homem, e aí ela aumenta a pressão nas amarras do pulso.

Àquela altura, a dor piorou, transformando-se em um frio entorpecente que se espalha pelo corpo. O estimulante chegou ao auge do efeito. Ela tem um barato sério rolando e alucina artefatos microscópicos no escuro — risquinhos mínimos de luz colorida e pequenos arabescos de impossíveis criaturas fluorescentes, nadando pelo vazio oceânico e profundo. Não consegue evitar rir dessas visões apavorantes, que parecem ter saído dos cadernos de Nalls.

Ao mesmo tempo, trabalha como louca nas amarras, o pulso continua a escorregar muito ligeiramente para a liberdade. A lubrificação de seu sangue está ajudando, assim como o entorpecimento. Seu cérebro tenta encontrar um apoio no escuro, os pensamentos atrapalhados quicam, disparados como bolinhas de pinball.

Há um estalo de trovão, agora mais próximo que nunca, abalando as fundações.

Lilly dá um pulo. Seu sistema nervoso central luta num cabo de guerra entre o barato narcótico do Nightshade e o mero terror da bomba-relógio de pernas cruzadas a centímetros dela.

Rindo, Lilly conta os quilômetros:

— Um... dois... três... quatro...

A luz estroboscópica pisca de novo do lado de fora e enche a sala com um dia artificial.

O velho levantou a cabeça.
Lilly grita.
Os olhos do morto se abrem.

Os próximos segundos se desenrolam na lentidão drogada em *time--lapse* de um sonho. Naquela chispa momentânea, que dura apenas um ou dois segundos, Lilly se afasta repentinamente enquanto a criatura solta uma série de vocalizações úmidas e inumanas — em parte rosnado, parte uivo —, os lábios descoloridos já se desprendendo do esmalte antigo e amarelado dos dentes. Filetes de baba pendem da boca. Tem o cheiro do matadouro; a cabeça gira, como se tivesse recebido um sinal do espaço, e os olhos reptilianos se fixam em Lilly.

Enquanto tudo acontece, enfim Lilly — seja pelo jato repentino de suas glândulas adrenais ou pelo sangue sebento que proporcionou lubrificação suficiente — consegue soltar a mão direita da corda. As duas mãos de imediato são libertadas, e, enquanto o que resta do relâmpago se apaga, Lilly consegue agarrar a criatura pelo pescoço antes que ela consiga mordê-la.

A completa escuridão retorna, e Lilly aplica cada grama de força que lhe resta no estrangulamento daquele pescoço fino de peru. A coisa que antes era um químico emite um grito penetrante em rosnado que parece o de uma hiena estrangulada, mas continua a rilhar os dentes. Naquele momento, em meio aos pensamentos caóticos, ocorre a Lilly que os errantes não respiram, e assim o estrangulamento não é uma ameaça mortal, mas ao menos o ato está mantendo aqueles dentes amarelos longe da carne macia de sua jugular.

Na escuridão palpável, a impressão do rosto horrendo, lívido e demoníaco que antes era Raymond Nalls demora-se no campo da retina de Lilly. Sem se deixar abalar, ela mantém a pressão forte como um torno no pescoço da coisa.

Ela consegue ouvir os dentes da criatura — os incisivos e molares — estalando como castanholas, e sente o corpo magro da coisa se contorcer e se agitar em suas mãos; uma criatura enorme e escorregadia retirada do mar, lutando com o fervor involuntário de uma barracuda no convés de um barco, tentando escapar das garras da rede. Lilly solta um grito agudo de fúria e determinação. Ela *não* permitirá ser mordida por aquela coisa.

Quando a próxima saraivada de trovões e relâmpagos explode do lado de fora do teatro, o cabo em volta da cintura de Lilly ficou mais frouxo devido a toda a luta violenta, ao estrangulamento e às contorções. Lilly sente o laço escorregar tronco abaixo, a pressão agora no osso pélvico. O grampo se abriu como uma mola. Agora está no fundo do rolo, entre suas pernas, no chão. Ainda embolada com as amarras da criatura, o rolo solto de cabo pelo menos dará a Lilly mais espaço de manobra.

Nos estalinhos brilhantes e oscilantes de luz, os dedos com os nós brancos de Lilly ainda apertam o pescoço magro do monstro enquanto a coisa rosna, rói e se contorce com um vigor sub-humano.

A luz do relâmpago se apaga.

Na completa escuridão, Lilly respira fundo algumas vezes para criar coragem, preparando-se, dizendo a si para ignorar a sensação narcótica e se concentrar. Em algum lugar no fundo da mente, ela percebe que provavelmente só tem essa chance. Sabe que se for perdida, ela morrerá. No momento em que tirar as mãos daquela fera trêmula que se contorce no escuro, ela vai ter cerca de um segundo e meio para terminar seu trabalho. Os errantes são lentos em campo aberto. Isto é certo. Não conseguem correr, nem escalar, não conseguem manobrar por obstáculos complicados. Mas de perto e tão pessoal desse jeito, em particular no escuro, podem ser ferozes e letais.

Aquele provavelmente partirá para seu pescoço. Lilly sabe disso por experiência própria. Já viu espreitadores surpreendendo as pessoas e pegando a carne macia do pescoço antes mesmo que a vítima tivesse a oportunidade de reagir. Na verdade, a velocidade com que os mortos vão para um ponto de pulsação como a jugular é estritamente inata, automática, involuntária... tal uma vespa ferroando a presa. Lilly sente a gordura de seu sangue e do suor nas palmas enquanto estrangula a coisa, e se pergunta se aquilo será sua ruína. Não dá para segurar uma arma com velocidade ou precisão quando as mãos estão escorregadias desse jeito.

Ela afasta a dúvida da mente e reza em silêncio pela volta do relâmpago. Está perdendo a coragem, o foco e a vontade. A droga surte efeito, embaralhando os pensamentos numa confusão caótica. Seus braços a estão matando, os dedos dormentes em volta do pescoço da coisa. Suas mãos escorregam; ela pode sentir.

Ela invoca toda a fúria. Como uma solda ponto, ela concentra a raiva, a tristeza e o pavor naquela criatura que estremece em suas mãos, aquele habitante das profundezas se erguendo para matar tudo que ela estima. Lilly invoca todas as emoções a fim de destruir aquele inimigo natural, aquela *coisa* sem nome e sem alma que roubará sem remorso suas crianças, sua vida, seu mundo. Ela pensa naquele ser no escuro como a Morte. Ela jamais se renderá. Jamais desistirá.

Um relâmpago estala do lado de fora.

Os olhos do monstro refletem a centelha, e Lilly toma uma atitude.

VINTE E DOIS

Naquele momento, a luz prateada e radiante invade o teatro por um total de cinco clarões distintos — espaçados com regularidade, cobrindo um período de pouco menos de dez segundos —, levando a ação a acontecer num movimento onírico, no estilo filme mudo, nem lento, nem rápido, mas etéreo e sobrenatural. Naquele breve e eterno período de tempo, o cérebro hipersensível de Lilly — exacerbado pelos alucinógenos que correm em suas veias — desconstrói instintivamente aqueles clarões separados em componentes individuais de uma narrativa mais longa.

No clarão número um, Lilly se solta da criatura com a maior rapidez possível, deslocando a mão do nível do pescoço do monstro para o grampo solto encostado na própria coxa. Ao mesmo tempo, a cabeça da criatura se joga para trás em reação ao alívio da pressão em torno da área craniana. Este último movimento é simplesmente a atuação de uma lei da física, a mola de cabos originalmente enrolada no velho chamado Nalls agora range e se estica com o peso da criatura e a cabeça é jogada com violência para trás.

O segundo clarão é uma fase de transição, a mão de Lilly encontrando a borda afiada do grampo de metal, segurando-o e levando-o para o alto e lateralmente em direção ao crânio da criatura. Lilly pretende golpear a coisa acima da têmpora com força suficiente para meter a borda do dispositivo de metal no couro cabeludo duro do velho, atravessando o periósteo, o osso rígido e a medula do crânio, perfurando a dura-máter e por fim penetrando na matéria encefálica esponjosa e crítica. O fato é que Lilly Caul realizou aquela tarefa vezes suficientes com várias armas para entender o nível de pressão, força e velocidade com que se deve enfiar proveitosamente uma ponta afiada na cabeça de um errante.

Durante o arco amplo de lançamento do grampo, a cabeça do monstro não voltou inteiramente à posição original. Ainda está no meio do solavanco. Tudo aquilo leva a um resultado inesperado durante o clarão seguinte.

Quando o relâmpago de número três preenche o teatro com uma falsa luz do dia, a ponta afiada do grampo se choca com a mandíbula da criatura, pouco acima do maxilar. A força com que a coisa golpeia a cabeça do monstro — novamente, reforçada pelo coquetel explosivo de Nightshade, emoção e adrenalina que flui dentro de Lilly — arranca completamente a metade inferior do crânio da criatura, removendo uma parte enorme do crânio original. Todo o maxilar se solta, assim como a bochecha e a cavidade nasal superior, fazendo com que quase metade da cara do velho saia voando pelas sombras em uma rabiola de tecido ensanguentado, fragmentos de osso, dentes e gengivas. O monstro se empina, perdeu metade da cara, o sangue esguicha e verte, escorrendo por seu peito afundado, um globo ocular pendurado por filamentos de nervo ótico e vasos sanguíneos. Lilly segura firme o grampo e bate na parede atrás; seu grito, um choro desarticulado de repulsa, fúria e pavor. Naquele exato milissegundo, o bruxulear morre com a rapidez com que se materializou.

Na escuridão que se segue, Lilly desfere repetidos golpes por mais alguns breves momentos.

Em um estouro de canhão do trovão, o relâmpago brilha pela quarta vez, a tempestade bem acima do distrito do teatro, transformando a noite em dia, penetrando pelas frestas e aberturas nas janelas tapadas por madeira e iluminando as coxias com um entrecortado esplendor prateado. A essa altura, as amarras de cabo de Lilly se esticaram ao ponto de escorregar, caindo abaixo do nível de sua pélvis, o monstro na sua frente debatendo-se estupidamente, ainda cativo do próprio arreio de aço. No lampejo momentâneo, claro como a iluminação de uma sala de cirurgia, a criatura agora parece um inseto, quase alienígena, tem apenas metade do crânio intacto — sem maxilar, sem dentes, nem garganta, nem nariz, uma cavidade ocular arruinada — a um ponto no qual agora só é visível a cavidade carnuda de sua glândula submandibular inferior, expondo a artéria carótida, como um galho que precisa ser podado. Na forte luz, parece um louva-a-deus ensopado de sangue. Na realidade, a visão da coisa sacudindo a cabeça parcial e retesando as amarras do cabo é tão perturbadora, tão surreal, tão psicodélica para Lilly que por um momento ela perde o foco e ri.

A coisa investe para ela com a arcada supraorbital ensanguentada e tenta apanhá-la desajeitadamente, fraca e impotente agora que perdeu os dentes, e tudo aquilo só faz intensificar ainda mais o riso de Lilly. Ela cai de lado, soltando uma gargalhada frenética, histérica e melancólica.

À medida que a luz vacilante diminui e se apaga, ela ouve o próprio riso buzinando nos ouvidos, como se pertencesse a outra pessoa. Parece seu eu interior — a parte dela que não está sob a influência —, como uma claque antiga e arranhada de alguma sitcom ou game show esquecido. Quanto mais a criatura se debate para ela com as mãos tortas — mãos que antes pertenciam a um velho frágil, mãos que antes se contorciam de paralisia —, mais ridícula fica. Por um momento insano, conjura imagens de quedas de bunda, caras de susto, de gente escorregando em bananas e estufando a boca com chocolates que aparecem por esteiras transportadoras. Lilly ri ainda mais enquanto a criatura inutilmente dá safanões para ela com a cabeça de louva-a-deus pingando, ensanguentada. Ela a enxota facilmente com um tapa forte, sua cabeça girando, a luz moribunda deixando riscos em seu campo de visão. Aí a escuridão retorna, a risadaria se vai, e ela fica no vazio desolado do escuro. Agora só consegue ouvir os ruídos deturpados e aquosos da cabeça mutilada do errante a centímetros dela.

O raio de número seis chega um instante depois, revelando que o monstro finalmente ficou quieto. Lilly encara. Sentado ereto — a cabeça mutilada e deformada com o globo ocular feito um pêndulo de veias —, ele está virado para ela como se esperasse... como se esperasse por sua libertação. Ela pisca e continua encarando. A coisa estremece para ela — sem a parte inferior do crânio, é impossível interpretar — um grunhido, grito, um gemido? A sala se aquieta por um momento. Lilly ouve o bater da chuva lá fora, incessante, sibilando, tragando o zumbido onipresente da horda, agora na casa dos milhares, talvez mais, atraídos para o teatro, feito abelhas em volta de uma colmeia. As drogas no organismo de Lilly agem sobre seu raciocínio, como combustível de foguete para o cérebro. A coisa à frente varre o ar próximo ao rosto de Lilly, a mão velha em formato de garra errando seu nariz por um fio, e então Lilly dá um tranco para trás, assustada.

E então ela ouve o zunido baixo da multidão do lado de fora e tem uma ideia.

Nos últimos clarões, ela se livra das amarras frouxas, saindo dos cabos de aço enquanto a criatura patética no chão avança para ela e a cutuca com seu meio rosto, ainda vertendo a irrigação e os fluidos de sua abertura da glote. Lilly fica de pé.

A vertigem desaba sobre ela, ameaçando nocauteá-la. Nos últimos lampejos de luz, ela vê o monstro encarando-a com o único olho intacto, parece que quase em expectativa, o outro olho pendurado. A frente do homem ficou ensopada de sangue arterial escuro. Os errantes não sangram exatamente. Na ausência de funções circulatórias, seu sangue vaza com a lentidão da seiva expelida de uma árvore.

Lilly respira fundo, olha para baixo e sorri, apesar da repulsa que sente.

A noite engole os dois.

Lilly tateia pelo escuro da coxia, deixando a criatura mutilada no chão, presa e amarrada com cabos embolados. À medida que se desloca pela escuridão, ela respira fundo e reprime a vertigem. É acometida de uma ideia diabólica. Se puder se acalmar, manter o controle e agir rapidamente, talvez consiga ir até o fim. Ela respira fundo mais uma vez ao se aproximar da bancada de trabalho.

Lilly para, orientando-se. A tempestade se acalmou e agora é um ruído branco, baixo e monótono. Os trovões aparentemente se deslocaram, como se tivessem se cansado da cidade e agora migrassem para as colinas rurais no sul. A cada poucos minutos, Lilly ouve o rimbombar distante, como um enorme estômago roncando, e vê alguns clarões fracos de relâmpago em algum lugar no campo, iluminando pouco o teatro. Ela engole em seco. Já está há quase 12 horas sem água. Se não encontrar alguma no prazo de um ou dois dias, pode morrer. O que para seu cérebro confuso parece uma forma idiota e irônica de partir, em especial depois de ter sobrevivido a tudo que enfrentou.

Agora os olhos se adaptaram o bastante para ver a silhueta da bancada adiante.

Ela tateia às cegas pela pilha de gavetas e faz uma busca ali. Lembra-se vagamente de ter visto um pacote fechado de pilhas, mas não tem certeza. Pode ser imaginação. Ela apalpa o conteúdo da gaveta. No último fraco e pálido lampejo de relâmpago, encontra um rolo de fio elétrico preto, um grampeador e — surpresa! — um pacote amarelado, porém ainda lacrado, com quatro pilhas alcalinas.

Ela ri — ainda viajando com a droga — enquanto mexe na lanterna, atrapalhada. Coloca as pilhas novas, acende a lanterna e passa o facho estreito de luz branca pela sala. Junto de uma parede, ela vê os cenários, as enormes colunas de mármore feitas de isopor, a imensa torre do castelo de madeira balsa e uma fileira de antigos armários cheios de figurinos.

No final dos armários está pendurado um imenso casaco preto. Ela vai até lá e examina mais de perto. Pergunta-se se seria de *Macbeth*. Poderia muito bem fazer as vezes de capa de bruxa — do tipo usado pelas três irmãs na peça —, uma das poucas lembranças de sua única aula de teatro na Georgia Tech.

Por algum motivo, naquele momento, em meio a seus pensamentos dispersos, uma frase da peça borbulha de seu banco mental espontaneamente, inesperada.

Quem são estas criaturas
Tão mirradas e de trajes selvagens,
Que não parecem habitantes da terra

Ela tira o casaco do gancho, veste e olha o espelho de corpo inteiro rachado, salpicado de sujeira, que está encostado no canto. Ao facho da lanterna, que agora ricocheteia no espelho e se reflete para ela, Lilly parece uma criança brincando com roupas de adulto. O casaco de bruxa fica enorme. Outro riso nervoso e sussurrado escapa de seus pulmões.
Ela assente para si.
Aquilo vai funcionar maravilhosamente
Assim espera.

Uma hora depois, o amanhecer se aproxima e a chuva para. O céu sobre o Pendragon Theater na Cherokee Avenue assume um tom cinzento enquanto a turba de figuras maltrapilhas ronda o cruzamento da Cherokee com a Platt, vagando sem rumo pelos becos adjacentes, voltando os olhos metálicos para cada barulho, da água da chuva soando nas sarjetas ao canto dos melros anunciando o dia ao sobrevoar a paisagem urbana petrificada.

No início, o rangido da porta da coxia no final da Platt Street chama pouco a atenção da horda. A coisa que sai do teatro arrasta-se para a manhã cinzenta sem muita cerimônia, uma pilha de carne decomposta coberta com um manto teatral feito para uma bruxa imaginária. Tem pernas finas parcialmente ocultas pela roupa. O cheiro que emana é sutil — aquele morreu e se transformou apenas horas antes —, mas logo se juntará aos outros de seu gênero, irradiando uma podridão imensa.

A criatura coberta lentamente se vira e se arrasta, desajeitada, para a entrada do beco. A um observador normal — isto é, um humano —, pode haver algo de estranho no andar da coisa, no modo como se porta. Ao contrário da miríade de outros habitantes que vagam pelas ruínas — a maioria agora roçando no recém-chegado, dando pouca atenção a ele —, aquela criatura do manto parece voltear um pouco, como se tivesse *quatro* pernas por baixo do manto roído pelas traças. E a cara também pede algum questionamento. O semblante sombrio que espreita nas profundezas escuras do capuz imenso não resistiria a nenhum exame atento. Metade do crânio da criatura está ausente e verte fluidos, e algo se mexe um pouco atrás dela, como se uma Matrioska estivesse escondida ali.

Entretanto, apesar dessas idiossincrasias anômalas, a coisa no manto de bruxa passa com poucos incidentes pela multidão que zanza pelo beco. Nem um único membro da horda parece notar qualquer disparidade enquanto o recém-chegado chega à rua e pega a Cherokee Avenue.

Se nosso hipotético observador humano investigasse ainda mais, também poderia notar como aquela coisa monstruosa está manobrando — dando guinadas deliberadas, virando a cabeça para ruídos, desviando-se de obstruções e grupos de cadáveres eretos que bloqueiam seu caminho —, o que a destaca da natureza sem rumo dos outros mortos reanimados. Aquele recém-chegado parece ter um propósito. Parece ter um destino que, de algum modo, acena para ele. Na verdade, parece estar andando para o sul.

Por um tempo, a figura encapuzada anda a toda pelo enxame de mortos, arrastando atrás de si o manto de bruxa como a cauda do vestido de algum baile satânico. A certos intervalos, ouve-se um barulho de tosse de dentro da capa, que atrai uma onda de cabeças viradas e grunhidos agitados em meio à horda. Algo na figura começa a chamar a atenção dos errantes.

À medida que o recém-chegado se aproxima do enorme canal abaixo da Interestadual 20 — um cemitério de restos humanos que outrora tinha sido o lar de incontáveis refugiados da praga em acampamentos miseráveis —, a criatura para abruptamente. Pelo modo como vira a cabeça encapuzada para cima, parece estar boquiaberta para algo através de seus olhos rompidos e mutilados. Poderia estar olhando alguma coisa no suporte do viaduto?

Errantes agitados cercam o recém-chegado, farejando, seus rosnados e grunhidos atraindo uma atenção cada vez maior dos círculos externos do enxame. A tosse dentro do manto de capuz se intensifica.

Por fim, a coisa dentro do manto de bruxa parece ter uma convulsão, e dá à luz a Matrioska — uma mulher viva — que irrompe da roupa com uma pistola de pequeno calibre na mão direita.

A mulher de rabo de cavalo cai no chão, o vômito saindo ruidosamente devido ao cheiro e à gosma horrível da carne em decomposição em sua pele enquanto o químico morto, ainda vestido no traje, cambaleia para trás, às cegas, e eleva silenciosamente sua cara mutilada. Os membros mais próximos da horda se aproximam para matar.

Um único tiro é disparado, ecoando nas cavidades da paisagem urbana conforme a mulher alveja seus atacantes. Ela dispara a bala restante no errante mais próximo, um narigudo de macacão sujo com um buraco enorme na barriga, do qual as entranhas estão penduradas, como tiras de salsicha na vitrine de uma loja. O homem desaba em um esguicho de fluidos pútridos e gordurosos.

A mulher se vira rapidamente e encontra uma abertura entre dois grupos de mortos que rapidamente caem em cima dela. Baixa a cabeça e arremete pelo espaço com a rapidez permitida pelas pernas bambas, empurrando um deles de lado com tanta força que a criatura derruba outras três.

Segundos depois, a mulher de rabo de cavalo atravessou o terreno baldio e foi para a Oakland Avenue. Nesse tempo todo, fica olhando para trás, para a enorme mensagem pintada com tinta spray em caracteres imensos no alto do viaduto interestadual.

LILLY SE SAIR DESSA VIVA VÁ PARA A CASA DE MEGAN

VINTE E TRÊS

Ela se dá bem ao norte da Whitehall Street. Mantendo-se abaixo do radar da horda, esgueirando-se em silêncio pelas valas tomadas de lixo e pela folhagem crescida demais do pátio de trens, ela agora já segue naquela direção há quase uma hora. O céu escureceu e envolve a cidade, mais uma tempestade no vento, e Lilly, faz algum tempo, tem medo de jamais conseguir chegar ao gueto estudantil da Georgia Tech, onde Megan Lafferty antigamente alugava seu pequeno e aconchegante apartamento. Lilly supõe ter sido Tommy Dupree o autor da mensagem no alto do viaduto, mas não sabe como ele pode ter tomado conhecimento de Megan, e muito menos da localização de sua antiga residência. Mas que alternativa Lilly tem agora? Pegar carona de volta a Woodbury está fora de cogitação, e atualmente faltam táxis disponíveis no centro da cidade.

Sem opções, sem ideias, sem munição, ela está à beira do colapso quando vê, perifericamente, os dois flancos do pátio de trens começando a farfalhar e a fervilhar com movimento. Ela olha para os dois lados e nota o pátio se encher de errantes. As duas levas de mortos arrastaram-se para ela, como baixos maremotos rolando de cada lado — sua concussão lateja, a vertigem e os efeitos prolongados do Nightshade entorpecem os sentidos e afunilam a visão —, e agora ela percebe que está aprisionada. Se bater em retirada, vai esbarrar na terceira onda que vem do sul. Se tentar fugir daquilo — indo para o norte —, está ferrada. Os dois regimentos vão cair em cima dela e devorá-la.

Ela para, cambaleando, vira-se continuamente, não vê saída.

— Tá legal, e agora? — fala Lilly sozinha numa voz entrecortada, as cordas vocais em frangalhos. — O que vai fazer agora, gênio? — Ela gira o corpo e olha a multidão que se aproxima. — Ande logo, você já esteve em enrascadas piores que esta. — Ela vê centenas de pares de olhos de peixe leitosos refletindo o céu nublado, todos fixos nela, flutuando para ela, a fome tão palpável que praticamente zumbe em seus ouvidos. — Ande, ande logo, *pense*. — Ela pega a arma vazia e segura na mão direita: um cobertor de segurança, talvez um porrete; quisera Lilly poder materializar outras seis balas *por desejo* naquele tambor. — Ande, ande, ande.

À medida que o vasto mar de cadáveres se aproxima, uma ideia desgarrada lampeja por sua mente numa faísca de pavor. Não pode dar a volta por eles, não dá para passar por eles, não dá para ir por baixo deles nem por cima. Ela vê algo importante a uma curta distância.

— Por cima deles... porra, é isso... ir *por cima deles*.

A escada distante emite um brilho acobreado meio opaco: uma série de degraus de ferro subindo à traseira de um vagão de passageiros abandonado.

A horda se fecha ao seu redor enquanto Lilly dispara numa corrida, a traseira do vagão a 50 metros.

Ela tem os olhos fixos na escada e baixa a cabeça ao correr, a horda ondulante deslocando-se languidamente em reação a sua fuga, parte deles bloqueando o caminho, de mãos estendidas para ela. Mas agora ela reuniu tanta força que esbarra nos mais atrevidos enquanto se aproxima da traseira do trem. Os errantes caem como dominós.

Ela alcança a escada e sobe rapidamente à ponta do vagão.

Lilly segue por fileiras de trens de carga abandonado, estendendo-se por quilômetros, literalmente centenas de antigos vagões de teto plano e corrugado abandonados para criar ferrugem e se decompor no ambiente. Um emaranhado de folhagem silvestre e mato cresceu entre alguns, enquanto outros afundaram no chão. Parte dos engates foi desfeita, e o espaço entre os vagões exige que Lilly pule por trechos de 3 metros ou mais, o que ela faz tranquilamente, saltando de um vagão a outro, aos poucos seguindo para o norte diante dos olhos da horda bamboleante.

Os trilhos do trem correm ao lado da artéria da Marietta Street, uma via principal que Lilly costumava percorrer toda noite para chegar a suas aulas na Georgia Tech, agora desolada como o rio Estige. Grande parte dos destroços que bloqueiam a rua dá a impressão de ter derretido na superfície musgosa e fétida do calçamento, as vernônias e as trepadeiras encasulando-os e conferindo a tudo uma cor de bile. Os raios da noite anterior acertaram bolsões de metano em chamas, e agora nuvens de um fogo amarelo pontilham a rua. A casa de Megan na Delaney Street ainda fica a uns bons 2 quilômetros de distância, mas Lilly começa a acreditar que vai conseguir. O trem fossilizado parece continuar para sempre.

A população de errantes naquela parte da cidade cresceu desde que Lilly ficou fora do ar. Agora a extensão e a largura do enxame são perturbadores. Em alguns quarteirões, o número de mortos chega às dezenas de milhares, o alto de seus crânios em decomposição como pedras flutuando num mar de restos mofados, um oceano de cadáveres ambulantes, que parece se estender até o estádio Georgia Dome, a 700 metros dali. O ar é tão tóxico, úmido e denso do fedor da morte que uma névoa de início da manhã se gruda no chão, atravessada por ciscos pretos de cinzas e pedaços reluzentes de partículas com a textura de escamas de peixe.

Aquela visão tem um estranho efeito em Lilly, que salta de um vagão a outro. Ela a revigora, dá energia, faz com que o medo seja contido, como se ela estivesse cheirando sais aromáticos. Ela puxa o elástico do rabo-de-cavalo e solta o cabelo às sacudidas. O vento malcheiroso sopra por ele e lhe dá uma sensação incrível. Ela se sente mais viva que nunca — as dores e sofrimentos agora há muito esquecidos —, e acelera o passo.

— Vocês todos que se fodam! — Ela acena para a multidão, saudando-a com o dedo médio. — Venham me comer! — Ela ri ao vento enquanto corre. — VENHAM ME COMER, FILHOS DA PUTA! — Ela dá uma gargalhada ao chegar ao final de um vagão comprido. — VENHAM ME COMEEEEEEEER!! — Ela salta, triunfante, para o teto de um vagão de passageiros amassado a 3 metros de distância.

Quando pousa, o teto desmorona com o impacto de seu peso.

Ela mergulha por uma nuvem de poeira e destroços, caindo com força na borda de metal de um banco, a dor tão repentina e forte que de imediato ela desmaia.

Algum tempo depois, o barulho de um fuzil automático a agita. Lilly se torce dolorosamente a cada estalo, acordando assustada e sentindo o ferro em brasa e cauterizante da dor na lombar.

Ela mal consegue respirar, deitada numa posição fetal no banco de couro gasto, no meio de um vagão de passageiros da Amtrak, mas o barulho de balas batendo na lateral do trem faz com que ela levante a cabeça e se concentre em seu ambiente. O sol desbotado brilha bem em cima dela, penetrando o buraco enorme no teto através do qual ela caiu. Estalactites de fibra de vidro e metal penduram-se ali, e o ar dentro do vagão ondula com partículas de poeira e cinzas. Ela vira a cabeça — um movimento repleto de dor — e vê restos humanos perto da porta da frente do vagão.

O maquinista parece ter sido morto há anos, a pele tem cor de minhoca, a carne do crânio se esticou como uma máscara mortuária. A espingarda ainda está presa em suas mãos paralisadas, o cano apontado para a boca, o alto da cabeça aberto, o resultado de seu suicídio marcando a parede atrás, preta como um nanquim. Aquela visão — combinada ao barulho crescente de tiros — convence Lilly a se sentar. Mas, quando tenta, a dor explode pelo nervo sacro. Ela escorrega do banco e bate no chão, ofegante.

Suas costas devem ter levado o grosso da queda, uma das pernas agora está dormente como um membro inútil. Ela engatinha pelo chão até a janela, a agonia feito um atiçador quente espetando a base das costas.

É preciso um esforço enorme para ela se impelir ao peitoril e olhar para fora. Quando enfim consegue, vê um Escalade preto, crivado de balas, dando a ré para ela, um fuzil de assalto flamejando das janelas traseiras, os disparos acertando os errantes mais próximos e abrindo caminho.

Lilly expira dolorosamente enquanto o veículo alcança o vagão do trem e para numa derrapada. Ela mal consegue se mexer. Não sabe se são amigos ou inimigos, mas não há nada que possa fazer a respeito. Está à mercê deles. A tranca traseira do Escalade estala, e a porta se abre.

— *Tem certeza* de que foi nesse que você a viu cair? — pergunta o jovem na área de carga ao camarada. Ele tem uma pele morena, abrutalhada e mediterrânea, cabelo crespo e preto preso num coque, tatuagens nos braços musculosos. Em uma das mãos segura uma Uzi, na outra, tem um pequeno kit de primeiros socorros. — Espere! Ela está ali! — Ele a vê pela janela. — Ei, você aí.

Lilly consegue abrir a janela alguns centímetros para ser ouvida. Sua voz é rouca e seca como uma lima.

— Eu conheço você?

— Não, mas vai conhecer logo. — Ele abre um belo sorriso límpido para ela, depois nota que os círculos externos da horda se aproximam. Baixa a arma e o kit, depois estende os braços para a janela do trem. — Vem... precisamos tirar você daqui antes de ficarmos cercados. Consegue trepar pela janela?

Gentilmente, ele retira Lilly pela janela aberta do vagão. Grunhindo aflitivamente, estremecendo da dor nas costas, ela desliza pela porta aberta e entra na traseira do Escalade, jogando-se no piso acarpetado bem a tempo de evitar o número incontrolável de mortos que avançam de todos os lados.

O utilitário arranca em uma nuvem empoeirada de monóxido de carbono e lixo.

VINTE E QUATRO

O antigo lar de Megan Lafferty na Delaney Street, com sua imensa janela de sótão na frente, jamais seria retratado na *Architectural Digest* nem ganharia nenhum prêmio da Good Housekeeping pela decoração interior, mas era sempre arrumado, situado numa avenida larga de três pistas, e muito limpo. Em seu apogeu, as meninas faziam o máximo esforço na época do Natal. Megan subia no telhado, pendurava lâmpadas multicoloridas e cortava uma rena de papelão, e Lilly passava um cordão de lampadinhas brancas pela cerca que delimita a entrada. Nos meses frios do inverno, o odor do aterro sanitário vizinho a seu quintal do tamanho de um selo era mantido ao largo, e o cheiro de pinheiro e canela recebia Lilly toda noite, quando ela chegava da faculdade ou do trabalho, tirando a lama das botas no vestíbulo. Foi seu lar por quase três anos, enquanto Lilly pensava quem queria ser quando crescesse, e sempre teria um lugar de destaque em seu coração. É por tudo isso que ela mal consegue olhar o lugar conforme o Escalade sobe a ladeira na esquina da Delaney com a Sixth e as ruínas entram em foco.

— Ah, meu Deus. — Lilly agarra o descanso do braço, cravando as unhas no estofamento. Não suporta ver o lugar desse jeito e, ainda assim, por algum motivo, não consegue desviar os olhos.

O Escalade atinge de lado um bando de errantes que zanzam pelo meio-fio, depois encosta no calçamento rachado e salpicado de mato da entrada. O veículo estremece e para.

— Você vai ficar bem? — No banco do carona, na frente, o moreno das tatuagens olha para trás. Seu nome é Musolino, um diarista português de Louisville que perdeu a família no início da praga. Lilly sabe, pela brandura por trás de seus olhos, que talvez ele seja de confiança. Ela chegou ao ponto em que consegue enxergar muita coisa simplesmente analisando os olhos de alguém. É uma coisa animal — como desentocar um amigo ou inimigo ao sentir o cheiro dos feromônios.

— Podemos encontrá-los em outro lugar se este também estiver... sabe como é.

— Não... está tudo bem. Só preciso de um minuto. — Ela vê pela janela lateral a casca queimada da casa, sem o telhado, o sótão afundado, o prédio despojado de qualquer equipamento, de seus postes de iluminação, passando pelas jardineiras até a mangueira do jardim. O lugar está tão arruinado pelo fogo e por saqueadores que é possível olhar através do primeiro andar e ver o quintal lá no fundo, tomado de mato. Lascas enormes de batentes de janela e vigas de suporte queimadas apontam para o ar. A chaminé desmoronou sobre si mesma, e o interior foi dizimado; mesas quebradas espalhadas, espreguiçadeiras ensopadas de chuva e eletrodomésticos virados. Lilly vê seu enfeite de parede, uma gravura de Joni Mitchell do início dos anos 1970, empalado em um poste da escada. — Chegamos cedo?

O motorista olha o relógio.

— De jeito nenhum, eles devem chegar a qualquer minuto. — Mais velho, calvo, com óculos de aro de tartaruga, o motorista atende pelo nome de Boone. Minutos atrás, explicou a Lilly que era o psiquiatra do grupo, um ex-assistente social em Jacksonville, na Flórida, que acabou em Atlanta depois que sua antiga comunidade de sobreviventes em Panama City foi dominada.

— Tudo bem. — Lilly respira fundo, preparando-se para o retorno da dor na lombar. — Acho que vou sair e esperar lá dentro.

Musolino abre a porta, destravando o fuzil automático.

— Vamos vigiar o lugar, manter os errantes longe daqui. — Ele abre a porta de Lilly. — Mas se prepare para sair se o enxame cair em cima da gente de novo.

Ela assente para ele ao sair do carro. A dor incendeia seu nervo sacro quando ela joga o peso sobre a perna esquerda. Ela engole em seco, bufando com o esforço, e manca desajeitadamente pela entrada até a porta escancarada. A tela está pendurada nas dobradiças, desprega-se e bate no chão quando Lilly tenta puxá-la de lado.

O vento sopra pela sala de estar enquanto Lilly atravessa a soleira e olha em volta. Vê os antigos caixotes de pêssego onde Megan guardava seus discos de vinil — Sabbath, Zeppelin, Metallica, Slipknot, Megadeth, Suicidal Tendencies —, agora reduzidos a gravetos e cacos de plástico preto espalhados pelo chão cheio de musgo. Ela vê o antigo relógio de pêndulo que herdou de Everett jogado aos pedaços no canto, as entranhas saltadas e derramadas. Vê mais ou menos uma dezena de fotos em porta-retratos quebrados e espalhados pelo chão. Ela se ajoelha. Pega uma fotografia antiga e descorada pelo sol: seu pai com ela, varas de pesca e um enorme isopor entre os dois, que estão sentados e sorriem radiantes para a câmera na margem do rio Chattahoochee.

As emoções surgem tão inesperada e repentinamente que quase a derrubam. Lágrimas enchem seus olhos. Ela enxuga o rosto e passa a ponta do dedo pela face do pai. Na foto, o sol está se pondo atrás dele, mergulhando bem abaixo de seu amassado Ford Fairlane. Meu Deus, Lilly adorava aquele carro. Foi nele que aprendeu a dirigir e ali teve seu primeiro romance, no Starline Drive-In. Está tentando se lembrar do filme que passava naquela noite em que Tommy Klein tirou sua virgindade, quando uma voz atrás dela a arranca do feitiço.

— É você mesmo?

Ela se levanta, gira rapidamente e olha boquiaberta a figura de pé do outro lado das ruínas da sala de estar.

— Ah, meu Deus, nem acredito. — Lilly praticamente salta pela sala, quase levantando Tommy Dupree do chão quando o abraça junto ao peito. — Eu nem acredito... não acredito... simplesmente não acredito.

Ele solta um grunhido.

— Calma... meu Deus... você vai quebrar meu walkie-talkie.

Ela o mantém à distância de um braço para dar uma boa olhada nele. Seis meses e Deus sabe o que mais gravaram a dura experiência no rosto juvenil de Tommy. Usando uma camisa de cambraia sem mangas, jeans preto todo furado e rasgado, e botas de combate, ele parece uma versão em miniatura de Lilly. Tem uma imensa faca Buck de um lado do cinto, uma pistola de aço inox do outro. Ela sorri para ele, chorando.

— Para ser franca com você, eu não sabia se o veria novamente.

Ele também sorri para ela.

— Eu sabia que *veria você* de novo, nunca duvidei disso, eu simplesmente sabia.

— Você parece bem, garoto. — Ela acaricia seu cabelo e nota como ele parece bem nutrido, a pele tem um rubor saudável, os olhos estão límpidos, o corpo magro, porém não mais emaciado. Ele até cheira bem, como xampu e desodorante. — Mas o que aconteceu com você?

— Encontramos um lugar, Lilly. Não muito longe daqui. É inacreditável.

— Primeiro, me diga que as crianças estão bem.

— Estão mais que bem. Você vai ver. Todas estão saudáveis e em segurança, e estão ótimas.

O rufar repentino de disparos de uma automática derrubando alguns errantes pelo jardim faz eco e assusta Lilly e o garoto. Ela suspira e olha os dois homens que protegem a frente da casa.

— Como foi que você acabou com esses caras?

Tommy olha os homens.

— Na verdade, se não fosse por eles, eu não estaria aqui. No dia que saímos do hospital, ficamos presos na cidade, procurando um lugar seguro. Ficamos cercados, eu e as crianças. Tive certeza de que íamos morrer. Mas esses caras nos salvaram. São boa gente.

Ela olha o garoto.

— Como, em nome de Deus, você sabia deste lugar?

Ele dá de ombros.

— Sei que parece loucura, mas nós o encontramos em uma lista telefônica antiga, procuramos por Megan Lafferty. Eu sabia que um dia você ia sair daquele lugar, eu sabia. Alguns dos nossos tentaram dar uma batida no hospital e te resgatar, mas deu tudo errado. Por isso o lugar ficou infestado. Mas até quando os errantes tomaram conta, eu sabia que você ia sair. — Tommy faz uma pausa, pigarreando. Lilly vê que ele contém as próprias lágrimas. — Eles me disseram que eu não podia colocar o endereço da loja no viaduto... na mensagem que deixei a você... então imaginei que esta era a melhor coisa a fazer. Eu sabia que um dia você veria. Mandamos grupos de busca quase todo dia. Quando os errantes tomaram o hospital, um de nossos caras viu você com aquele velho. Depois te perdemos por algum tempo. — Ele enxuga os olhos. — Mas continuamos procurando, vindo a este lugar.

Ela vira a cabeça de lado para ele.

— Loja? Você está escondido em uma loja?

Ele umedece os lábios, respira fundo e sorri, incapaz de encontrar as palavras para descrever seu novo lar. Por fim, diz apenas:

— Vem... eu vou te mostrar.

VINTE E CINCO

Tommy os leva a cavalo pela Hemphil Street, passando pelo alojamento dos alunos da Georgia Tech, por chalés modestos de dois andares no norte do campus, uma área agora transformada em ruínas esfareladas e ilhas de material de construção canibalizado. Do banco traseiro do Escalade, Lilly vê que Tommy não só melhorou na montaria nos últimos seis meses, como ficou até mais corajoso, mais durão, mais adulto — se é que isto é possível. Agora, com sinais manuais e guinadas ligeiras, o garoto de 15 anos leva o utilitário para o leste na Sixteenth Street. Logo o gigante monolítico aparece acima das copas de pinheiros tortos.

Lilly se curva para fora e murmura.

— É claro, *é claro*...

— Espere só — comenta Musolino do banco do carona, enquanto Boone segue Tommy pela esquina da Eighteenth Street e depois desce uma rampa leve. — Você ainda não viu *nada*. Vai te deixar maluca.

Boone olha pelo retrovisor, procurando algo atrás deles.

— É preciso tentar ser discreto toda vez que entramos ou saímos, dar a impressão de que só estamos de passagem. Nunca se sabe quem está observando.

Enquanto eles contornam o gigantesco templo do varejo moderno, Lilly olha para cima e vê, assombrada, o azul e o amarelo-canário característicos do edifício quadrado de cinco andares. O abandono dos últimos anos aparece na superfície — uma pátina de sujeira e do estrago dos elementos grudada no prédio, como um mal-estar — mas a maior parte da loja está incólume. A fachada frontal da Sixteenth Street ainda tem seu letreiro conhecido, cada um dos caracteres gigantescos inteiros. Carrinhos de compra virados se espalham pelos nichos e os estacionamentos estão atulhados de destroços e mortos que vagam. Enormes montes de lixo, peças sobressalentes e pedaços de madeira foram empurrados para o prédio, bloqueando as estradas, mas Lilly se pergunta se seriam truques defensivos. O lugar parece perfeitamente intacto e inacessível. Ela olha pela janela, boquiaberta.

— Tem eletricidade?

Boone e Musolino se olham. Musolino sorri.

— Os suecos pensam em tudo, isso a gente tem de reconhecer.

Boone concorda com a cabeça.

— Se quer geradores, temos geradores... se quer baterias, temos baterias.

— Mas... uma coisa. — Musolino olha para Lilly com uma expressão séria. — Espero que você goste de almôndegas suecas.

Eles entram no prédio a pé, pelo estacionamento subterrâneo, depois de abandonar o veículo três quadras antes e devolver o cavalo ao estábulo improvisado escondido abaixo da garagem deserta da Atlantic Square. Sobem por uma escada de incêndio ao primeiro andar. Por um breve instante, Lilly pensa em Dorothy de *O mágico de Oz*, que sai de sua fazenda medonha depois do tumulto do furacão e se vê entrando em um mundo de sonho em Technicolor.

Lilly dá o primeiro passo para dentro do país das maravilhas multicor do primeiro andar e praticamente perde o fôlego com a cornucópia que se espalha diante dela, intocada pela praga ou por saqueadores, talvez empoeirada, mas ainda exibida em toda a sua glória plastificada em cores fosforescentes de doces: brinquedos de parquinho, acessórios para jardim, mobília externa, piscinas de armar, barracas, sacos de dormir, iluminação para áreas externas, aparadores de grama, tratores, veículos off road e uma prateleira após outra de produtos sazonais menores e não identificados. O teto alto é tomado de vigas e suportes, e as paredes móveis com códigos de cor, nichos para crianças com decoração floral e letreiros internacionais animados, remontam a uma época mais simples e mais tranquila de mobília doméstica de alta qualidade a preços acessíveis.

— Como é possível que isto ainda esteja aqui? — Lilly faz a pergunta retoricamente, a ninguém em particular. — Como é que isto passou despercebido bem no meio de Atlanta?

Tommy Dupree se junta a ela, colocando-se ao seu lado, respirando fundo antes de responder.

— O problema, Lilly, é que *foi* percebido. Muitas vezes.

— O garoto tem razão. — Musolino se aproxima e fica atrás de Lilly, as mãos nos bolsos, a voz baixando uma oitava, engrossando de tristeza. — Vários morreram defendendo este lugar. — Ele baixa os olhos. — Só muito de vez em quando deixamos gente nova entrar. — Ele sorri. — Como você.

Naquele momento, Lilly nota outras pessoas no ambiente, vigilantes, protegendo o local. Um homem de meia-idade com um fuzil automático atravessado no peito está ao pé de uma escada rolante parada. Uma mulher de 30 e poucos anos com uma espingarda de cano duplo no ombro olha de um canto perto do elevador. Outros se colocam em junções-chave, armados e preparados para defender o castelo. De repente, Lilly é tomada por uma sensação de lei marcial tranquila. Ela se atrapalha com as palavras, dominada pelo lugar, aturdida com os sentimentos misturados de empolgação, alívio e pavor pelo que pode tranquilamente acontecer ao lugar se outro grupo, como o de Bryce, souber de alguma coisa. Começa a colocar isso tudo em palavras quando a sala gira, a visão fica turva e uma pontada gigantesca de dor dá a impressão de que está prestes a rachar sua cabeça.

Ela cai de joelhos. Tenta falar, e, em vez disso, desaba.

Tommy e Musolino correm para seu lado, ajoelham-se junto dela e procuram a pulsação. Ela não desmaiou. Mas sua cabeça está tonta demais devido a todos os entorpecentes, à dor e ao cansaço, e ela só consegue murmurar:

— Estou bem... estou bem... só um pouco tonta, só isso.

— AH SENHOR MISERICÓRDIA ELES DISSERAM QUE ERA VOCÊ!

Lilly ouve uma voz conhecida e se vira, vendo um indivíduo corpulento correndo pelos degraus parados da escada rolante. Com sua visão turva, Lilly mal consegue distinguir a matrona de lenço na cabeça e brim, bamboleando por toda a escada até o primeiro andar.

— Norma?

Lilly desaba de costas com um suspiro de dor, a emoção cobrando seu tributo. Na vertigem, ela vê o rosto roliço, animado e generoso de Norma Sutters flutuando acima dela, imenso como um carro alegórico.

— Graças a Deus, você conseguiu!

A mulher roliça estende a mão e puxa Lilly num abraço apertado.

Lilly respira e saboreia o cheiro de chiclete, suor e almíscar da mulher.

— Norma, graças a Deus... pensei que tivéssemos perdido você.

— Não tem tanta sorte, amiga — diz Norma, com uma risadinha triste. — É preciso muito mais que isso para acabar com essa velha garota!

— E como foi que...?

Um gritinho familiar soa do alto da escada rolante, interrompendo-a. Lilly reconhece a voz. Levanta a cabeça para Norma, as lágrimas enchendo os olhos.

— Ai, meu Deus, essa é...?

Norma simplesmente assente.

Lilly olha para além do ombro de Norma e vê o grupo de crianças descendo às pressas os degraus da escada. Bethany Dupree vem na frente com o bebê nos braços. Sua cara pontilhada de sardas se ilumina de empolgação, ela veste uma camiseta da Beyoncé por baixo de seu OshKosh e corre escadaria abaixo agarrada à criança, sorrindo de orelha a orelha. Lucas Dupree vem bem atrás, esforçando-se para acompanhá-la, o cabelo castanho e rebelde ainda cacheado como sempre. Atrás dele, disputando posição, vêm as gêmeas Slocum, seguidas por Jenny e Tyler Coogan, todas as crianças resplandecendo de emoção.

Colocando-se de pé, firmando-se em joelhos bambos, Lilly abre os braços e pega Bethany e o bebê, que se atiram em seus braços numa nuvem de talco e chiclete.

As outras crianças chegam e esbarram em Lilly, como se ela fosse uma escora. Lilly as envolve num abraço coletivo suado e choroso que dura vários minutos de euforia, com Lilly tentando inutilmente controlar as emoções. As lágrimas escorrem pelo rosto, e ela ri, e, pela primeira vez em muitos dias, seu riso é sóbrio, alegre e verdadeiro. Ela abraça as crianças e fala em voz baixa para que talvez apenas Bethany consiga ouvir.

— Obrigada, meu Deus... obrigada.

Os adultos na sala — inclusive Tommy — afastam-se um pouco, abrindo um espaço respeitoso para a recepção.

Naquela noite, depois de receber atenção médica na enfermagem, e depois de consumir comida liofilizada encontrada nas tigelas do refeitório, Lilly colocou pessoalmente as crianças para dormir no segundo andar, na área das camas do setor de mobília doméstica. Cada criança personalizara seu espaço, mas aquela noite todas acabaram fazendo uma festinha de pijama improvisada na mobília juvenil, onde os beliches estão enfileirados dois a dois e seus respectivos decoradores enfeitaram cada cubículo com pôsteres de bom gosto, divertidos e nada ameaçadores de filhotes de gatos e de cachorros, e das Tartarugas Ninja. Lilly lê uma historinha para eles — *Onde vivem os monstros* — e os lidera na oração. Depois cobre cada uma das crianças e deixa uma luminária acesa. Elas adormecem em minutos, longe do vento frio e do zumbido incessante dos mortos.

Mais tarde, depois de muitos adultos terem se retirado para as próprias camas em seus próprios cantos no andar da mobília doméstica, Lilly toma uma bebida com Norma e Tommy no refeitório ao lado das janelas fumê. Eles provam glögg sueco — uma mistura de vinho do Porto, conhaque e especiarias — e conversam sobre os últimos seis meses. Todos contam suas histórias, partilham os detalhes de como sobreviveram, lamentam a perda de todos os amigos — Barbara, Jinx, Cooper, Miles — e, mais importante, expressam seu prazer e gratidão por estarem juntos novamente. Eles tomam uma garrafa inteira de glögg, até permitindo que Tommy beba o bastante para ficar bem embriagado. Lilly relaxa com a bebida, ainda tonta por causa de todas as drogas e da perda de sangue.

Depois de um tempo, eles percebem que é hora de dormir um pouco. Dão boa-noite, e Norma e Tommy prometem a Lilly que o dia seguinte será agitado. Ela vai conhecer todos os habitantes da loja, saber o nome de todos, ser orientada no plano dos andares, aprenderá os protocolos de segurança, conhecerá as provisões no refeitório e visitará todos os departamentos, de escritórios a tecidos, produtos organizacionais, cozinhas e eletrodomésticos. Por fim, Tommy cambaleia pelo corredor até seu beliche, deixando Norma e Lilly a sós no refeitório.

Lilly dá boa-noite e manca para a janela, olhando a cidade escura, as chamas espalhadas aqui e ali depois da queda dos raios e o brilho fraco de metano conferindo um aspecto quase medieval à noite. Ela consegue ver o mar fraco de cadáveres ambulantes, como células sanguíneas cancerosas, atravessando as passagens escuras, sem propósito ou destino. Ouve a voz de Norma bem baixa atrás dela.

— Você está bem?

Lilly olha para trás e vê a mulher rechonchuda demorando-se ali, torcendo as mãos, nervosa. Lilly sorri e volta a olhar a noite.

— Estou ótima, Norma. Só vou ficar meio impaciente até voltarmos a Woodbury.

A mulher mais velha se aproxima, coloca-se ao lado de Lilly na janela e solta um suspiro.

— Querida, eu não pretendia começar alguma coisa aqui, mas acho que o garoto deixou claro o que está acontecendo.

Lilly a olha.

— Por que diz isso? O que está havendo?

Norma para, escolhe as palavras com cuidado.

— Estamos em segurança aqui, querida. Seguros, e temos comida e camaradagem... tudo de que precisamos.

Lilly olha para ela.

— Não entendo. O que está me dizendo?

A mulher corpulenta dá de ombros.

— Não sei, sinto que Woodbury acabou para nós.

— Como assim, você simplesmente vai deixar David lá?

— David é crescido, querida. Ele pode se virar sozinho.

Lilly olha nos olhos dela.

— Espere aí, está me dizendo que nunca mais vai voltar a Woodbury?

— Não enquanto tivermos este lugar. E você também não deveria voltar para lá. Não é mais seguro. Agora as cidades são perigosas demais.

Lilly solta um suspiro frustrado e angustiado, e volta à janela para olhar a escuridão primordial. Mal ouve a voz de Norma a espicaçando.

— Sabe que tenho razão, Lilly. As crianças não querem voltar. Morrem de medo do campo. Não as arraste de volta para lá.

Lilly não fala nada, só fica olhando a constelação de chamas marcando a escuridão, a maré sombria dos mortos no fluxo constante.

— Prometa para mim que vai pensar nisso, querida. É só o que peço. Só pense um pouco. Descanse por um tempo, dê a si mesma uma chance de se curar.

Lilly não responde. Não consegue pensar em nada para dizer. Só o que consegue fazer é olhar a noite, o negror da eterna cidade morta, incessante, ininterrupto... chamando-a em silêncio.

Este livro foi composto na tipologia Minion Pro,
em corpo 10,5/15,65, e impresso em papel off-white,
no Sistema Cameron da Divisão Gráfica
da Distribuidora Record.